Most između dva svijeta: Put Doktora od Sarajeva do Londona

Autor: Srđan Macanović

Urednik: mr.prof. Maida Kulić Vugdalić

SADRŽAJ

Posvećeno mojoj voljenoj supruzi Dijani —
Tvoja nepokolebljiva ljubav, snaga i podrška
temelj su svega što radim.

A mojoj divnoj djeci —
Vi ste moja najveća radost, moja najdublja inspiracija
i srce svakog sna koji tragam.
Volim vas više nego što riječi ikada mogu istinski
izraziti.

I za:
„Katarinu i Momira, moje roditelje —
tvorce moje duše.
Mom bratu Mladenu, zauvijek u mom srcu."

„Veličina se kuje u žaru nedaća.

Nastavi dalje.

Izazovi sa kojima se suočavaš oblikuju

te u nekoga snažnijeg i izvanrednijeg. "

— Srđan Macanović

Uvod

„Čovjek je uvijek na granici dva svijeta, između onog što jeste i onog što bi htio biti. " **– Meša Selimović**

Imao sam sve — stabilnost, uspjeh, porodicu, divne prijatelje i život koji sam sa ponosom gradio. A onda je došao rat i u jednom trenu sve mi je bilo oduzeto. Ostala mi je samo volja da preživim.
Ali odbio sam da to bude kraj moje priče.

Kroz neumoljivu odlučnost, naporan rad i bolne žrtve, polako sam iznova gradio svoj život iz temelja.

Svaki korak naprijed bio je zaslužen, a ne poklonjen.

I sada, usprkos svemu, povratio sam ono što sam jednom izgubio — dokazujući da prava snaga nije u tome što posjeduješ, nego u sposobnosti da se digneš kada se sve oko tebe raspada.

Autor – Srđan Macanović

Ovo je fikcija. Imena, likovi, mjesta i događaji su plod autorove mašte ili su korišteni u izmišljenom obliku. Svaka sličnost sa stvarnim osobama, živim ili mrtvim, ili sa stvarnim događajima, potpuno je slučajna.

Recenzija

Postoje knjige koje nas osvoje lako — ne zato što su lako štivo, već zato što nas, dok ih čitamo, vraćaju kući. Ne fizički, nego onoj unutarnjoj kući — prostoru sjećanja, vrijednosti i tišine u kojoj se rađamo iznova i sazrijevamo.

Roman **„Most između dva svijeta: Put doktora od Sarajeva do Londona"** upravo je takva knjiga. Pitka, topla, bliska svakome ko je ikada nešto izgubio, ali i hrabra, misaona, protkana istinom koju nam oslikava autor bez imalo želje da nam nametne svoj sud ili stav, nego nam dopušta da ga pratimo po vlastitom nahodjenju, dopuštujaću nam da njegovu priču doživimo na samo nama svojesven način i da je povežemo sa svojim vlastitim pričama.

Macanović, ljekar i humanista, piše razumljivim, jednostavnim jezikom, ali u toj jednostavnosti sabrana je tiha mudrost čovjeka sa velikim iskustvom. On ne gradi rečenice da impresionira — već da prenese osjećanje, da dotakne, da poveže, a upravo u tom izražaju leži njegova autorska vrijednost.

Glavni lik, Marko, student medicine iz opkoljenog Sarajeva, nosi u sebi ne samo lično iskustvo, već sudbinu čitave generacije. Generacije koja je prošla kroz vatru i pepeo, izgnanstvo i preispitivanje, ali nije izgubila ono najvrednije — vjeru u čovjeka i u mogućnost novog početka.

Markovo traganje nije samo za sigurnošću, već za smislom.
Kako liječiti druge, a ne izgubiti sebe? Kako pronaći mir i ne
zaboraviti ono iz čega smo nikli?

U toj unutrašnjoj borbi, Macanovićev roman podsjeća na
nasljeđe A. J. Cronina i njegovu *Citadelu* — priču o moralnoj
borbi ljekara u svijetu koji često traži kompromise tamo gdje bi
trebala postojati savjest. Ipak, Macanović ovu borbu smješta u
bosanski, emotivno kompleksan, vjerodostojan, ali univerzalno
ljudski kontekst.
Oba autora povezuje ista temeljna nit: nepokolebljiva vjera u
humanost, u ljekara kao simbol služenja životu, i u profesiju
koja se ne uči samo znanjem, već i srcem.

Posebnu dimenziju ovom romanu daje autorov povratak jeziku
svog djetinjstva. Ne samo kao lingvistički izbor, nego kao etički
čin. Pisati na bosanskom — nakon godina u tuđem svijetu, na
drugom jeziku — postaje čin povezivanja s korijenima, ali i dar
onima koji će ovu knjigu čitati kao svjedočanstvo jednog
vremena, jednog naroda i jedne unutrašnje istine.
Kao profesorica književnosti i čitateljica koja je, poput autora,
prošla kroz rat, izgnanstvo i iskustvo života u zemlji koja nije
zemlja mog rodjenja, mogu reći: u ovoj knjizi prepoznajem
rijetku zrelost i naklonost kao svim ljudima. Macanović ne piše
da bi sudio, već da bi razumio. Ne da bi podsjećao na rane, već
da bi pokazao kako se iz njih može izrasti u bolje ljude.
Piše bez gorčine, ali s dubokim uvidom u to kako se čovjek
mijenja kad pređe most — iz tame prema svjetlu, iz haosa
prema tišini, iz bola prema nadi.
U ovom romanu most nije samo metafora. On je filozofija
života.

Most između Sarajeva i Londona, između ratne mladosti i zrelosti kojoj su prethodila mnoga iskušenja, između izgubljenog i pronađenog.
Most između onoga što smo morali napustiti — i onoga što još uvijek nosimo u sebi.

Macanovićev most ne dijeli — on spaja. Njegov svijet nije bez tame, ali u njemu uvijek postoji svjetlost. Nije bez boli, ali je prožet dostojanstvom. Nije idealizovan, ali jeste duboko ljudski.

Most između dva svijeta nije samo priča o jednom doktoru. To je priča o svima nama koji pokušavamo pronaći ravnotežu između sjećanja i budućnosti. O onima koji su naučili da je dom više od mjesta, da je identitet više od adrese, a čovjek više od preživjelog.
To je roman o ljubavi, zajedništvu, tihoj snazi i vjeri u ljude.
O mostovima koje svakoga dana gradimo — kad oprostimo, kad pružimo ruku, kad odlučimo da vjerujemo ponovo.
Ova knjiga nas uči da se čovjek ne mjeri onim što ima, već onim što uspije povezati.
Da rastemo kada pokušamo razumjeti druge.
Da postajemo bolji kada volimo — usprkos svemu.
Jer prava snaga nije samo u tome da preživimo, nego da pronađemo smisao u onome što nas je oblikovalo.
A taj smisao nas vodi ka najvažnijem od svih mostova — onom između dva čovjeka. Onom mostu koji nas povezuje, grije nam dušu, i čini istinski ljudima.

Na tom mostu leži naša istinska pobjeda.

mr.prof. Maida Kulić Vugdalić

ANDRIĆ I SELIMOVIĆ NA MOSTU

Na zamišljenom mostu, između Drine i Miljacke, sjedila su dvojica pisaca.

Nisu govorili mnogo — nisu ni morali. Riječi su između njih putovale same, kao voda koja zna svoj tok.

Andrić je prvi progovorio, pogledom uronjenim u kamen i tišinu: „Od svega što čovjek u životu instinktivno gradi i podiže, ništa nije tako veliko i vrijedno kao mostovi. Oni su važniji od kuća, svetiji od hramova. Oni su znak da čovjek vjeruje u svijet i u drugog čovjeka."

Selimović se nasmije, onim blagim, pomirenim osmijehom čovjeka koji je dugo razgovarao sa sobom. "Čovjek je uvijek između onoga što bi htio biti i onoga što jeste," reče tiho. „I to je njegova muka, ali i njegova veličina."

Most između njih titrao je kao živa stvar — Andrićeva vjera u trajnost i Selimovićeva svijest o lomljivosti čovjeka spojile su se u jednoj tišini.

Jedan je gradio mostove od kamena i riječi, drugi ih je branio od sumnje i zaborava.

U tom razgovoru čulo se sve: i težina povijesti, i nježnost jezika, i spoznaja da je čovjek uvijek na ivici — između obale sjećanja i obale tišine.

Andrić je šutio neko vrijeme, pa rekao:

„Mostovi su važniji od ratova. Oni ostaju, a mi odlazimo."

Na to je Selimović samo klimnuo glavom.

„A čovjek ostaje most dok god ima koga da pređe preko njega."

U njihovom razgovoru čuo sam i sebe — sve nas koji smo prešli iz jednog svijeta u drugi, noseći i težinu i svjetlo svojih mostova.

Znao sam tada da se taj razgovor ne odvija samo između njih dvojice, nego između prošlosti i mene; između riječi koje su zapisali i onih koje sam tek morao izgovoriti.

Most između njih i mene nije bio od kamena ni papira, nego od pripadnosti.

I dok sam ih slušao u toj tišini što ne pripada ni vremenu ni prostoru, znao sam da svaka moja rečenica, ma koliko bila skromna, mora biti most — ne između obala, nego između ljudi.

Posveta

Ova knjiga je posvećena nebrojenim ljudima čiji su životi nepovratno promijenjeni razaranjima rata i izbjeglištva. Njihove priče, često neispričane, utkane su u tkivo ovog pripovijedanja kao svjedočanstvo njihove nepokolebljive otpornosti i nesalomivog ljudskog Duha. Također je posvećena medicinskim radnicima, i u ratnim zonama i u tihim utočištima akademskih institucija, koji neumorno pružaju utjehu i iscjeljenje usred strave i očaja. Onima koji su svjedočili nezamislivim patnjama, a ipak i dalje nastoje graditi bolju budućnost, ovo djelo je skromni znak poštovanja njihovoj snazi i istrajnosti.

Posvećena je i uspomeni na one koje sam izgubio tokom opsade Sarajeva – dječijem smijehu koji je utihnuo pod rafalima, nježnom dodiru voljenih koje je odnijelo nasilje i snovima jednog živog grada pretvorenog u pepeo. Njihovo odsustvo ostaje vječno prisutno, kao oštar podsjetnik na razornu cijenu sukoba. Ipak, čak i u najdubljoj tami, tinjao je tračak nade, plamen otpornosti koji je odbijao da se ugasi. Ova knjiga teži da oda počast tom plamenu, da pojača glasove onih koji su ostali bez glasa i da osvijetli trajnu snagu ljudskog duha da nadvlada i najrazornije nedaće. Izbjeglicama koje sam upoznao u Beogradu, Pragu, Budimpešti, Londonu i šire – onima koji su sa mnom podijelili svoje priče o patnji i slomljenim srcima, koji su mi pokazali snagu jedinstva i nepokolebljivu želju za boljim životom – ova knjiga je simbol naše zajedničke borbe i kolektivne nade. Njihova otpornost pred nezamislivim izazovima i dalje me inspiriše. Ovo djelo ostaje svjedočanstvo njihove hrabrosti, nepokolebljive odlučnosti i neumorne vjere u svjetliju budućnost.

"Moć imaš nad svojim umom, a ne nad vanjskim događajima. Shvati to, i pronaći ćeš snagu."
— Markus Aurelijus — Meditacije

Predgovor autora

Na engleskom, moja priča je memoar.
Na bosanskom, ona postaje povratak kući.

Moja knjiga, napisana na tuđem jeziku, nosila je u sebi
borbu da objasnim ono što se zapravo ne može objasniti –
vrijeme koje nas je obilježilo. Tek sada, na maternjem
jeziku, riječi pronalaze svoju težinu, tišine svoj smisao, a
sjećanja svoje pravo ime.
Andrić je opisao stoljeća pod carevima. Ja, skromnije,
bilježim godine moje generacije – generacije rasute po
aerodromima, mapama i uspomenama. Mi nismo gradili
imperije; mi smo pokušavali sačuvati ono malo što je ostalo
od nas samih.

Ovo nije priča samo o meni.
Ovo je knjiga o onima koji su otišli, ali nikada nisu stigli.
O onima koji su ostali, ali su zauvijek promijenjeni.
O jednoj generaciji koja je odrasla između skloništa i
metropola, između odjeka granata i tuđeg jezika, između
Grbavice, Kembridža i južnih obala svijeta.

Pišem da bih razumio. Objavljujem da bih ostavio trag.
A prevodim – da bismo se svi jednom, makar na papiru,
našli na istom mostu.

Sjećam se mirisa spaljene zemlje na Grbavici, tišine koja bi
se spustila poslije granate, kao da je i nebo bilo umorno od
svega. Sjećam se mostova — ne samo onih od kamena i
čelika, već i onih nevidljivih, koje smo gradili između
sjećanja i nade.

Dok su snajperi krojili granice, ja sam među poderanim
knjigama tražio smisao ljudske anatomije — ne samo tijela,
nego i patnje. Dok su se gradovi rušili, učio sam kako da
razumijem čovjeka i njegovu bol. Znanje je postalo moj
zaklon, medicina moj novi jezik, a vjera u obnovu — moj
tihi zavjet.
Kad sam kasnije stigao u Cambridge, hodnici starih zgrada
mirisali su na kišu i pergament. Ispod njihove hladne
elegancije osjećao sam ono isto pitanje koje me pratilo iz
Sarajeva: može li čovjek biti cjelovit ako mu je dio duše
ostao na drugoj obali?
Gold Coast je donio svjetlost, more, smiraj. Ali i tu, među
palmama i okeanom, znao sam — čovjek ne može pobjeći
od svoje prošlosti, može samo naučiti da sa njom živi.
Svaka nova zora bila je podsjetnik da se život ne sastoji
samo od preživljavanja, nego i od svjesnog građenja smisla.

Zato ova knjiga nije pokušaj da se prepriča rat, nego da se
pronađe mir. Nije spomenik prošlosti, nego most prema
budućnosti. A svaka stranica — mali kamen u tom mostu,
položen sa vjerom da će neko, jednog dana, preći preko
njega.

Danas, kad pogledam unazad, shvatam da nas ne određuju samo događaji kroz koje smo prošli, nego i mostovi koje smo u sebi izgradili da bismo ih prešli.

Znanje mi je postalo putokaz — ne samo profesionalno, nego i duhovno. U svijetu koji se sve brže dijeli, ono je jedino što nas još spaja. I zato vjerujem da svaka istina, svaka riječ napisana iz iskrenosti, pripada ljudskom rodu, a ne jednoj naciji. Možda sam, pišući ovu knjigu, samo pokušao da razumijem svijet u kojem sam odrastao i svijet u kojem danas liječim. A možda sam, nesvjesno, pokušao da pomirim ta dva svijeta u sebi. Jer, most između njih ne čine ni kamen ni čelik, nego ljudi — oni koji pamte, koji opraštaju i koji, uprkos svemu, nastavljaju graditi.

Most između dva svijeta nije samo naslov jedne knjige. To je pokušaj da se pronađe smisao u neskladu, mir u sjećanju, i svjetlost u onome što je jednom bilo tama.

Jer sve što čovjek pređe u sebi — ostaje zauvijek sačuvano u onome što napiše.

Ako čitalac u ovim stranicama prepozna sebe — makar i u jednom trenutku tišine — onda je most već pređen.

— Dr. Srđan Macanović Gold Coast, 2025.

„Ljudska bića su tajna čak i samima sebi; zato i izmišljamo priče – da pokušamo objasniti ono što ne razumijemo." Sebastian Faulks

Ova knjiga je posvećena trajnoj snazi nade – nepokolebljivom vjerovanju u bolje sutra, čak i kada pred nama stoji prividno nepremostive prepreke.

Neka bude podsjetnik da ljudski duh, čak i usred ruševina rata, ima moć da ozdravi, da se obnovi i da izgradi budućnost ispunjenu obećanjem i smislom.

Neka podstakne empatiju i posvećenost njegovanju mira i iscjeljenja u svijetu razdiranom sukobima.

PIONIRSKA ZAKLETVA

"Danas, kada postajem pionir
Dajem časnu pionirsku riječ:
Da ću marljivo učiti i raditi
I biti dobar drug;
Da ću voljeti našu samoupravnu domovinu
Socijalističku Federativnu Republiku Jugoslaviju
Da ću razvijati bratstvo i jedinstvo
I ideje za koje se borio Tito;
Da ću cijeniti sve ljude svijeta
koji žele slobodu i mir!"

Poglavlje 1: Grad što se moli

U Sarajevu su se crkve, džamije i sinagoga ogledale jedna u drugoj, kao da su i same tražile mir u vodi Miljacke, koja je tiho nosila sjećanja.

Nisu bile samo mjesta molitve, već tihi čuvari ravnoteže — svjedoci ljudi koji su znali živjeti u razlikama, a da pri tom ne izgube dušu.

Zvona sa Katedrale Srca Isusova, ezani sa Begove džamije, tihi odjek Stare pravoslavne crkve i šapat molitve iz Aškenaške sinagoge na obali rijeke što teče kroz grad — sve se to preplitalo u jedan dah, jedan ritam Sarajeva, grada koji je živio u slozi različitih vjera.

Gledao sam kako se minareti, tornjevi, i kupole uzdižu iznad grana kestena poput starih stražara — svaka sa drugačijim licem, ali sa istom tišinom u temeljima.

Kada bi večernje svjetlo obasjalo Katedralu, a ezan se razlio sa Begove džamije, činilo se da se i nebo nakratko zaustavi, slušajući.

Zvona bi zatim odjeknula kroz Štrosmajerovu, miješajući se sa glasovima sa Baščaršije, dok bi iz Sinagoge dopirao tih, gotovo nečujan psalam.

U tim trenucima Sarajevo je disalo u svom najdubljem skladu — grad magle i dima, mjesto gdje su se molitve različitih jezika pretvarale u isti vapaj za mirom.

Ali ispod te mirnoće, negdje u dnu grada, počela se buditi sjena. Nije imala glas ni oblik — samo prisustvo.

Ljepota se nije izgubila — samo je za trenutak zadrhtala, kao svijeća pred vjetar koji tek dolazi.

Zvona su postajala sve dublja, ezani kraći, a nebo nad dolinom gubilo onu blagost koja je nekada mirisala na jutarnju kafu i svježi hljeb.

Grad koji je znao moliti — počeo je da šuti.

„Čudno je kako je malo potrebno da budemo sretni, i još čudnije kako nam često baš to malo nedostaje. "Ivo Andrić

2: Sarajevo pod opsadom

Zrak je bio gust i težak od mirisa gume koja gori i još
jednog, oštrijeg mirisa – nečega nagrizajućeg i metalnog,
što mi je grebalo grlo. Bio je to miris koji ću dobro
upoznati: oštar zadah straha pomiješan sa dimom i
paljevinom.

Sarajevo, moje Sarajevo — grad mog rođenja i
djetinjstva — raspadao se pred mojim očima. Ne polako,
ne postepeno, već zastrašujućom brzinom urušenih
zgrada. Jednog trenutka sunce je obasjavalo kaldrmu
Baščaršije; već sljedećeg, zemlja se tresla pod
zaglušujućom bukom.

Prve granate nisu bile precizne; padale su bez reda u
rafalima — olovo i vatra rasipalo se poznatim ulicama.
Takav zvuk nikada ranije nisam čuo. Nije to bio samo
zaglušujući prasak eksplozija, nego i način na koji su
odjeci prolazili kroz kosti samog grada, kao da su i više
stoljetni kameni zidovi vrištali.

Naši prozori su se nasilno tresli. Malter je pucao i osipao
sa zidova, prekrivajući nas finom bijelom prašinom —
nijemim svjedokom rađanja novog, zastrašujućeg
svitanja.

Napolju, ulice, još maloprije prepune života, postale su prizori paničnog bježanja. Ljudi su drhtali, trčali na sve strane, u očajničkom pokušaju da pronađu sigurnost.

Vidio sam ženu kako se spotaknula i pala, njena korpa sa hljebom razletjela se po kaldrmi, a njeni krikovi su se izgubili u huku eksplozija. Dijete, stežući izlizanu plišanu igračku, neutješno je plakalo, njegovo malo lice bilo je maska čistog užasa. Poznata lica mojih komšija, prodavača, prijatelja — sve ih je obuzeo isti osjećaj strave.

Prvobitni šok ustupio je mjesto strašnoj spoznaji.

Ovo nije bila vježba.

Nije bio film.

Nije bila noćna mora iz koje ću se probuditi.

Ovo je bilo stvarno.

Ovo je bio rat.

„Historija je velika knjiga u kojoj su stranice ispisane krvlju i zaboravom." Miroslav Krleža

Ja, Marko, student medicine na pragu odraslog doba, zatekao
sam se usred svijeta koji se raspadao.

Sve ono u što sam vjerovao — red, znanje, napredak —
srušilo se poput zgrada oko mene.

Sterilni mir univerziteta zamijenila je prašina ruševina;
umjesto pacijenata učio sam prepoznavati ranjene, umjesto
teorije – preživljavanje.

Granata je pogodila Medicinski fakultet u 10:17 ujutro, baš
dok je Dr. Borović objašnjavao kako podvezati femoralnu
arteriju bez stezaljki.

Sjećam se tri stvari u sekundama nakon udara.

Način na koji su se naočale Dr. Borovića zamaglile od
prskanja krvi, prije nego što ga je udarni val oborio.

Krvlju mokro vitko tijelo studentice pored njega — Ane,
najbolje u godini —udarilo je u suprotni zid. Njene knjige su
se razletjele po podu, stranice su lepršale kao da i same bježe
iz sale.

Nadrealnog prizora odsječene ruke koja je i dalje stiskala
skalpel na podu, prsti trzali groteskno, poput nogu umirućeg
pauka.

A onda je došlo beznađe.

Gledajući kako se moj grad pretvara u ruševine, um mi se
očajnički borio da pronađe razum u ludilu, smisao u besmislu
koji nas je okruživao.

Kako se Sarajevo pretvaralo u pepeo, misli su mi odlutale u
prošlost — u vrijeme smijeha i radosti, u godinu hiljadu
devetsto osamdeset četvrtu (1984).

Olimpijske igre stigle su u naš grad, donoseći sa sobom i
cijeli svijet. Ulice, koje sada odjekuju eksplozijama, tada su
bile ispunjene uzbuđenjem i blagostanjem. Kafići i restorani
bili su puni veselja. Smijeh je odzvanjao zrakom poput
muzike. Grad je brujao govorima na stotinama jezika.
Ja, tada još dječak, osjećao sam električnu energiju tih dana.
Atmosfera je bila opojna dok su se takmičari, novinari i
posjetioci iz svih krajeva svijeta okupljali u našem malom
kutku planete.

Iste ulice koje sada odzvanjaju vriskovima panike i
tutnjavom granata tada su odzvanjale ritmičnim klizanjem
skija po snijegu i trijumfalnim klicanjem navijača.
Planine što okružuju grad, sada pozornice rata, bile su nekada
veličanstvena arena za najbolje sportiste svijeta.

Nisam mogao naslutiti da će toplina koju sam tada osjećao
biti zamijenjena ledenim strahom što mi sada steže srce, i da
će moj dom jednoga dana biti pretvoren u ruševine, a vedra
lica mojih komšija biti izobličena terorom.

Bilo je kao da su nas bogovi, zavidni na našu sreću, podsjećali na smrtnost, satirući nas težinom svoga gnjeva.

I dok su se zidovi rušili, znao sam da će duh Sarajeva, otkaljan u ognju stradanja, opstati – jer ono što je ukorijenjeno u ljudskoj svijesti ne može biti uništeno nasiljem ni čelikom.

Prvobitno rasulo postepeno je ustupilo mjesto mračnoj, mehaničkoj ritmici. Granatiranje, neumoljivo i ustrajno, uspostavilo je obrazac razaranja. Svaka detonacija donosila je novi drhtaj; svaka eksplozija bila je zvjezdani podsjetnik na našu nemoćnu egzistenciju.

Navikli smo se na pauze, na trenutke užasavajuće tišine između udara, na lažni mir što je nagovještavao novi nalet. Naši dani i noći su se stopili u neprekidni ciklus straha i neizvjesnosti.

Noć sam proveo u bolnici, stisnut uz kolege, studente medicine, dijeleći ono malo hrane što smo imali. Umorni i uplašeni, spavali smo nemirno, dok je odjek eksplozija parao noć.

Drugi dan opsade, kada je sunce izašlo, nad gradom se spustila jeziva tišina. To nije bio mir zore, već nešto čudnije, uznemirujuće, kao da je i sam zrak zadržavao dah.

Na tren sam sebi dozvolio da pomislim da se granatiranje završilo, da se razum vratio i da ćemo se povući sa ruba provalije. Ali tišina je bila varljiva.

Bila je to pauza između oluja, neprirodna smirenost što je svakim nervom budila napetost. Granatiranje je prestalo. Kao da je svijet uzeo dah, kratak predah od ludila. Kad su ponovne eksplozije stigle, činile su se još brutalnijom zbog tog zatišja.

Tog jutra grad je izgledao kao da visi između sjećanja na ono što je bio i strave onoga što je postajao. Bio je iscrpljen, kao da je i sam probdio zajedno sa nama. Ulice prašnjave, a zrak gust od dima i tišine.

Tišina je bila parališuća. Znao sam da je to trenutak između dva nemira i da ga moram iskoristiti da se vratim kući — ako kuća još postoji.

Krenuo sam oprezno, gazeći preko ruševina koje su gušile ulice, držeći se sjenki kako bih izbjegao razne vojne formacije koje su patrolirale cestama.

Negdje u daljini, pas je zalajao kratko i nervozno, a zatim je opet zavladala tišina. Ulice su bile puste, samo je negdje u daljini škripao komad lima koji je vjetar ljuljao. Hodao sam brzo, ali pažljivo, svjestan svakog koraka, svakog zvuka.

Tišina nije značila mir, već samo pauzu između eksplozija.

Prva žrtva koju sam vidio bio je dječak, ne stariji od Sare. Njegovo malo tijelo ležalo je neprirodno iskrivljeno u lokvi krvi na kaldrmi.

Njegove oči, ogromne i prazne, bile su uperene u nebo — nevinost zauvijek ugašena. Taj prizor je ostavio neizbrisiv trag rane koja neće prestati tinjati u meni.

Taj pogled, prazan i beživotan, bio je surovi podsjetnik na prolaznost života i hirovitost rata. To je bila slika koja će me progoniti u snovima godinama.

Puls mi je bubnjao u sljepoočnicama dok sam prilazio Vrbanja mostu — tih četrdeset i dva metra gole opasnosti.

Osjećao sam težinu snajperskih pogleda na sebi dok sam prelazio, svaki korak trajao je čitavu vječnost.

Pomislio sam na Ajnštajnovu teoriju relativiteta — kako se vrijeme može rastegnuti i saviti, kako trenutak može biti i prolazan i beskonačan. Taj prelaz bio je upravo takav.

To više nije bila samo građevina od čelika i betona, već razapet ponor koji sam morao preći. Svaki pokret se urezivao u pamćenje jednako duboko kao i sam strah.

Sa svakim korakom paradoks se pojačavao: obećanje spasa bilo je sve bliže, ali ni opasnost smrti nije bila ništa dalja.

Tišina je bila takva da je svaki moj pokret odjekivao jače; škripa cipela, dah zadržan u grlu. Znao sam da me snajperi gledaju kroz nišan, nevidljivi i strpljivi kao smrt — ali nisam stao.

Jedan korak. Pa još jedan.

Most se pretvorio u središte, u kojem je postojanje bilo mjerljivo svakim nesigurnim korakom. Zakoračiti na njega značilo je založiti sve — osjećati kako opstanak ne zavisi samo od snage ni volje, nego od niti tako lomljive da bi mogla pući na najblaži dah sudbine.

Pomislio sam na rijeku ispod — Miljacka — na trenutak pomislio da skočim u njene mirne vode, da pobjegnem iz ratne vreline. Ali znao sam da njena struja može biti jednako smrtonosna kao i metak.

Nastavio sam hodati, srce je udaralo, dah se lomio u kratkim trzajima. Osjećao sam hladnu prisutnost nevidljivih prstiju snajperista na obaračima. Tišina je bila lomljiva, prekidana tek škripanjem mojih cipela po kosturu mosta. Tjerao sam sebe da ubrzam, ali noge nisu slušale. Bilo je kao da se vrijeme rasteglo, vječno razvlačeći taj trenutak. Stigao sam na drugu stranu, prošao pored zapaljenog tenka i sklonio se među ruševine. Dim je pekao za grlo, miris paljevine se lijepio za kožu. Oko mene tišina, ona neprirodna, kad se i vjetar boji da prođe. Negdje u daljini još su odjekivali pucnji, ali više nisam znao ni ko puca, ni na koga.

Sjeo sam na komad zida, pokušavajući doći do daha. Ruke su mi drhtale, ne od straha, nego od svega što je prestalo imati smisla. Pomislio sam — ako sam još tu, možda ima nade i za ovaj grad koji se raspada.

Zakoračio sam na dio trotoara koji je blistao na suncu — krhotine stakla svjetlucale su kao okrutni dijamanti pod mojim cipelama. Nisam obratio posebnu pažnju, dok mi drugačiji odsjaj svjetlosti nije otkrio, sa bolesnim trzajem, da ti fragmenti nisu bili samo staklo. Među njima su bili zubi, blijedi na sivom betonu, groteskni podsjetnici na trenutak nasilja ostavljeni da leže na asfaltu. Krckanje pod mojim cipelama više nije bilo samo lomljenje stakla; bio je to odjek patnje, oštar kao žilet. Želudac mi se stisnuo, dah zastao, ali nastavio sam, noseći sa sobom teret onoga što nikada više neću zaboraviti.

Sklanjali smo se u podrum naše zgrade — hladan i zagušljiv prostor, u kojem se zrak miješao s mirisom mokre zemlje i strahom svih koji su tražili spas.

Gurali smo se jedni uz druge, dijeleći šapat i tihe molitve, držeći se za tanku nit nade da ćemo dočekati novo jutro.

Iznad nas, neumoljivo granatiranje — kao da nebo pokušava zatrti svaki trag života ispod sebe. Treperava sijalica u podrumu bacala je dugačke sjenke po vlažnim betonskim zidovima. Zrak je bio težak, neki čudan miris kružio je oko nas, metalni koji nisam mogao prepoznati.

Moja starija komšinica, Enisa, sjedila je nelagodno na klimavoj stolici, drhtavim prstima podešavajući slušni aparat. Svaki put kada bi odjeknula udaljena detonacija — još jedna zalutala granata — njena ruka bi instinktivno poletjela prema vratima. „Je li to opet neko kuca?" šaptala bi, glasom napetim od straha. Nježno sam klimnuo i potapšao je po ruci, pokušavajući da je umirim.

Preko puta, Branko sa drugog sprata sjedio je pogrbljen u polumraku, lica blijedog, a stari "Walkman" pritisnut čvrsto uz tijelo. Tihi tonovi Bahove *Svite za violončelo br. 1* plutali su u vlažnom zraku, suptilni kontrast bebinom neutješnom plaču.

Sandra, mlada majka sa petog sprata, gibala je svoju kćerku u sporom, gotovo mehaničkom ritmu; iscrpljenost se čitala u svakom njenom pokretu. Oči su joj, velike i nesigurne, kružile po podrumu — fiksirajući se na gole cijevi, mrežaste pukotine na stropu i vlažne mrlje što su se penjale uz zidove.

„Opet je neko na vratima," rekla je Enisa, ovoga puta oštrijim glasom. Provjerio sam vrata; bila su netaknuta. „To su samo vatrometi, Enisa," rekao sam tiho. „Smiri se." Ali i dok sam to izgovarao, novi val nelagode preplavio me je. Ritmičke eksplozije bivale su sve bliže, sve češe.

„Baterije…" promrmljao je Branko, pogled mu je pao na Walkman. „Skoro su prazne." Prsti su mu nervozno čačkali po uređaju.

U ovom zastrašujućem okruženju, oblikovala se veza među
nama – komšijama, zbliženim okolnostima, dijeleći strah koji
je nadilazio pojedinačne brige. Suočavali smo se sa
nepoznatim zajedno, pronalazeći neočekivanu snagu u
prisustvu jedni drugih.

Metalni miris postajao je jači, a još jedna detonacija
odjeknula je kroz mali podrum.

U tišini podruma, moja zapažanja i naši šapati pretvarali
su se u priču sastavljenu od fragmenata.

Strah je, u svojoj goloj jednostavnosti, stvarao neobičnu
bliskost — onu koja se rađa kad se ljudi prepoznaju u
istoj ranjivosti i dijele istu neizvjesnost.

Gotovo okrutno: pravo razumijevanje došlo je tek sada,
u mračnom podrumu koji je podrhtavao od svakog
dalekog udara. Nije bilo vremena za sanjarenje.

Dok su misli kružile i nudile lažnu utjehu, stvarnost je
neumoljivo pritiskala. Ali ipak, u toj podrumskoj prostoriji,
stisnuti rame uz rame sa komšijama koji više nisu djelovali
kao stranci, vidio sam koliko je tanka nit običnog života.

Jednog trenutka imali smo domove, rutine, budućnost;
sljedećeg ostala su samo sjećanja — treperava poput svijeća,
što nas vode kroz tamu.

U tim trenucima nalazio sam utjehu prisjećajući se boljih dana. Sjetih se noći provedenih u potkrovlju mog najboljeg druga, gdje je topli sjaj kamina stvarao ugodnu, bajkovitu atmosferu. Boris i ja bi sjedili, pili i pušili one karakteristične crvene Marlboro cigarete. Slatkast, težak miris duhana ostajao bi da lebdi u zraku zajedno sa dimom drveta.

Muzika je svirala, davala živahni kontrast sumornom raspoloženju današnjice, a mi bismo pričali o djevojkama, našim snovima i budućnosti kakvu smo zamišljali. Te noći sada izgledaju kao san, fantazija iz nekog drugog svijeta.

Evo nas, sklupčani u vlažnom podrumu, hladnoća se uvlači, a ipak — nisam mogao da se ne osmjehnem sjecanju.

Moj Borkan, sa svojim nestašnim osmijehom, uvijek spreman na šalu, i u najgorim trenucima. Smijali smo se, pričali viceve. U tim sjecanjima makar na tren zaboravih teror iza ovih zidova.

Bilo je to kao da su te Marlboro cigarete imale neku magiju, prenoseći me u svijet gdje je rat bio samo daleka glasina, a jedino što je postojalo bila je toplina prijateljstva i zajedničkog smijeha.

„Prijatelj je onaj koji zna sve o tebi, a ipak te voli. “ Meša Selimović

Nismo mislili da će nam se životi ovako drastično promijeniti — da će ovaj grad pomiješanih kultura, nacija, i vjera postati bojno polje, a nevini snovi koje smo čuvali biti razbijeni poput prozora našeg stana.

I usred rata, držao sam se tih uspomena kao amajlije.

One su dokazivale da je radost jednom postojala, da je smijeh nekada ispunjavao naše sobe, da život nije bio samo strah i golo preživljavanje.

Kad bi ih se sjetio, govorio sam sebi da ono što je bilo može, u nekom obliku, ponovo opet postati. Možda ne uskoro, možda ne na isti način — ali jednoga dana.

Prvobitni talas panike ustupio je mjesto osjećaju tupe, rezignirane prihvaćenosti. Naš život se sveo na neprekidnu borbu za opstanak, dok je stalna prijetnja smrti visila nad nama poput sjenke.

I najobičniji odlazak po vodu znao je biti igra ruskog ruleta – život ili smrt. Šetnja do obližnje pekare, nekada sasvim rutinska stvar, sada se morala obavljati sa najvećim oprezom, jer je u svakoj sjeni mogla vrebati smrt. Ulica koja je nekada ulijevala sigurnost sada je izgledala kao minsko polje, gdje bi svaka nepažnja mogla značiti kraj.

Sarajevo se pretvorilo u razbijenu dioramu — izlozi razneseni granatama, zrak gust od mirisa spaljene gume i nečega slatkog, a ipak trulog. Tramvaj se klatio sa mosta preko Miljacke, kablovi pokidani poput žica violine. Moja zgrada je još stajala, ali gornji sprat je bio otvoren prema nebu, nalik na kuću za lutke kojoj je krov otkinut.

Moja medicinska obuka, nekada izvor ponosa i ambicije, odjednom se činila bolno nedovoljnom. Udžbenici iz kojih sam revnosno učio nudili su malo ili nimalo utjehe pred ovakvom brutalnošću, pred ovom neobuzdanom silinom nasilja.

Znanje koje sam godinama mukotrpno sticao djelovalo je beznačajno — gotovo uvredljivo — naspram razmjera ljudske patnje što se odvijala pred mojim očima.

Sunce je tog jutra provirivalo kroz poderane zavjese, bacajući blijede zrake preko sobe koja je sada izgledala više kao skladište nego dom. Police su bile poluprazne, stol pretrpan konzervama koje smo štedljivo koristili, a zidovi su odjekivali svakim udaljenim topovskim udarom.

Navikao sam se na zvuk granata. To je možda najstrašniji dio — sposobnost čovjeka da se privikne i na ono nezamislivo.

Prvo bi srce poskočilo, tijelo bi se streslo, a onda bi nakon stotina eksplozija reakcija postala prigušena, gotovo ravnodušna.

Moja majka je sjedila na ivici kreveta, ruku skupljenih u krilo, gledala kroz prozor koji je nekada pružao pogled na živopisnu ulicu punu djece, trgovaca i zvukova svakodnevnog života.

Sada je to bila prazna scena: razbijeni izlozi, srušene fasade i povremeni obris prolaznika koji bi protrčao u potrazi za skloništem.

„Marko,“ rekla je tihim glasom, „moraš nešto pojesti.“

U rukama je držala komadić hljeba, suh i tvrd, ali dragocjen kao zlato. Uzeo sam ga, i dok sam žvakao, svaki zalogaj sam osjećao kao kamen u grlu. Nije to bila glad koju smo samo mi osjećali; cijeli grad je bio gladan, iscrpljen, a ipak prkosan.

Otac je šutke stajao pored peći, čuvajući plamen koji je titrao na rubu gašenja. Nekada je grijao ljude znanjem i sigurnošću, a sada je, među ruševinama, tražio načina da ogrije sopstvenu djecu sa nekoliko preostalih dasaka. Rat je sve izvrnuo naopačke.

I dok sam gledao kroz prozor, misli su mi ponovno odlutale u prošlost — u dane kada je život imao smisla, kada se činilo da nas ništa ne može slomiti.

Dok sam žvakao onaj komadić hljeba, pogled mi je pao na fotografiju okačenu na zidu. Bila je to porodična slika iz vremena prije rata.

Svi smo bili nasmijani, obučeni za svečanost, a iza nas
panorama grada u punom sjaju. Na trenutak sam se pitao —
gdje su nestali ti ljudi sa slike?

Jer oni što su sjedili u ovoj sobi, blijedi, iscrpljeni i uplašeni,
činili su se kao neka druga porodica.

Vanjski svijet pretvorio se u pozorište smrti, ali ono što je još
teže bilo je unutrašnje iščekivanje — konstantno osjećanje da
svaki udar može biti posljednji. To je bila nova svakodnevica.

Ipak, usred tog užasa, počeli smo razvijati sitne rituale, male
trenutke normalnosti. Majka bi insistirala da zajedno
sjednemo i podijelimo ono malo hrane što imamo, kao da
obrok može očuvati privid doma.

Otac bi uvečer pričao priče, često iste one koje sam slušao
kao dijete, da nas podsjeti da smo još uvijek porodica, a ne
samo preživjeli u ruševinama.

Jednog dana, dok smo čekali da prestane granatiranje, sreo
sam komšiju iz prizemlja, starog profesora. Držao je u
rukama knjigu iz filozofije, a lice mu je bilo mirno, gotovo
spokojno.

Rekao mi je: „Znaš, Marko, ljudi ti mogu oduzeti krov nad
glavom, mogu ti uzeti knjige, hranu, mogu ti razoriti grad.
Ali ne mogu ti uzeti misao. Tvoja misao ostaje slobodna.“

Te riječi su mi se urezale duboko. U svijetu gdje je sve izgledalo prolazno, ideja da postoji nešto što neprijatelj ne može uništiti bila je poput zvijezde vodilje.

Ulice su sada bile mjesto gdje se ljudska patnja ogledala u svakom pogledu. Hodajući prema pumpi za vodu, sreo sam ljude koji su stajali u redu satima, strpljivo, iako je svaki trenutak mogao biti prekinut eksplozijom. U tim redovima nije bilo stranaca – svi smo dijelili istu muku, iste prazne kanistre i iste umorne oči.

Jedna starica mi je prišla i pružila praznu flašu. „Sine, možeš li i meni donijeti? Noge me više ne služe." Uzeo sam flašu i klimnuo, svjestan da je to najmanje što mogu učiniti.

U tim trenucima pomagati drugima značilo je podsjećati sebe da smo još uvijek ljudi, a ne samo sjenke koje pokušavaju preživjeti. Sjećam se i mladića, mojih godina, koji je u redu za vodu počeo pričati viceve. Ispričao je vic o Šanku.

Šanko je bio poznat u čaršiji kao „guzonjin sin" – babo mu važan, auto službeno, a kafa se nosi u kristalnoj šolji. Ali nije bio bahat – bio je svoj.

*„ U čekaonici kod **Šanka** gužva – svi došli sa različitim boljkama: neko kašlje, neko ima glavobolju, neko slomljeno srce. Izlazi sestra i kaže: Ljudi, **Šanko** danas ne prima po simptomima, nego po karakteru!*

Nasmijao je cijelu grupu, makar na tren. Smijeh se činio neprirodnim u toj pustoši, ali bio je lijek, kratak bijeg od sumorne stvarnosti.

Kada bih se vraćao kući, nosio bih vodu kao da u rukama držim samo srce grada. Svaka kap imala je težinu zlata. Na povratku bih prelazio pored spaljenih automobila, izgorjelih kuća, ali i pored ljudi koji su još uvijek, trgovali cigaretama, hljebom ili čak voćem. Tržište života nije prestajalo, i to je bio znak da Sarajevo, iako ranjeno, odbija da umre.

Tih dana počele su kolati i prve glasine. Neko je govorio o humanitarnim konvojima. Neko o mogućnosti izlaska iz grada. Drugi su tvrdili da je to samo propaganda. Ja sam slušao, ali nisam znao da li da vjerujem. Nada je bila opasna — mogla te podići visoko, samo da bi te onda još jače slomila.

Te noći nisam mogao zaspati. Ležao sam u podrumu, slušao udaljene detonacije i razmišljao o riječima koje sam čuo tog dana — o konvojima, o mogućnosti izlaska.

Pomislio sam: šta znači otići? Da li bi to bila izdaja grada, porodice, prijatelja? Ili je to jedini način da se spasi život? U meni se odvijala borba između dužnosti i instinkta.

Mostovi Sarajeva uvijek su imali posebno značenje za mene. Povezivali su obale, ali i ljude, kulture, priče. Sada su postali nešto drugo: linije smrti, otvorena polja pod nišanima snajperista. Prelazak mosta bio je jednako težak kao i donošenje odluke da li otići ili ostati.

„Od svega što čovjek u životu instinktivno podiže i gradi, ništa nije u mojim očima bolje i vrjednije od mostova.“ Ivo Andrić

U tišini podruma čuo sam kako otac diše, duboko i teško. Majka je spavala oslonjena na zid, sa rukama prekrštenim preko grudi. Izgledali su umorno, ali i mirno, kao da su se pomirili sa sudbinom. Ja nisam mogao. U meni je tinjalo nešto što nisam mogao potisnuti — osjećaj da moram preći taj zamišljeni most, pronaći svjetlo sa druge strane tame.

I tako sam, makar u mislima, zakoračio ka toj odluci. Još nisam znao kada ni kako, ali znao sam da Sarajevo, grad koji je bio srce mog djetinjstva, sada postaje i moja najveća rana. A da bih preživio, morao sam pronaći put preko mosta nade i straha.

Danima smo živjeli između eksplozija i tišina, između
gladi i skromnih obroka. Grad je bio iscrpljen, ali i dalje
je kucalo srce otpora u svakom njegovom uglu.

Ljudi su pravili improvizirane peći, nosili kante za vodu,
dijelili cigarete ili komad hljeba. U tim gestama
prepoznao sam tvrdoglavu želju da se preživi.

U jednoj od rijetkih šetnji prema centru grada, sreo sam
lica koja će mi ostati zauvijek urezana.

Dječaka koji je prodavao cigarete na komad, staricu koja je
sjedila na ćebetu nudeći nekoliko glavica luka, mladića što je
svirao gitaru usred razrušenog trga. Zvuk muzike bio je
prkosan, kao da želi dokazati da granate ne mogu uništiti
ljudski duh.

Ali iza svakog tog prizora skrivala se težina. Glasine o
mogućnosti izlaska iz grada postajale su sve glasnije.
Govorilo se o posebnim listama, o privilegijama koje običan
narod nije imao. Jedni su tvrdili da je bijeg moguć, drugi su
tvrdili da je nemoguć.

Ja sam, međutim, u sebi osjećao rastuću čežnju — ne samo za
bijegom, nego i za budućnošću. Nisam htio biti samo svjedok
smrti; želio sam biti netko tko će donositi život. U meni je još
uvijek tinjao san da postanem ljekar, da liječim, da budem
koristan.

Jedne večeri, dok smo sjedili u mračnom podrumu, otac je
progovorio:
„Marko, ako se ukaže prilika… moraš otići. Ne zbog nas, već
zbog sebe. Tvoj život tek počinje, a ovdje se sve gasi."

Te riječi probile su me dublje od bilo koje granate. U njima
nije bilo slabosti, već snage.

Moj otac, koji je cijelog života nosio teret porodice, bio
je spreman da me pusti — da me gurne preko mosta
kojeg sam se sam plašio preći.

U danima što su slijedili, sve češće sam slušao razgovore o
ljudima koji su pokušali izaći iz Sarajeva. Neki su uspjeli,
nestali su tiho, bez pozdrava, nadajući se da će pronaći spas
van opsade. Drugi su poginuli na putu — snajperi i granate
nisu pravili razliku između vojnika i civila.

Na ulicama sam vidio majke koje su šaputale djeci priče o
mjestima gdje još ima hljeba i mlijeka, o gradovima gdje
nema sirena ni granata. Ta obećanja bila su daleka, ali bila su
jedino što su mališani imali.

Jednog dana, u redu za humanitarnu pomoć, čuo sam čovjeka
kako govori:
„Bit će konvoj iduće sedmice. Preko aerodroma. Ali samo oni
na spisku."
Ljudi su ga gledali širom otvorenih očiju, neki sa nadom,
neki sa nepovjerenjem.

Spiskovi su bili tajanstveni, puni privilegija i korupcije. Niko nije znao tko odlučuje, niti kako se na njih dolazi.

Te noći nisam mogao spavati. Gledao sam u tavanicu našeg skloništa i pitao se: ako se ukaže prilika, imam li pravo da odem? Hoću li se ikada vratiti?

U meni je rastao osjećaj da je odlazak jedini način da sačuvam svoj san. Ali taj osjećaj bio je pomiješan sa krivnjom. Svaka pomisao na bijeg značila je ostaviti roditelje, prijatelje, grad u kojem sam rođen.

Ujutro sam sjedio sa majkom. Njen pogled bio je umoran, ali blag. Stavila mi je ruku na rame i rekla:
„Marko, ne boj se. Tvoja snaga nije samo u borbi ovdje, već i u putu koji je pred tobom. Ako preživiš, naš život će nastaviti živjeti kroz tebe.“

Tada sam shvatio — možda moja sudbina nije da ostanem, već da krenem dalje.

Moja porodica bila je u stanu, zidovi su se tresli pod udarima granata. Otac, doktor i naučnik, inače smiren i staložen, sada je očajnički tražio način da nas zaštiti. Majka, čvrsti stub našeg doma, molila se tiho, njene oči su bile usmjerene prema nama, djeci, kao da nas snagom svoje volje može održati na životu. Moja sestra je bila blijeda, ali njeni stisnuti zubi i ukočen pogled govorili su da je i ona odlučila da izdrži.

Granata je prošištala kroz prozor, zviždeći kao bijesni vjetar, i — čudom — izletjela kroz drugi, na suprotnoj strani stana. Da je samo okrznula zid ili plafon, ne bi ostao niko živ.

Prozor je popucao, a komadi stakla razletjeli su se po podu, presijavajući se u jezivom svjetlucanju, kao da i oni nisu mogli odlučiti da li su svjetlost ili smrt. Zrak se zgusnuo od prašine i dima, težak, vruć, pun mirisa metala i straha. Svaki udisaj bio je borba, a svaka sekunda — čudo koje traje samo dok se ne začuje novi prasak.

Pokušao sam da potisnem strah i da se fokusiram. Svi na pod! Dalje od prozora!" viknuo sam, glasom koji je odjekivao više panikom nego autoritetom. Ali poslušali su, i svi smo se bacili na hladne pločice, nadajući se da će nas tanki zidovi zaštititi.

Satima smo sjedili, skupljeni u kutu, dok su eksplozije odjekivale kao gromovi. Svaka detonacija bila je prijetnja, svaka sekunda potencijalni kraj. U toj tišini između eksplozija, slušao sam vlastite otkucaje srca i bio sretan da sam još uvijek živ.

To je bio osjećaj koji nikada neću zaboraviti: kada shvatiš da više ništa nema vrijednosti— ni veliki ekran, ni sjajan automobil, ni skupocjeni sat. Ostaje ti samo ono najosnovnije, a opet najvažnije: da si živ, da ti srce još uvijek tvrdoglavo kuca.

Tada se u meni upalila iskra odlučnosti. Ako ikada preživim i dobijem šansu da ponovo gradim život, obećao sam sebi da nikada neću zaboraviti — da ću svaki trenutak slobode čuvati kao svetinju, i da ću živjeti sa namjerom, čak i na ruševinama koje je rat ostavio u meni.

Noć je bila gusta, crna poput tinte, a grad je šaputao svojim ranama. Negdje u daljini gorjela je zgrada, plamenovi su lizali nebo dok se dim uvijao poput sablasti. Zvuk eksplozija je utihnuo, ali tišina koja je ostala bila je još strašnija—zatišje koje je uvijek nosilo obećanje nove oluje.

Ležali smo na podu stana, iscrpljeni i nijemi. Osjećao sam težinu prošlih dana, ali i težinu onoga što tek dolazi. Rat nije bio trenutak—bio je proces, neumoljiv. Dok sam gledao u tamu, shvatio sam da se moja mladost završila toga dana. Više nisam bio samo student medicine. Bio sam svjedok, prognanik u vlastitom gradu, i preživjeli u ratu koji je tek počinjao.

U sebi sam ponovio zavjet upisan u moj mentalni dnevnik: *Ako preživim, ispričat ću ovu priču*

Granata je pala negdje u daljini i zemlja se ponovo zatresla. Među tim odjecima čuo sam samo jedno — svoje srce. Još sam bio živ. I u toj spoznaji rodila se odluka: nastavit ću tražiti svjetlo, jer svaka tama, ma koliko gusta, nosi u sebi obećanje svitanja.

Sjećanja iz prošlosti stalno isplivavaju: noć se spušta, usamljena svijeća treperi nepredvidivo, vraćajući me u prošlo proljeće, 1991. Njeno sablasno prisustvo, sirovo i visceralno.

Miris zagorenih ćevapa, primordijalan, i oštar, sudarao se sa tužnim vapajem sevdalinke, pjesmom što je izvirala iz obližnje kafane. Požurio sam preko Latinske ćuprije, svaki kaldrmski kamen klizav pod modrim majskim nebom.

Kasnio sam, brutalno kasnio, na smjenu u Koševskoj Bolnici – teret života, smrti, hladan čvor u stomaku.

Ali ni to nije moglo do kraja ugasiti toplinu, prkosnu vrelinu sunca na mom licu.
„Marko! Čekaj, do đavola!“

Anin glas, očajan, zadihan, presjekao je šum grada. Njena ruka, uporna, ugurala mi je u dlan masni papirni fišek. „Doručak, ti nepažljiva budalo. Opet.“ Ćevapi, sitne bombe začinjenog mesa, pekli su mi prste – bljesak bola, oštar podsjetnik na smrtnost.

Nasmijao sam se divlje i očajnički. „Dužan sam ti.“

„Dužan si mi šest doručaka, Marko“, uzvratila je, glasom niskim, gotovo predenjem, opasnom melodijom.

Ali tko broji kad prsti gore?

Vječna vatra u Titovoj ulici nije samo spomenik prošlosti, niti tek plamen u bronzanom okrilju. Ona je tihi svjedok prolaznosti svega materijalnog i u isto vrijeme uporna potvrda da postoji nešto što izmiče gašenju – sjećanje, žrtva, duh otpora.

Dok grad mijenja lica, dok se generacije smjenjuju i dok se imena ulica brišu i prepisuju, plamen ostaje isti: uvijek prisutan, uvijek budan. Filozof bi rekao da u toj vatri gori podsjetnik na paradoks ljudskog postojanja – da smrt može rađati smisao, a ruševine čuvati klicu budućnosti. Vatra ne govori, ali nas uči: ono što izgleda prolazno, može biti najpostojanije. Pulsirala je bolesno žutim svjetlom.

Turisti, i debeli golubovi što kljucaju mrvice života, stiskali su se oko nje. Japanski par, blijedih lica punih očekivanja, molio je za fotografiju.

Ana, vihor tamne kose i britkog uma, gurnula nas jedno uz drugo, njeno tijelo priljubljeno uz moje, varnica planula u prostoru između nas, a fotoaparat zabilježio taj ukradeni trenutak intimnosti.

„Jednog dana, " šapnula je, „ovo će nam izgledati smiješno." Bolnica nas je progutala poput hladne čeljusti, ali okus ćevapa još je trajao u ustima, podsjećajući nas da svaka sitnica može ostati nezaboravno urezana u sjećanju .

„Kad budemo poznati hirurzi, misliš", promrmljah – riječi
kao obećanje, više igra nego plan. Glad u njenim očima,
sirova, očajna glad, ogledala je moju.

„Naravno," rekla je Ana, iskrica nečeg divljeg, u njenom
migu okom. „Ti ćeš krpiti slomljena srca; ja ću sastavljati
polomljena tijela. I nikad više nećemo okusiti tu brzu hranu iz
čevabdžinice."

Sjećanje se razbilo kao jeftino staklo pod čizmom,
ostavljajući samo gorak okus pepela i tišinu odjeka onoga što
je moglo biti.

Sada sam teturao kući ulicama koje više nisu pripadale mom
gradu. Šrapneli su ugasili vječnu vatru. Lokal gdje smo
kupovali ćevape bio je pocrnjela ljuštura.

Moj prvi pacijent bila je mlada žena, ne starija od dvadeset,
lica blijedog i iscrpljenog, tamne kose slijepljene krvlju i
prašinom.

Ležala je na improviziranom nosilu – rasklimana vrata
postavljena na dvije prevrnute stolice – lijeva ruka iskrivljena
u neprirodnom uglu, kost je probijala kroz unakaženo meso.
Rana je bila grozna, pulsirajuća praznina bolesnog ritma.
Ruke su mi drhtale dok sam je pregledao.

Knjige koje sam pročitao djelovale su beskorisno, u ovoj
surovoj stvarnosti polomljenih udova i rastrganih tijela.

Akademski jezik prijeloma i dislokacija činio se ispraznim, zamijenjen brutalnim, visceralnim razumijevanjem bola i patnje.

Smrt sam već ranije upoznao – dječaka na ulici – ali ovo je bilo drugačije. Ispred mene živa osoba je disala, gledala me očima koje su molile za pomoć – sirova, očajna ranjivost koja je razbijala sav moj pažljivo održavani profesionalni mir. Težina njenog života, ležala je na mojim neiskusnim ramenima, teret koji je prijetio da me slomi.

Ruke su se kretale instinktivno, trening je potisnuo strah koji me htio paralizovati. Platno je paralo osjetljivu kožu, svaki dodir produbljivao moj osjećaj neadekvatnosti. Morfina je bilo malo, svaka doza kocka između ublažavanja boli i krađe daha.

Davao sam ga štedljivo, prateći je pomno, dok je tišina sobe pojačavala ritam mog ubrzanog srca. Granatiranje je trajalo, stalni, grubi prekidi tihe koncentracije moga rada.

Svaka eksplozija potresala je zgradu, konstrukcija stenjala pod pritiskom. Povrijeđeni su jaukali, njihova bol pojačana strahom.

Prašina je padala sa popucalog stropa, miješala se sa krvlju i antiseptikom. Borio sam se protiv nagona za panikom, željom da pobjegnem iz ovog užasa.

Njeno disanje postajalo je pliće, slab puls klizio pod prstima. Kapci su joj zadrhtali, zatvorili se, i na tren sam osjetio kako se panika diže poput bujice.

Suzbio sam je, držeći se rutina urezanih tokom dugih, zagušljivih sati u sterilnim laboratorijama univerziteta. Tamo su vježbe bile apstraktne, teoretske; ovdje, u skučenoj, slabo osvijetljenoj prostoriji, svaki pokret bio je presudan. Nagnuo sam se nad njom, očajnički skoncentrisan, ruke mirne iako su misli bježale.

Borio sam se ne samo sa njenim ranama nego i sa sjenkom bespomoćnosti.

Nisu bile samo tjelesne povrede ono sa čime sam se suočavao. U njenim očima, kad su se na tren otvorile, vidjela se dubina straha koja me prodrmala.

Bio je to pogled koji sam prepoznavao u očima mnogih, odraz nasilja i brutalnosti koje su trpjeli. Rat nije lomio samo tijela, već i dušu, ostavljajući ožiljke koje ni najbolji hirurg ne bi mogao zakrpiti.

Još jedna eksplozija zatresla je podrum, ovaj put bliže.

Lampa je zatreperila, zatim se ugasila, uranjajući nas u tamu. Krici povrijeđenih postali su glasniji, hor bola i straha što je odjekivao skučenim prostorom. Val mučnine me preplavio, miris krvi i prašine gušeći prisutan u iznenadnoj tami.

Ruke, pokrivene znojem i krvlju, tresle su se nekontrolisano. Pružio sam ruku ka torbi, pregledao sadržaj – skroman u poređenju sa ogromnim potrebama, surova uspomena na jaz između očekivanja i stvarnosti.

Teret odgovornosti pritiskao me snažnije nego svi udžbenici koje sam ikada otvorio. Radio sam napamet, ruke vođene instinktom, koncentracija izoštrena.

Ritam mog disanja ubrzan, pomiješan sa jecajima pacijentice i molitvama onih oko nas koji su tražili utjehu. Na tren, tama je bila olakšanje – kratki predah od užasa nužna pauza,. Ali tama nije trajala. Treperava šibica, pa mala svjetiljka, napokon je osvijetlila prizor. Njeno disanje se postepeno smirilo. Puls, iako slab, pokazivao je znake stabilizacije – mala pobjeda usred pustoši.

Čak je i ta skromna pobjeda imala težinu. Surova stvarnost onoga što sam vidio – bol moje pacijentice, strah i neizvjesnost – sve je to ležalo na meni kao težak ogrtač očaja. Iskustvo je ostavilo dubok trag, oštar kontrast prema sterilnom svijetu medicinskih knjiga.

Ovo je bila stvarnost – sirova, nemilosrdna – i ona me gurnula pravo u srce svega.

Više nisam bio samo student medicine; bio sam doktor, gurnut u ulogu daleko ispred mojih godina i znanja. A ovo je tek bio moj prvi pacijent. Noć i rat su bili daleko od kraja.

Moj rat – borba protiv neumoljivog talasa traume i očaja –
tek je počinjala.

Treperavo svjetlo lampe bacalo je duge sjenke preko
istrošenih dasaka u našem porodičnom domu, poznati oblici
sada su djelovali strano i prijeteće. Oko nas su lebdjele
vibracije neizgovorenog straha, našeg stalnog pratioca.

Napolju, zvukovi grada bili su kakofonija nasilja – udaljeni
tutanj artiljerije, rafali pucnjave, krici umirućih – jeziva
simfonija koja je postala soundtrack naših života.

Majka, očiju crvenih i natečenih, kretala se po sobi poput
zatočene zvijeri, šapatom molitava tražila božansku pomoć.
Moja mlađa sestra, jedva desetogodišnjakinja, čvrsto se
držala majčine strane, krupne oči ogledale su isti teror koji je
živio i u nama. Zrak je bio gust od mirisa dima i tuge. Moj
otac Doktor Ilija, sjedio je pogrbljen u fotelji, lice mu
iscrtano borama dubljim nego ikad prije. Ruke, obično čvrste
i sigurne, drhtale su dok je nervozno motao cigaretu.

On, Profesor koji je nekad komandovao amfiteatrom, sada je
izgledao umorno, iscrpljeno. Njegovo pažljivo ispeglano
odjelo – simbol profesionalnog života – bilo je izgužvano i
zamrljano prašinom grada koji se urušavao oko nas. U ovom
skučenog prostoru, imao sam osjećaj déjà vu-a, od priča
ispričanih i ovih sadašnjih, ali ih nisam mogao povezati.
Ustajali zrak, daleki žamor glasova pojačavao je tišinu među
nama, svaki trenutak se razvlačio tenzijom.

Srce mi je bubnjalo, a treperavo svjetlo lampe bacalo nesigurne sjene po oguljenim zidovima, naglašavajući brazde brige na njegovom licu.

Čovjek koji je život posvetio iscjeljenju sada je bio nemoćan pred bolešću što je izjedala naš grad, našu zemlju – ratom.

Njegova karijera bila je stabilan uspon – od hirurške preciznosti medicinske prakse, preko autoriteta dekana, do samog vrha Ministarstva zdravlja u umirućim danima Jugoslavije. Život je posvetio zdravlju svojih sugrađana. Ministar bespomoćan, ogromno iskustvo bezvrijedno pred minobacačkom vatrom i etničkim čišćenjem.

Znao mi je pričati o svome ocu, uglednom Sarajliji kojeg su početkom drugog svjetskog rata, odveli u logor kada je Ilija imao samo pet godina. Istorija se ponavljala, ne kroz brutalnosti peći Jasenovca, već u jezivom ciklusu ludila i očaja. Sada je bio red na moga oca da bude nemoćni posmatrač.

Biti treća generacija rođena u istom gradu znači nositi u sebi i tihu radost i bolnu težinu naslijeđa. Moj djed, Profesor šumarstva nije umro prirodnom smrću — ubijen je samo zato što je bio ono što jeste: obrazovan čovjek. Moj otac je ostao da odrasta na tim istim ulicama, među sjenkama i tišinom. A ja, rođen ovdje treći po redu, osjećam kako su i njihovi koraci urezani u svaku kaldrmu, u svaki most, i u rijeku što teče kroz ovaj grad.

Tako se sudbina pretvara u most između generacija: djedova
žrtva, očeva upornost i moje rođenje stapaju se u jedno, u
priču grada koji pamti više od nas samih.

Sjećam se dana kada je granatiranje postalo još žešće.
Pokušavali smo stići do improviziranog skloništa u
podrumu obližnje ambulante — jedne od rijetkih koja je
još disala pod ratnim nebom. Sirene su zavijale: oštar,
probadajući krik koji je parao već napuklu tišinu.

Otac je instinktivno posegnuo za mojom rukom, a
drugom čvrsto stiskao pohabanu medicinsku torbu.
Ironično, cijeli njegov svijet stao je u tu kožnu torbicu —
nekoliko instrumenata, nekoliko uspomena i jedan tihi
ponos. Kretali smo se sporo, brojeći razmake između
artiljerijskih rafala. Grad, nekada živa tapiserija života,
razmotavao se pred nama — ciglu po ciglu, ulicu po
ulicu.

Jedna krhotina stakla, raznesena eksplozijom, zasjala je
u prašini poput palog traga zvijezde.

Tada me, oštro poput skalpela, presjekla spoznaja: očeva
šutnja — nekada znak snage — sada je bila samo način
da sakrije ranu koju nikakva medicina nije mogla
izliječiti.

Nije to samo zbog rata; bilo je to sjećanja na njegovog
oca, izgubljenog u sličnim okolnostima — prigušeni
odjek koji je proganjao svaki njegov pokret.

Te noći, prvi put sam mu vidio suze u očima. Ne suze žalosti.
Suze dubokog, nemoćnog bijesa.

Naučnik, doktor, ministar — svo njegovo znanje pokazalo se
nemoćnim pred brutalnom i besmislenom težinom rata.

Pogledao me ne pogledom koji tješi, onim očinskim, nego
umornim očima čovjeka koji gleda u neminovni slom svog
životnog djela. To je bio poraz na koji ga nijedna diploma
nije mogla pripremiti.

I gorka ironija: nekako je sve naslućivao. Samo nije bio
spreman na reprizu istorije u ovom novom, jezivom obliku.

Ultimatum je stigao tog jutra, uručio ga komšija čije je lice
nosilo mješavinu straha i tvrde odlučnosti.
Vojska je stezala obruč oko grada, a vlast je očekivala da se
svaki sposoban mladić javi na dužnost.

Odbiti je značilo sigurnu smrt — sudbinu onih koji su već
pali žrtvom proizvoljne okrutnosti okupacionih snaga.

Odluka mi je visila nad vratom poput giljotine, spremne da
me odsiječe od života koji sam poznavao. Pridružiti se vojsci
značilo je osuditi sebe na nasilje od kojeg sam želio pobjeći.

51

Pred očima su mi bjesnule slike pacijenata — njihova
polomljena tijela, progonjene oči, brutalna stvarnost rata.
Izabrao sam da liječim, dao sam zakletvu da dajem život, a ne
da ga ubijam. Kako uskladiti to sa pozivom ka oruđu
razaranja?
Ali alternativa — bijeg — bila je jednako zastrašujuća. Izlaz
iz grada pretrpan očajnim izbjeglicama, prepun rizika.

Planine, koje su nudile put u slobodu, bile su jednako opasne:
teren opasan i za tijelo i za duh.
Šta ako me uhvate? Pomisao na razdvajanje od porodice i
užase koji čekaju one uhvaćene u bijegu ledila mi je kosti.

Sukob je bjesnio u meni; bitka vođena ne na prvim linijama,
već u tihim odajama srca. Logika se hrvala sa emocijom,
razum sa strahom. Posljedice svake odluke bile su duboke i
nepovratne. Teret odgovornosti pritiskao me kao mlinsko
kamenje.

Hoću li žrtvovati savjest da ih zaštitim? Ili ću dovesti do
našeg zajedničkog kraja? Napetost u kući je rasla, ali znao
sam da, iznad razorenog grada, leže zadivljujuće planine
Jahorina i Bjelašnica. Tamo, među snježnim vrhovima i
mirisnim borovima, proživio sam neke od najsretnijih dana u
mladosti.

„Sjećanje je teret, ali i oslonac. "Meša Selimović

Sjećao sam se zimskih dana skijanja sa prijateljima, i smijeha što je odjekivao oštrim planinskim zrakom. Krenuli bismo Nevenovim fićom — onim istim herojem sa sto ožiljaka i zvukom motora koji je više podsjećao na kafanski bend nego na vozilo. Prašina se dizala, radio krčao, a Neven ponosno tvrdio da „ovo čudo još uvijek ide uz brdo bolje nego Golf dvojka". Ogi, bivša košarkašica dugih nogu, i neobavezne elegancije, nekako ih je uspjela spetljati na stražnjem sjedištu, tik do mene. Kad bi se nasmijala, fićo bi zadrhtao cijelim limom — kao da i njemu bude milo, ali se pravi da ga nije briga. Taša, uvijek dama naravno, besprijekorna — ispeglana, namirisana, kao da ide na operu, a ne na skijanje. Držala je šal oko vrata kao da se boji da će joj planinski zrak pokvariti frizuru. Neven, vječiti džentlmen i mangup, otvorio joj je vrata i dobacio onaj svoj osmijeh koji je uvijek značio: *„Znaš ti tko vozi?* "Fićo je zakrkljao, zadrhtao, pa nekako ipak krenuo. U retrovizoru smo svi izgledali kao reklama za mladost — ne savršenu, ali urnebesno živu. Tada još nismo znali da se sreća mjeri upravo tim trenucima kad fićo ide, a mi pjevamo, bez plana i cilja.

Svalili bismo se u topli zaklon planinskih kafana, obraza zarumenjenih od hladnoće, i jeli pljeskavice, zalivajući ih jakom, slatkom kafom. Brige Sarajevske doline činile su se dalekim dok smo dijelili šale i priče, stvarajući uspomene koje će nas nositi kroz mračnija vremena koja su, evo, i došla.

Jednom smo otišli više nego ikad. Kako je sunce tonulo, bojeći nebo purpurnom i narandžastom bojom, naložili smo logorsku vatru i zaplesali oko nje kao divljaci, oslobođeni okova svijeta ispod nas.

Sjetih se i vikendice na Palama, koja je bila naše zimsko utočište, mali bijeg od svakodnevice škole i obaveza. Tu bi se okupljala porodica, došla bi i rodica Ranka iz Zagreba sa sinom.

Dani su mirisali na borove, a noći je grijao kamin. Igrali smo karte-remi prije spavanja, dok je snijeg padao i obavijao svijet tišinom, a unutra je sve treperilo od topline doma i ljubavi koja nas je vezivala.

Postojao je taj osjećaj bezgranične mogućnosti — onaj trenutak kada vjeruješ da možeš oblikovati budućnost i utabati vlastite staze. Bio je to snažan odbrambeni odgovor strahu i neizvjesnosti koji su me sada stiskali.

Dok sam sjedio razmišljajući, osjetio sam kako su mi planine oduvijek bile utočište i obnova. Možda, pomislih sa tračkom nade, mogle bi opet biti. Podijelio sam ideju sa roditeljima; sama pomisao na bijeg u planine skinula mi je dio tereta sa ramena. Krenuli bismo zajedno, oslanjajući se jedno na drugo.

Sa obnovljenom odlučnošću počeli smo planirati bijeg, svjesni da iza ratom razorenog grada, izvan dometa vojski, leži obećanje slobode.

Otac je napokon razbio šutnju, progovorio hrapavim, tihim glasom. „Marko," započeo je, riječi teške, isklesane godinama iskušenja i dubokim strahom koji je odjekivao mojim.
„Ovo nije izbor koji bi sin trebao donijeti. Ali to je izbor koji nas je zatekao. Jednostavnog odgovora nema."

Zatim je rekao: „Istinska hrabrost je kad nastojiš da ideš naprijed, uprkos teretu prošlosti." Jednostavne riječi, ali odzvonile su duboko.

Moralna dilema nije bila samo moja; dijelili su je bezbrojni mladići uvučeni u vrtlog rata.

 Odluka nije bila samo pitanje opstanka; bila je bitka savjesti, provjera moralne snage.

Bilo je to pitanje lojalnosti, izdaje i same srži ljudske prirode pod pritiskom.

Zrak je mirisao na mokru zemlju i barut. Svaka detonacija— tupi udar, pa visoki zvižduk šrapnela — tresla je betonski pod skloništa. Zrnca prašine, uzvitlana vibracijama, plesala su u uskom snopu moje baterijske lampe. Koljena sam prikovao uz prsa, uzaludni pokušaj samo odbrane.

Prstom sam pratio pukotine u betonu; hrapava površina
pružala je neobičnu utjehu usred simfonije razaranja iznad
nas.
Mama, Marija, sjedila je ukočeno pored mene, pognutih
ramena. Šutjela je satima; pogled joj usmjeren u vlažan zid
nasuprot. Taj prizor pokrenuo je bujicu sjećanja — ne samo
na nju sada, već i na priče o njenoj majci, mojoj baki
Eleonori.

*„Dođu, tako, vremena, kada pamet zašuti, budala progovori,
a fukara se obogati!"* Ivo Andrić

Brutalni malj revolucije razbio je pozlaćeni kavez konzularne
povlastice; priča bake Eleonore bila je urezana u meni.
Odesa, grad koji na izblijedjelim fotografijama još svjetluca,
pretvorila se u grad-duh — nijemo svjedočanstvo izgubljenog
života i izbrisane porodice.

Eleonora, dijete privilegije, kći španskog konzula u Odesi,
sada je samo ime na požutjeloj razglednici.

Njena majka Ukrajinka koja se zaljubila u Katalonca među
elegantnim balskim dvoranama i gospodskim ulicama pred-
revolucionarnog grada. Njihov svijet, govorila je Marija, bio
je tkan od svile i finih vina — svijet koji je progutao nadirući
val boljševičke revolucije. Konzul, njegova žena, roditelji
Eleonore — svi proglašeni neprijateljima države — imali su
sudbinu zapečaćenu novim režimom.

Ostavili su sve — udoban, siguran život — bježeći samo u
odjeći na sebi, da prežive.

Fotografija, sačuvana u izlizanoj kožnoj knjizi, prikazivala je
nasmijanu djevojčicu Eleonoru, lice joj blistavo u
bezbrižnom trenutku — oštar kontrast stvarnosti koja ju je
zadesila.

Službena dokumenta, brižno čuvana u istom kožnom povezu,
bilježila su užurbani bijeg, napuštene stvari i jezivu
neizvjesnost nad njihovim kretanjem.
Priča se prekidala naglo, tačkom umjesto zareza.

Vratio sam pogled na majku. Ovaj podrum, strah,
neizvjesnost — odraz su Elenorinog bijega, tamni odjek kroz
generacije: ista desperacija jeziva sumnja, potreba da se
preživi. Sada je moja majka ta koja gleda u ponor, savremena
Eleonora, suočena sa istom brutalnom neizvjesnošću.

Isti strah, očajanje, isti izbor: ostati i rizikovati smrt ili
pobjeći sa onim što stane na tijelo. Njeni tihi jecaji olabavili
su napetost.

Privukla mi se bliže; oči su joj bile pune straha. Novi
gromoglasni udar potresao je sklonište, rasipajući komade
maltera po podu.

Primijetio sam malu, fino izrezbarenu drvenu pticu stisnutu u njenoj šaci. Sitna, gotovo izgubljena u dlanu, ali način na koji ju je držala nosio je težinu generacija — neprekinuti lanac opstanka, sa majke na kćer, na… mene. Ta ptica, porodično naslijeđe, nekako je preživjela godine i stigla u sadašnjost kao nježni simbol izdržljivosti, šapat nade usred tišine skloništa. Neupadljiva, a snažna — svjedočanstvo snage ne carstava, već porodica.

Stavila je ruku na moju, dodir nježan, ali čvrst — nijemi dokaz povjerenja.

Njena ljubav bila je štit protiv nadolazećeg očaja. Nije upravljala mojim izborima niti me gurala putem koji je smatrala najboljim.

Razumjela je duboku borbu u meni — teret odgovornosti koji je pritiskivao dušu.

Majčina ruka, inače postojana, zadrhtala je dok je posegla za mojom. Kretnje su joj bile spore i promišljene, svaka natopljena neizgovorenim značenjem. Gledao sam je kako pakuje mali, izranjavani kofer.

Birala je stvari sa čudnom, kliničkom preciznošću: izblijedjelu fotografiju oca, nekoliko porodičnih dragocjenosti — srebrni medaljon, sitnu, pažljivo izrezbarenu drvenu lutku — decenije stvaranja, sada svedene na šačicu stvari.

Nije zaplakala, nije progovorila; lice joj je bilo maska krute samo kontrole. Na kraju je pažljivo tutnula još jedan gotovo skriveni predmet: smotani pergament. Uvukla ga je u postavu kofera. Odmah sam znao — bez da ga otvaram — bakin dnevnik. Težina generacija raseljavanja, pritiskala me.

Nisam samo svoj strah nosio tih dana; nosio sam jeku prognanika prije mene, predaka koji su pretrpjeli vlastita stradanja i tišinu.

Njihova neizgovorena težina kao da se smjestila na moja leđa, podsjećajući me da preživljavanje nikad nije samo lična stvar. To je dio veće priče, lanca istrajnosti što se proteže unatrag kroz vrijeme, povezujući žive sa upamćenima.

Moja budućnost, nekad jasna, postala je magla neizvjesnosti, odražavajući majčinu.

Osjetio sam rastuću odgovornost, nijemo obećanje da ću nositi priču koja se ne smije prekinuti. Šoljica čaja, sada hladna, otežala je u ruci. Vjetar je napolju urlao, a u meni je lebdjela mukla tišina, gusta od odjeka prošlosti i sjenki budućnosti.

Pogledao sam sestru: njeno nevino lice oštri kontrast surovosti oko nas. Njena mala ruka, stisnuta u majčinu, simbolizirala je ljubav i zaštitu koju sam bio dužan pružiti. Kako izabrati put koji nas može koštati i samog života?

Slika mlade žene iz podrumske bolnice preplavila mi je misli.
Njene oči, bezdan straha i boli, odražavale su moju
unutrašnju oluju. Hoću li nas osuditi na istu sudbinu izabravši
borbu? Ili na goru pokušajem bijega?
Noć se vukla, granatiranje je jačalo, njegov ritam lupao je
neumoljivo u zidove našeg doma.

Detonacije su odjekivale mojim unutrašnjim sukobom, baraža
neizvjesnosti. Hodao sam naprijed–nazad, misli su mi se
kovitlale, izbori se vrtložili u strahu i očaju.

Svaka opcija nosila je rizik dubokog gubitka, sa posljedicama
i brzim i dugotrajnim.

Razmišljao sam o upisu u vojsku: sam čin bio bi izdaja mojih
načela, kršenje moralnog kompasa.

Značio bi učešće u nasilju — strepio sam da ću postati akter u
silovanju ovog grada, da ću biti dio razaranja umjesto
iscjeljenja njegovih rana.

Ali alternativa — odlazak — imala je vlastite opasnosti.
Svaki korak bio bi kocka.

Hapšenje, ranjavanje ili gore bila bi stalna prijetnja.
Minute su sporo tekle u krugu bolnog razmišljanja.

Tiha tuga u očima porodice bila je nijema molba za
smjernicu.

Kad je svanulo, nebo je bilo obojeno nježnim tonovima jutra,
znao sam da jednostavnog odgovora nema.
Nijedan od tih puteva ne garantuje spas.

Ali jedan put, barem, više je odgovarao mojoj savjesti, i
zakletvi koju sam dao — da liječim i štitim, ne da razaram.

Moja odluka, nije bila jednostavan izbor.
Bio je to bolan kompromis donesen usred surove stvarnosti
rata i teškog tereta odgovornosti.

Odluka je stegla hladan čvor straha u stomaku.

Odlazak je bio naša jedina opcija. Otac je vadio kofer iz
ormara, dok sam ja gledao zidove koji su šutjeli umjesto nas.
Sve je stalo u nekoliko minuta. Nekoliko predmeta. I tišina
— teža od riječi. Majčino, blijedo lice, ali postojano, skupila
je ono malo hrane što nam je ostalo; ruke su joj se kretale
smireno, oštar kontrast podrhtavanju u glasu.

Nesvjesna ozbiljnosti situacije, sestra se tiho igrala
istrošenom lutkom, njen nevini smijeh bio je odjek
nadolazeće opasnosti.

Prvi izazov bio je nabaviti lažna dokumenta. To nije bilo
nimalo lako. Grad je vrebao špijunima, doušnicima i
vojnicima željnim da uhvate svakog tko pokuša pobjeći.

Trebali su nam lažni identiteti i papiri koji bi nam omogućili da prođemo kroz kontrolne punktove oko Sarajeva.

Moj deda Rudi, vješti zanatlija u mladosti, imao je talenat za falsifikat — ne iz zlobe, nego iz nužde, u grubom okruženju gdje je dovitljivost bila presudna za preživljavanje; to je bila ključna taktika.

Progonjen zadatkom, radio je iz dana u noć.

Njegovo staračko tijelo, pognuto nad radnim stolom, osvjetljavalo je treperavo svjetlo svijeće; sjene su mu rezale duboke bore na umornom licu.

Godine neumornog rada iskrivile su mu prste, koža je bila trajno obojena njegovim zanatom; ipak su te žuljevite ruke još uvijek klizile gotovo nad prirodnom gracioznošću. Sa pažljivom preciznošću preslikavao je službene oznake, besprijekorno oponašajući zamršene motive i suptilne prijelaze tinte.

Njegov fokus bio je potpun — opipljiva napetost koju je prekidao tek tihi šum pera po pergamentu i pokoji, svijetom izmoreni uzdah.

Sporo, posao se vukao. Svaki papir tražio je strpljivu preciznost. Pogrešan potez, jedva primjetna promjena tona, mogli su odlučiti između slobode i smrti.

Nošen žestokom željom da zaštiti porodicu, radio je
neumorno, nepokolebljiv uprkos neprekidnom, granatiranju
koje je paralo noć.

Zrak je bio zasićen tenzijom, strepnjom zakačenom za strah
od neuspjeha; naš odlazak, tanka nada, teturao je na ivici
nemilosrdne ratne stvarnosti.

Pažljivo je izrađivao lažne lične karte i putne dozvole —
svaki dokument svjedočanstvo njegove vještine i
domišljatosti. Čak je pribavio uvjerljive pečate i žigove,
rezultat pažljivo planirane i rizične nabavke preko poznanika
sa crnog tržišta. Taj kontakt, nekadašnji kolega, rizikovao je
vlastiti život da nam dostavi ključne elemente obmane.
Izrada dokumenata bila je i fizički i mentalno iscrpljujuća.

Nakon više dana i mnogih neprospavanih noći neumornog
rada, dovršio je papire — dokaz njegove odlučnosti da
osigura budućnost porodici.
Poredao ih je na sto, u blijedom svjetlu lampe — red
upornosti usred preplavljujućeg očaja.
Dokumenta su bila propusnica ka slobodi. Težina naših
života počivala je na tim brižno izrađenim listovima papira.
Sa dokumentima spremnim, sljedeći izazov bio je iscrtati rutu
izlaska iz grada.

Vojnici su gusto čuvali svaki izlaz, a patrole su neprekidno kružile. Barikade i kontrolne tačke bile su na svakoj ulici, pretvarajući grad u mrežu straha i neizvjesnosti. Trebala nam je diskretna i opasna ruta za bijeg.

Dedini papiri bili su besprijekorni, ali mogli su nas dovesti samo donekle. Sljedeći korak — plan izlaska iz Sarajeva — pokazao se još zastrašujućim.

Deda me učio da snaga nije u onome što kažeš, nego u tišini koju možeš izdržati.

Čuli smo za prolaz preko aerodromske piste, pogibeljan put na koji se malo tko usudio. Podrazumijevao je pretrčavanje otvorene aerodromske piste pod okriljem noći, izmičući snajperima i mitraljezima.

Uspjeh je bio neizvjestan; oni koji su pokušali nikad se nisu vratili — ni živi ni mrtvi. Ali to nam je bila jedina opcija za prikriveni izlaz iz ratnog Sarajeva.

Dočekali smo noć bez mjeseca, kada tama daje malo zaklona.

Srce mi je tuklo kao da trčim maraton. Noć je bila jezivo tiha dok smo se približavali aerodromu.

Čuo se samo škrip koraka i prijeteći huk mašina. Kako smo prilazili, ukazala se silueta kontrolnog tornja — surov podsjetnik na opasnost pred nama.

Sa svakim korakom osjećao sam kako nam životi vise o koncu. Iznenada, rafal mitraljeza rasparao je mrak i prisilio nas da se bacimo na asfalt. Tlo je podrhtavalo pod svakim hicem, a oštar miris baruta je ispunio zrak. Fijuk metaka kraj mojih ušiju bio je surovi podsjetnik da je ljudski život lomljiv poput stakla. Nastavili smo kretanje, oprezno preko piste. Aerodrom je djelovao beskrajan: svaki korak nas je mogao približiti ili slobodi ili smrti.

U zanošenju i izmicanju pretrčali smo na drugu stranu, kratki, brzi rafali odjekivali su za nama. Stigli smo do ruševne zgrade koja nam je pružila kratak zaklon.

U maglenoj zori rađalo se svijetlo; iskrali smo se iz skrovišta, vođeni njegovim prvim zrakama. Izašli smo iz grada — ali put je bio daleko od kraja.

„Hrabrost nije odsustvo straha, nego odluka da je nešto drugo važnije od njega.“ Sebastian Faulks

Planinski putevi pred nama bili su nepredvidljivi; bez vodiča, bili bismo izgubljeni.

Opet je istupio očev prijatelj iz djetinjstva, povlačeći konce koje nikada neću u potpunosti razumjeti.

Ovoga puta to je bio čovjek po imenu Darko — žilav, jak, figura koja je poznavala sjenke i sokake — kojem je povjereno da nas izvede na sigurno.

65

Njegovo prisustvo bilo je i umirujuće i nelagodno; podsjetnik da u ovim vremenima spas ne dolazi iz službenih kanala, nego iz tihe odlučnosti običnih ljudi spremnih riskirati sebe za druge. Darko – lice mu vjetrom izrezbareno, nosilo je brazde što su podsjećale na kartu planina koje su ga oblikovale. U njegovom hodu bilo je nečeg iskonskog: kretao se lako i sigurno, kao planinska koza koja ne sumnja u kamen pod sobom. Kao da je u njegovim pokretima živjela sama logika planine – strpljenje, snaga i tiha mudrost visina. Njegove oči su stalno bile na oprezu, znalački pretraživale okolinu oko sebe. Čovjek od malo riječi, ali njegova mirna sigurnost ulijevala je povjerenje.

Vodio nas je skrivenim stazama, preko kamenitog terena. Put je bio težak, naša tijela protestirala su sa svakim korakom, ali Darkova odlučnost gurala nas je naprijed. Putovali smo samo noću, odmarajući se danju da ostanemo neprimijećeni. Dublje u planinama, zrak je postajao hladniji. Provlačili smo se kroz uske klisure zaleđenih ivica.

Darkovo poznavanje terena bilo je naše spasenje; prijetnja da nas uhvate stalno je visila nad nama, ali svakim korakom užas rata ostajao je iza nas. Planine su bile nemilosrdne: krivudave staze, skrivene jaruge. Hladnoća nam se uvlačila u kosti, studen vjetra i ledena kiša dodatno su nas slomile. „Marko, sine, jesi li dobro?“ prošaptala je majka, stišćući mi ruku. „Nervozan, mama,“ rekao sam, pokušavajući zvučati sigurnije.

Zrak nas je rezao. Svaka barikada bila je ispit, kocka – ali sa
svakom uspješno pređenom rađala se nada.

Kod treće kontrole tempo je usporio. Vojnik, lica tvrda pod
grubim svjetlom jedne sijalice, precizno je pregledao naše
papire. Cijev puške pritisnuta uz moja leđa bila je hladna i
teška. Sat se razvukao u vječnost.

Marija, moja majka, držala je malu Saru uz sebe i tiho joj
pjevala uspavanku. Sara, srećom, sve je prespavala.
Grub glas vojnika presjekao je tišinu. „Gdje su pare?“

Darko, ne promijenjenog izraza, glatko je izvadio malu
vrećicu. Nikad ga nisam vidio da se kreće tako brzo, tako
uvježbano.

„A to,“ reče vojnik pokazujući na moju torbu, „lijep
Walkman. Moj nećak… oduševio bi se.“

Uzeo ga je. Ugriz žaljenja, ali dio mene vidio je to kao
transakciju — malu cijenu naspram obećanja novog života.
Uostalom, to je samo Walkman, uvjeravao sam se.
Svoje omiljene pjesme i priče koje sam obećao ispričati Sari
nosio sam već u glavi.

Kad smo prošli , okrenuo sam se, srce mi je još tutnjalo. „Hvala, Darko," rekao sam iskreno. Samo je klimnuo, oči su mu zaiskrile na mjesečini. Ništa nije rekao. Svi smo se, na svoj način, borili da preživimo i probijemo kroz surov svijet.

Majka mi je još jednom stisnula ruku. „Uspjeli smo, Marko," prošaptala je, jedna suza radosti skliznula joj je niz obraz. „Slobodni smo." Sara se meškoljila i ispustila sretan uzdah. U tom sitnom zvuku, u mekom dodiru majčine ruke, u hladnom noćnom zraku koji je sada mirisao na svježu nadu, znao sam da će se žrtve isplatiti.

Walkman je nestao, ali uspomene, naša porodica, naši snovi — bili su sigurni, nošeni u našim srcima.

Put je bio zastrašujući, ali odredište — ispunjeno blistavim, optimističnim svjetlom. A to je vrijedilo više od svakog prolaznog muzičkog uređaja.

Noći su bile najgore. Tama je skrivala opasnost; ledeni vjetar šaptao je prijetnje. Zbijali smo se jedno uz drugo zbog topline, dah nam je bio para u hladnom zraku.

Strah da nas uhvate bio je stalno prisutan — svaki šum u grmlju, svaki lom grančice, budio je osjećaj kao da se led topi niz kičmu. Sa vremenom, strah više ne osjećaš; samo znaš da je tu, kao sjenka koja hoda iza tebe.

Daleka pucnjava i jeziva tišina planina bile su podjednako
zastrašujuće. Sretali smo i druge izbjeglice — porodice poput
naše, u bijegu od nasilja, lica im urezana iscrpljenošću i
strahom. Neki su nosili jedva više od odjeće na sebi.
Dijelili smo ono malo hrane i vode; veze kovane u
zajedničkoj nevolji učvrstile su našu odlučnost.
Bilo je to svjedočanstvo ljudskom duhu da, čak i pred
nezamislivom patnjom, suosjećanje opstaje.

Svaka kontrola bila je ispit živaca — tiha partija šaha sa
sopstvenim životima. Djedova vješto izrađena dokumenta
postala su naš jedini štit; svaka sitnica, svaki pečat i potpis
mogli su odlučiti da li ćemo proći ili nestati. Otac, naviknut
na pritisak i preciznost, znao je smiriti glas i pogled, otkloniti
sumnju u trenucima kad je i najmanja greška mogla biti
kobna. Jednog dana krili smo se satima u pećini, slušajući
kako vojničke čizme odjekuju iznad nas — svaki šum bio je
opomena koliko je tanka nit između života i smrti.

Drugog dana morali smo preći minirano polje, oslanjajući se
na intuiciju, oprez i sreću — hodajući kao po nevidljivoj
granici između nade i očaja. Poslije beskrajnih dana i noći,
iscrpljeni i promrzli, stigli smo do granice. Naša tijela su
drhtala, ali u nama je još tinjala vatra — nada da ćemo
napokon ostaviti rat iza sebe.

*„Nije najveća nesreća ako čovjek ne zna kuda ide, već ako ne
zna zašto ide." Meša Selimović*

Na prelasku granice iz Bosne, još se jednom okrenuh i po posljednji put ostavih moju Grbavicu, moju mahalu iza sebe.

Tu sam rođen, na jednoj adresi, a život me kasnije vodio na mnoge druge krajeve svijeta — ali Grbavica će uvijek ostati moj prvi dom, moja Zagrebačka ulica, moja raja.

Od prvih koraka u parku, preko školskih hodnika „Boriše" i Treće gimnazije, do mosta Bratstva i Jedinstva — imena koje danas odzvanja kao gorak podsjetnik. Sve to, moj svijet, protezalo se na svega nekoliko kilometara, ali u njemu je stalo cijelo jedno djetinjstvo. Mali komad Sarajeva, a u njemu — sav moj svijet, moj početak.

Vilsonovo šetalište na kome sam danju vozio bicikl, a uvečer na klupi dijelio prve tajne i snove.

Na stadionu sam navijao za Želju, srce bubnjalo u plavo-bijelom ritmu, a na ulicama stekao prijatelje za cijeli život. I kad je došao trenutak da krenem dalje, da zakoračim u bijeli svijet, znao sam da nosim Grbavicu u sebi — kao korijen, kao kompas, dio mene. Ona nikada neće prestati biti moj iskreni dom.

Pogled na graničare razbuktao je strah. Srećom, dokumenta su izdržala; očev miran, diplomatski nastup i moja pribranost učinili su svoje — napokon smo mogli prijeći.

Olakšanje je bilo neopisivo. Izašli smo iz užasa Bosne. Ali put je ostavio trag.

Fizička iscrpljenost, stalna strepnja i trauma putovanja su rane kojima će trebati godine da zacijele. Ipak, usred iscrpljenosti, javio se snažan osjećaj trijumfa.

Strah je ostao, ali ga je nadjačala nada — ona najmoćnija sila koja tjera čovjeka naprijed. Bili smo slobodni i živi. Budućnost je i dalje skrivala svoje lice, ali u tom trenutku, to je bilo dovoljno.

Kad sam napustio Sarajevo, nisam znao da ne odlazim samo iz grada — nego iz verzije sebe koja više nikada neće postojati

Voz se trznuo i stao; škripa metala prekinula je umornu tišinu koja se spustila na nas. Beograd. Samo ime sada je zvučalo strano — riječ šaptana u očaju našeg odlaska iz Sarajeva. Silazeći na peron, zrak je bio vlažan i hladan — oštri kontrast osunčanim, ratom razorenim ulicama koje sam ostavio.

Grad je bio kakofonija nepoznatih zvukova, kovitlac ljudi koji su govorili jezik koji je također moj, a koji sam jedva uspijevao jasno razumjeti. Lica ljudi na ulici urezana umorom i ravnodušnošću. Živa zbrka Sarajeva, čak i pod opsadom, činila se svjetovima daleko. Ovdje je vladala druga napetost — tiha neprijateljska koja se lijepila za zrak poput uporne magle.

71

Dok sam silazio sa voza u Beogradu, nisam se mogao oduprijeti utisku da sam ušao u paralelni svijet.

Rat u Sarajevu činio se kao daleka uspomena, grub san iz kojeg sam se naglo probudio.

Ljudi u Beogradu živjeli su sa dozom nonšalancije koja se graničila sa uvredljivim. Kako su mogli biti tako bezbrižni kad se tik preko granice životi rasipaju i kidaju?

Kao da su namjerno zatvarali oči pred patnjom, birajući da žive u svom ignorantom svijetu prividnog mira. Gledao sam ih u začuđenoj nevjerici dok su obavljali svoje dnevne rutine.

Šetali su ulicama, pijuckali kafu i ležerno razgovarali, kao da se svijet ne raspada oko njih. Pijace su vrvjele ljudima, žive i šarene — grub kontrast sumornoj stvarnosti Sarajeva.

Ljudi su se cjenkali, smijali i uživali u malim svakodnevnim zadovoljstvima. Kao da im je rat bio tek neugodnost, daleka tragedija nedostojna njihove brige. Sam grad kao da mi se rugao svojim spokojem. Neokrznut razaranjem, zgrade su stajale visoke i ponosite, bez ruševina i smeča koji su zakrčili Sarajevske ulice. Čak je i zrak bio drugačiji, bez te teške napetosti i straha što su nad Sarajevom lebdjeli kao gust pokrivač. Ovdje ljudi mirno spavaju noću — nesvjesni ili nezabrinuti za užase koji su proganjali moje snove. Bio je to čudan, gotovo tuđinski osjećaj — ta njihova bezosjećajnost.

Osjećao sam se kao svjedok njihovih mirnih života, nemoćan da otresem krivnju i zbrku koje su mi mutile misli.

„Najveća snaga nije u preživljavanju, nego u sposobnosti da ponovo vjeruješ u dobrotu, uprkos svemu što si vidio.“

Otac, upalog, blijedog lica, stiskao je skromne stvari koje smo uspjeli spasiti. Majka, očiju crvenih i natečenih, držala je sestru čvrsto uz sebe, rukom je štiteći od surovosti nove okoline. Bili smo kao sablasti, bačeni u more nepoznatih lica koja su odražavala umor urezan oko naših očiju.

U rukama smo nosili falsifikovana dokumenta, tanke listove papira koji su trebali zamijeniti identitet, postati naši talismani protiv neizvjesnosti.; ali ni njihova magija nije mogla zaustaviti teret otuđenosti. Naši daleki rođaci — jedina veza u ovoj nekad našoj, a sad tuđoj zemlji — živjeli su u zgradi na periferiji, skučenoj i oronuloj. Godine zapuštenosti vidjele su se na ljuštećoj boji i napuklim prozorima, turobnom odrazu siromaštva okoline. Sam stan bio je jedva veći od jedne sobe, grubo preuređen u mjesta za spavanje, svaki kut zatrpan sitnicama. Miris ustajalog dima i neopranih tijela bio je težak — surov kontrast sterilnosti bolničkih odjeljenja gdje sam ranije boravio. Umjesto topline porodice, dočekala nas je hladnoća, jedva prikrivena sumnjičavost koju su odražavali i pogledi prolaznika na ulici.
Gledali su nas sa mješavinom sažaljenja i prezira, kao da smo nepoželjni, tuđi teret.

Dobrota koju smo susretali među drugim izbjeglicama na putu već je djelovala kao nešto iz nekog drugog života. Umjesto nje nastupila je tvrđa klima — ravnodušnost naoštrena iscrpljenošću, sumnja rođena iz oskudice. Sam pritisak preživljavanja. Mjesto gdje se nekad hranila glad i umirivala tuga, pretvorilo se u prostor ravnodušnosti. Rodica, žena lica izrezbarenog teškim životom, dočekala nas je kratkim klimanjem i formalnim zagrljajem. Oči su joj, međutim, govorile nešto drugo — neizgovorenu nelagodu zbog tereta našeg dolaska. Njen muž, grub i šutljiv, jedva nas je primijetio, pogleda izgubljenog negdje daleko, izvan važnosti našeg dolaska. Uvjeti života bili su daleko od onih na koje smo navikli; sjećanja na naš dom bivala su sve mučnija.

Dani su se stapali u jednoličnu rutinu malih poslova i snalaženja u novoj stvarnosti. Stalnu prijetnju granata zamijenio je tihi, rastući užas neizvjesnosti — da ćemo zauvijek ostati odbačeni, odvojeni od života koji smo poznavali. Trauma raseljavanja podigla je zid nerazumijevanja, prepreku koja je sputavala i jednostavnu komunikaciju. Obični razgovori ličili su na hod po minskom polju. Moje nesigurne pokušaje da govorim njihovim svakodnevnim jezikom pratili su uzdasi nestrpljenja i tihi trzaji nelagodnog osmijeha. I one rečenice koje sam uspio sastaviti nailazile su na zbunjene poglede, pojačavajući osjećaj izolacije koji me pritiskao.

*„Najteže je biti čovjek – sve drugo je manje. “Meša
Selimović*

Lutajući nepoznatim Beogradskim ulicama, misli su mi
bježale u sretnije dane. Prisjećao sam se gozbi u mojoj
porodici — stol pun jela, zrak ispunjen smijehom i
toplim zagrljajima. Sveto, Željka, Slavko, Beba, moji
prvi rođaci, baka Mila i mi mali . Drugi Januar, svi na
okupu, slavimo tradicionalno rođendan mog oca. U
suštini, to je bio izgovor da se porodica okupi. Kontrast
sa današnjom stvarnošću bio je nemilosrdan.

*„Porodica je sto za kojim se sijedi i kad su stolice
prazne; ona je prisutna i u tišini, jer sjećanja zauzimaju
svoja mjesta. “*

Eto mene — izbjeglice — izgubljenog u gradu koji je bio
ravnodušan prema mojoj patnji. Osjećao sam se kao duh što
luta Beogradskim ulicama: neprimijećen, sa mukama koje
niko ne vidi. Ipak, i u toj surovosti, držao sam se nade da
možemo opet izgraditi život. Sjetio sam se snage i otpornosti
naše porodice, kako smo jedni druge nosili kroz najmračnije
Sarajevske dane.

Mislio sam na dobrotu neznanaca tokom bijega — na
dijeljene obroke i utjehu koju smo nalazili jedni u drugima.
Ta sjećanja su mi bila potpora, podsjećajući me da, i usred
rata, dobrota i ljudskost opstaju.

Tramvaj me trgnuo u sadašnjost naglim kočenjem — oštrim podsjetnikom na nesiguran put pred nama.
Iskoračio sam i duboko udahnuo, spremajući se za izazove koji tek dolaze.

Možda ćemo, u ovom novom svijetu, opet pronaći mir. Možda, samo možda, Beograd može postati više od paralelnog svijeta — mjesto gdje ćemo pronaći novi život i stvoriti uspomene vrijedne čuvanja. San je bio prividno utočište, kratak predah od briga koje su stalno bile prisutne. Stan je bio mali i hladan; tanke deke jedva su nas štitile od studeni što se uvlačila kroz zidove.

Zvukovi grada — udaljen hum saobraćaja i prigušeni razgovori komšija—a mi stranci sa ukradenom prošlošću i neizvjesnom budućnošću. Svaku noć, kao jeka, vraćalo se Sarajevo; zvukovi su me vraćali u prošlost i znao sam se probuditi uz tutanj artiljerije, a ne uz škripu automobila. Dane je punilo besciljno tumaranje — uzaludan pokušaj da se pomirim sa novom stvarnošću. Lutao sam Beogradom, posmatrao živote drugih: na njihovim licima miješali su se nada i očaj, preslikavajući moju unutrašnju borbu.

Grad, živahan i užurban, osjećao se stran i neugodan; svaki trenutak naglašavao je raskorak između moje prošlosti i sadašnjosti. Djeca koja su se igrala na ulici — smijeha bezbrižnog — bolno su podsjećala na sestrinu nevinost, sada prekrivenu tjeskobom našeg zajedničkog izbjeglištva.

Nekad puna energije, sada se kretala tiše, pogledom koji je nosio težinu našeg iskustva.

Majka, nekad oslonac, djelovala je slabo i pognuto; otac se borio se da nas drži na okupu, ali i njegova se izdržljivost lomila pod svakodnevnom borbom za opstanak.

U tim danima, između čekanja i tišine, počeo sam shvaćati da se čovjek ne spašava bijegom, već sposobnošću da prepozna smisao u ruševinama. Nije me tješilo ono što sam imao, nego ono što sam još mogao postati.

 U nesigurnosti sam pronalazio novu vrstu snage — onu koja ne dolazi iz pobjede, već iz upornosti da ostaneš čovjek kad sve oko tebe gubi oblik. Možda je upravo tada počela moja prava borba: ne protiv rata, nego protiv ravnodušnosti, protiv zaborava.

Jedne večeri, sjedeći sam u skučenom stanu, navrla su sjećanja na Sarajevo — oštra i bolna. Smijeh prijatelja, užurbana pijaca, toplina našeg doma — sve to bilo je istovremeno blisko i daleko, kao san koji blijedi svakim treptajem. Težina svega — putovanja, gubitka, neizvjesnosti —pritiskala me. Osjetio sam hladnoću—ne samo studen Beogradske noći, nego i hladnoću ljudske ravnodušnosti.

*„I ono što je prošlo, i ono što dolazi, neprestano je u nama.
"Ivo Andrić*

Gorka dobrodošlica Beograda ogledala se u gorčini mog srca.

Tih noći sam shvatio da izbjeglištvo nije samo gubitak doma,
nego i gubitak odraza u očima drugih.
Postaješ nevidljiv, sveden na dokument, na tuđu milost, na
prolazni broj u koloni onih koji su preživjeli.

Ali ispod te nevidljivosti, nešto je još tinjalo – tvrdoglava
iskra života, onaj unutrašnji otpor koji odbija da se preda.
Možda obnova počinje upravo tada, u spoznaji da dom nije
prostor, već stanje duha — sposobnost da voliš, čak i kada
sve drugo nestane.

Kad misli odlutaju i vrate me u prošle dane, osmijeh mi sam
izleti — onaj stari, nenaučeni, iskren.

Jedanaest mjeseci prije početka rata, Boris i ja odlučili smo da zastanemo — da produžimo mladost koja nam je klizila kroz prste.

Uzeli smo godinu dana pauze od Medicinskog fakulteta, godinu predaha i lažne vječnosti. Željeli smo da produžimo studentsku bezbrižnost, bez ispita, bez rokova, bez odgovornosti. Samo da dišemo. Da se pravimo da svijet može čekati.

U početku se činilo da će ta godina trajati vječno. Danima smo sjedili u baštama kafića, slušali ploče, raspravljali o filmovima i knjigama koje su nas činile pametnijima nego što jesmo.

Svaki dan bio je varljivo isti — jutra su mirisala na kafu, večeri na cigarete i smijeh. Grad je još bio tih, snen, kao da ni sam ne sluti šta mu se sprema.

Otvorili smo restoran, više iz znatiželje nego iz potrebe. Okupljao se tu raznolik svijet — studenti, lutalice, oni koji su vjerovali da se život još može uhvatiti za rukav.
Poneki pjevač bi navratio, zapjevalo bi se, a uštipci sa kajmakom curili su niz bradu, kao dokaz da sreća ne mora biti velika da bi bila stvarna. Kad bismo zatvorili, išli bi pješice kroz prazne ulice. U nekoj zadimljenoj kafani igrali na poker-mašini, „manja–veća", čekajući dobitak koji nikad nije dolazio. Sa prvim jutarnjim kiflama odlazili na spavanje, mirni, jer nismo znali da mir ne traje. A ništa ne traje.

Poneki naslov u novinama bismo preskočili, ne želeći da
kvarimo raspoloženje. Rat je tada još bio riječ iz tuđih
zemalja, iz crno-bijelih vijesti.

Mi smo vjerovali da se takve stvari ne događaju ovdje
— ne u našem Sarajevu, gdje se sve rješava uz kafu i ironiju.

Ali negdje, neprimjetno, u zrak se uvukla neka napetost.
Ljudi su počeli govoriti tiše, pogledavati preko ramena.

Naša bezbrižnost još se držala, ali već je imala okus straha —
gorak, nepoznat, tek nagovještaj onoga što dolazi. U proljeće
su prvi put utihnule pjesme iz našeg restorana.

Nije bilo nikakve najave, nikakvog zvaničnog početka —
samo jedan dan kad su ljudi počeli dolaziti tiši, nemirniji, sa
pogledima koji traže objašnjenje. Radio je sve češće prekidao
muziku vijestima. Na ulicama se pojavio strah koji još nije
imao ime. Boris je pokušavao da održi vedrinu, puštao stare
ploče, govorio da će sve proći. Ja sam ga slušao, ali sam već
znao da se nešto mijenja — ne samo u gradu, nego u nama.

Zrak je bio težak, pun iščekivanja, kao pred oluju.
Čak su i golubovi oko Sebilja letjeli niže, kao da su osjetili da
se nešto sprema — nešto što će promijeniti i njih, i nas.

*Kasnije, kad sve prođe, shvatiš da život nije ono što si
planirao, nego ono što si već proživio — neprimjetno, dok si
mislio da tek počinje.*

Poglavlje 2: Dugi put do Budimpešte

Beograd, isprva utočište od ratnog pakla, brzo je otkrio svoje surove istine. Pomoć od daljih rođaka — iluzija, izgubljena, rasuta kao pijesak. Skučeni stan, tek osnovni zaklon, nije pružao olakšanje. Očeve preostale sitne kovanice su se svakodnevno topile; suočili smo se sa ogoljenom istinom: bili smo gladni, a svaki novi dan bio je borba da preživimo .

Sjetio sam se boljih dana, prije rata, tumaranja po Beogradskoj Karađorđevoj ulici i njenim kafićima. Oči su mi blistale dok sam gledao kako Crvena Zvezda dominira terenom — noći provodio na splavovima Dunava, sa muzikom koja je klizila preko vode. Drhtaj električnih gitara tresao je pod stopalima, šarene svjetlosti prelijevale su se preko zidova, obasjavajući mene i moje društvo dok smo stajali rame uz rame. Bajagin glas „Moji su drugovi biseri rasuti po celom svetu...od Alaske do Australije kad god se sretnemo, uvek se zalije, uvek se završi, sa nekom od naših pesama,“ uzlijetao je iznad udaraca bubnjeva, odjekujući i miješajući se sa radosnim povicima oko nas. Vrelina tijela, zrak gust od znoja, prosutog piva i ushićenja.

Plesali smo i pjevali bez kočnica, veselje nam se dizalo iznad muzike; na nekoliko dragocjenih sati zaboravljali smo sve brige što su nam ispunjavale dane. Te noći i danas nosim: ne samo zbog radosti, nego zato što u hladnoj neizvjesnosti progonstva njihova toplina djeluje još dragocjenije.

Sjetiti se muzike, svjetala i zajedničke sreće — podsjeća me
na to tko smo bili prije raseljavanja i zašto se vrijedi držati tih
sitnih uspomena. Bile su to sretne godine — dokaz koliko
čovjek često prepozna sreću tek kad je zamijeni sjena
sadašnjosti.

Kako je naša situacija postajala sve očajnija, više nije
bilo moguće bježati od istine. Stan, nekada utočište, sada
je djelovao kao kavez — skučen, zagušljiv, prepun tišine
koja je težila više od granata. Ulice koje su nas nekad
dočekivale raširenih ruku sada su odjekivale istom
neizvjesnošću od koje smo i pobjegli. Ponovo smo stajali
na raskršću, pred teškim izborima i mutnom budućnošću.
Preživjeli smo rat, ali kao izbjeglice u zemlji koja nam je
bila strana i hladna. Naš najveći kapital postala je
otpornost — ne fizička snaga, nego ona iznutra, kovana
u vatri preživljavanja. To je bila odlučnost da se ide
dalje, i kad put nestaje pod nogama, i kad se nada svede
na tek iskru u mraku.

Dugi put do Budimpešte pružao se pred nama — ne
samo kao granica geografije, nego i kao posljednja staza
između očaja i novog početka. Borba za opstanak
prerasla je u borbu za dušu. Ritam točkova voza bio je
uspavanka — smirujući kontrapunkt simfoniji pakovanja
od prije nekoliko sati.

Kutije s našim stvarima — okrnjena šoljica što pamti jutra,
bakin vezeni stolnjak u kojem su utkani glasovi doma,
sestrina izlizana knjiga *Mali princ* koja nas je učila snovima
— bile su uredno složene na policama za prtljag, i one,
zajedno sa nama, kreću na put u nepoznato.

Budimpešta! Samo ime zvučalo je kao obećanje šapnuto na
povjetarcu. Ovog puta, sve je djelovalo drugačije.
Ovog puta imali smo „pasoše“. Prave Jugoslovenske
pasoše.. „Tata,“ rekoh, lagano ga gurnuvši laktom. Gledao
je kroz prozor, pogleda izgubljenog negdje daleko.
„Sjećaš li se Beograda? Onog dugog reda, nervoznih lica? A
onda olakšanja… onog službenog pečata, težak i kao kamen
sa srca skinut, u mojoj ruci.“
Nasmiješio se, polako, blagom krivinom usana. „Sjećam se.
Sjećam se i straha. Ali i dobrote one žene u kancelariji. Čak
je i pomogla mami da popuni formulare. Rekla je nešto o
tome da i sama želi početi ispočetka, baš kao i
mi.“ Razumjela je,’ šapnuh, sjećajući se njenih umornih
očiju koje su ipak nosile tračak nade. Srpska vlada je
nastojala premještati bosanske izbjeglice, nudeći nam prelaz
preko granice kao izlaz. Politika, hladna i tvrda, otvorila je
vrata: možda pogrešna, ali vrata kroz koja se moglo proći.
Rodni listovi i dokumenta iz Bosne, do jučer simboli straha
i obmane, pretvorili su se u most. Pasoši su postali naš štit,
krhko obećanje sigurnosti .

Krajolik izvana razlijevao se u živu tapiseriju zelenih polja i blagih brežuljaka. Zrak je ovdje bio drugačiji — lakši, ispunjen osjećajem mogućnosti.

Više nismo samo bježali; išli smo „prema" nečemu.

„Misliš li da će u Budimpešti imati dobre kolače?" upita Sara, glasom djetinje vedrine koji je gotovo škripao uz sivilo naše stvarnosti.
 Na tren sam se prepustio zamišljanju: izlog pun zaslađenih poslastica, miris toplog hljeba što se diže jutarnjim zrakom, jednostavnost biranja nečeg slatkog bez straha i žurbe. Njeno pitanje, nevino i kratko, podsjetilo me koliko se lako sreća vraća u život — nepozvana, ali tvrdoglava da opstane i ovdje.

Nasmijah se. „Naravno da hoće, moja malo pekarsko zlato. Bolje nego one što smo je jeli u Jadranki!"
„A možda," nastavila je, očima koje su zasjale, „možda nađemo mali stan sa balkonom, da sadimo paradajz kao što je mama sadila." Živa slika majčine bašte u Sarajevu, ispunila me. Ipak, u tom trenutku nisam osjetio tugu. Umjesto toga, u meni je nikla sjemenka nade. Sarine riječi naslikale su budućnost na toplini i postojanosti.

Kasnije te večeri, voz je usporio prilazeći rubovima Budimpešte. Svjetla grada treperila su u daljini kao pali zvijezdani komadi, obećavajući nove početke. Pogledah u Saru; svjetiljka u kupeu blago joj je obasjavala lice.

84

Spavala je, stiskajući u šaci izlizanu drvenu figuricu vojnika — vojnika koji, za razliku od onih u zemljama koje smo ostavili, nije nosio ožiljke.

Životi — nepozvani, ali tvrdoglavi da prežive.

„Biće sve u redu, Saro," promrmljah, iznenađen novom sigurnošću u vlastitom glasu. „Bićemo dobro."

Kuckanje točkova prešlo je iz uspavanke u trijumfalni marš, noseći nas u neizvjesnu budućnost.

Putovanje je bilo dugo, ali Budimpešta je nosila obećanje svjetlijeg sutra, i to je bilo dovoljno.

Moja medicinska obuka, nekad izvor ponosa i smisla, sada se osjećala kao nevažan relikt prošlog života. Sterilni odjeli, umirujuća rutina liječenja, osjećaj kontrole i svrhe — sve je to izgledalo daleko kao zaboravljen san. Ruke, navikle na finu preciznost hirurgije, sada su bile žuljevite i sirove od neumornog rada na koji sam bio primoran.

Moj prvi posao bio je na gradilištu na periferiji grada; ogroman prostor prašine i krša pod nemilosrdnim suncem. Posao naporan; mišići su protestovali već nakon nekoliko sati. Nosio sam cigle, vozio cement, miješao malter — zadaci za koje nikada nisam mislio da ću ih raditi.

Tijelo nekad snažno i okretno, sad je bilo izubijano i iscrpljeno. Odjeća natopljena znojem, ruke trajno zamrljane prljavštinom.

Drugi radnici, uglavnom muškarci otvrdli od godina tegoba, bacali su na mene oprezne poglede.

Oklijevali su pomoći „Doktoru" za kojeg su znali da je došljak — izbjeglica koji se jedva snalazi.

Moj ponos, vatra iza medicinskih snova, dnevno se sudarao sa grčevitom glađu u stomaku. Dani su se slijevali jedan u drugi — beskrajan krug teškog rada i siromašnih obroka.

Hrana koju smo mogli priuštiti jedva nas je držala na nogama: ustajali hljeb, rijetka čorba, pokoji komadić žilavog mesa. Glad je visila u zraku — tiha, neumoljiva, prazna.

San je donosio kratko olakšanje, tek privid odmora. Iscrpljenost je prodirala dublje od tijela — do samog duha. Jezik, tvrda barijera, stajao je između mene i svijeta. Teško sam razumijevao upute šefa, ili je on glumio da ne razumije mene—većina radnika su bili Albanci, a i nadzornik je bio albanskog porijekla. Oslanjao sam se na geste i očajničke pokušaje objašnjenja.

Na moje natucanje albanskog, izmiješano sa nespretnim engleskim, odgovarali su mrmljanjem i uzdahom. Nerazumijevanja su bila česta, donosila dodatni posao da ispravim greške.

Stalno sam bio u strahu — strahu da ću izgubiti posao, da neću moći izdržavati porodicu.

Taj strah bio je teret, davio me — kao ledena šaka što se steže oko grudnog koša.

Večeri smo provodili u magli iscrpljenosti. Skučeni stan bio je poput zatvora, zidovi su stiskali i gušili nas. Tihi miris vlage i truleži bio je jedina konstanta. Malo je bilo vremena za razgovor; svaki član porodice nosio je svoj oblik iscrpljenosti, njihova tiha patnja vidjela se kroz tamne krugove ispod očiju.

Otac, uvijek stoik, nosio je teret naših muka sa tihim dostojanstvom. Majčine, nekad sjajne oči, sada sa brigom koja je bacala sjenu preko pogleda; trudila se održati bar privid normalnosti. Sestra, kojoj je djetinja nevinost bila oduzeta okolnostima, kretala se sa tihom gracioznošću koja me i žalostila i divila.

Fizički dan je bio težak. Ruke su mi krvarile, leđa neprestano boljela, stopala uvijek otečena i ranjena. Plikovi su bridjeli čak i dok sam spavao.

Pokušavao sam medicinskim znanjem ublažiti povrede— dezinficirati, držati čisto — ali zarastanje je bilo sporo. Stvarnost je bila surova: nismo si mogli priuštiti da se razbolimo ili da stanemo.

Ni vikendi nisu nudili predah. Tražio sam druge načine zarade, hvatao se svake prilike. Nosio sam prtljag na stanici za nekoliko forinti.

Prao izloge u centru grada, borio se sa prljavštinom i ravnodušnošću prolaznika. Učio sam prečice i pasaže sokaka gdje su sjenke skrivale i priliku i opasnost.

Čak sam razmišljao da prodam očev dragocjeni džepni sat, relikviju iz života koji je i dalek i bolno blizak. Sat, Schaffhausen, bio je posveta očevoj ustrajnosti i bakinoj ljubavi: tanak srebrni lanac sa finim ornamentom, bijelo lice sa profinjenim sjajem, kazaljke koje klize bešumno — svjedočanstvo švicarskog majstorstva.

Otac ga je dobio na poklon od majke na diplomiranju — nagrada za rad i predanost. Štedjela je dvije godine da ga kupi — luksuz u našoj porodici.

Sada, dok sam razmišljao da ga prodam, probadala me krivnja. Bio je to most ka sretnijim vremenima, simbol očevih postignuća i podsjetnik na bakin trud i ljubav. Ali bili smo očajni i znao sam da bi me otac razumio.

Uvijek je bio praktičan, njegov nekada ponosan stav istanjio se pod teretom sudbine. Sat bi nam možda donio olakšanje — kratak predah od stalne gladi i iscrpljenosti. Bio sam siguran da bi dao blagoslov, ali pomisao da se odvojim od tako značajne stvari kidala me. Držeći sat u žuljevitim dlanovima, sjetio sam se dodira hirurških instrumenata, zadovoljstva liječenja i života koji sam ostavio. Sada sam bio izbjeglica, prodavao komadiće porodične istorije da proguram dan.

Grad kao da je odražavao našu muku — ljepota mu zasjenjena raširenim siromaštvom. Svaki pogled, od uglačanih zgrada do tračara na rubu grada, potvrđivao je istu istinu — bili smo autsajderi, potisnuti na margine. Lica stanovnika nosila su mješavinu umora i apatije, jeku moje unutarnje borbe. Jedne večeri, poslije iscrpnog dana nošenja građevinskog materijala, srušio sam se na pod našeg stana, preumoran i za suze. Fizički bol je blijedio pred težinom očaja koji se spuštao na mene. Osjećao sam se slomljeno, ogoljeno od dostojanstva, sveden na mašinu za preživljavanje.

Oštar Budimpeštanski vjetar šibao me je kao okrutni ledeni topovski udari što su kosili Sarajevske ulice. Zavučen dublje u izlizani kaput, osjećao sam kako me tkanina jedva štiti od studeni koja je prodirala u kosti. Surovi gradski zvukovi — tutanj kamiona, povici prodavača, udaljena sirena — udarali su po već načetim živcima; ali nije me progonila fizička hladnoća, nego ledeni stisak sjećanja —duhovi Sarajeva što su me obavijali kao korov. Dolazili su nepozvani, sablasti iz prošlosti. Na tren sam bio na užurbanoj Budimpeštanskoj pijaci, cjenkajući se za krompir; već sljedeći, na ulicama Sarajeva pod snajperima, gust smrad baruta, oštri pucnjevi oko mene. Opet sam ih vidio — lica komšija, oči razrogačene od straha dok traže zaklon; iskrivljeni kostur porušene zgrade što grebe modro nebo; blijedo, nepomično lice djeteta — mališanovo tijelo kao nijemo svjedočanstvo bezumlja.

89

To nisu bile samo slike; već sjenke koje su se pretvarale u noćne more. Osjetio sam fantomski pritisak snajperskog metka na sljepočnici, jezivi krckaj polomljene kosti pod stopalima. Mirisi, zvukovi, okusi — sve je bilo živo, brutalno prisutno, prelivalo se preko čula i brisalo granicu između sada i tada. Iz tijesnog, zagušenog Beogradskog stana gdje se borim sa vrećom brašna, iznenada sam se našao pod treperavim neonskim svijetlom ratne bolnice nad krvavim, improvizovanim operacionim stolom. Nisu to bile samo vizije; bile su i glasovi.

Krikovi ranjenih, očajničke molbe, i jeziva tišina poslije razorne paljbe — progonili su me i na javi, eruptirali usred svakodnevice. Zveket Beogradskog tramvaja pretvarao se u tutanj granata; veseli žamor djece topio se u šapat smrti. Trzao sam se, kao da svaki šum najavljuje udar.

Srce je lupalo i kad je razum znao da opasnosti nema. Ti napadi prošlosti — iznenadni i nemilosrdni — ostavljali su me iscijeđenim. i dušom i tijelom.

Svijet bi nestajao, a Sarajevo se vraćalo, obavijeno dimom i sjećanjem. Gubio sam pojam o vremenu, identitet mi se cijepao u zbirku sukobljenih slika i sjećanja.

Prijelazi su bili ponekad tako suptilni da bih se našao usisanim u halucinaciji, pa se vratio i zatekao zbunjena lica oko sebe ili vlastite ruke kako podrhtavaju. Strah je bio stvaran kao i umor: strah od tih slika, od gubitka oslonca na stvarnost, od utapanja u oceanu traume što mi je prijetila.

Pokušavao sam se boriti — odgurivati ih, hvatati se za
sadašnjost, ponavljati sebi da sam u Budimpešti, na sigurnom
— bar za sada. Ipak, slike su navirale neumoljivo, dokaz
brutalnosti rata. Moje medicinsko znanje i razum pružali su
malo utjehe. Znao sam da simptomi ukazuju na PTSP —
post traumatski stresni poremećaj — dijagnozu koju sam
bezbroj puta viđao u Sarajevskoj bolnici. Znao sam
preporučene terapije: psihoterapiju, lijekove, familijarno
okruženje.
Ali to su bile nedostižne „"luksuzne" stvari u ovoj tuđoj
stvarnosti. Bio sam izbjeglica, čovjek lišen resursa, i
identitcta — kamoli mogućnosti da se uhvati u koštac sa
dubokom traumom koja me prijetila progutati.

Znanje koje mi je nekad davalo kontrolu i smisao sada djeluje
nedovoljno — gotovo besmisleno. Govorio sam sebi da
halucinacije nisu ništa drugo do sjećanja prelomljena
traumom, koje um pokušava smisleno složiti u ono što ne
može razumjeti. „To su odjeci," uvjeravao sam se, „ne
proganjanja" —odlomci koje iznova pušta mozak očajan da
preživi, čak i ako preživljavanje znači zamućivanje granice
između prošlosti i sadašnjosti. Ali bili su suviše živi, suviše
sve obuhvatni da bi se odbacili kao puke jeke prošlosti.

Bile su to žive pojave — duhovi prošlosti — odlučni da
me drže zarobljenog u svom ledenom stisku.

Jedne večeri, nakon još jednog dugog radnog dana,
sjedio sam u skučenom stanu. Sjene su treperile po
zidovima, pretvarajući se u nakazne oblike, pokreti su im
oponašali lupanje u mojim ušima i zastrašujuće slike
koje su titrale iza kapaka. Poznati miris ustajalog hljeba
prizvao je sjećanje na raznesenu pekaru, vlasnika koji je
ležao među ruševinama, blijedog lica i praznog pogleda.

Sam čin disanja odjednom je postao ogroman napor, svaki
udah podsjetnik na zrak zasićen dimom i smrću koji sam
nekada udisao. Pokušao sam se usidriti u sadašnjosti,
fokusirati, ali su sjećanja navirala.

Slike moga Sarajeva — moga života prije rata — slijevale su
sa tim užasnim prizorima. Poznati, utješni miris svježe
skuhane bosanske kafe — odjednom je nestao. Težak,
slatkasto-sapeti zadah smrti pritisnuo me; poželio sam
vrisnuti, ali glas se nije javio. Sjedio sam nijem dok su se
prošlost i sadašnjost sudarale u krvavom plesu. San nije
nudio izbavljenje. Košmari su postali noćna rutina —
nastavak dnevnih halucinacija. Poznata lica Sarajeva,
izobličena i groteskna, pojavljivala su se i nestajala, očiju
optužujućih, usana koje nijemo vrište.

Budio bih se obliven hladnim znojem, sa ubrzanim pulsom,
plitkim i isprekidanim disanjem. Osjećaj bespomoćnosti,
zarobljenosti u noćnom krugu sjećanja i traume, bio je gotovo
nepodnošljiv. Fizički i emotivni teret bio je ogroman.

Tijelo, već iscrpljeno fizičkim radom, sada je nosilo i teret duševne muke. Umor je bio neumoljiv — istrošenost i iscrpljenost duše zbog koje su i najjednostavniji zadaci postajali nemogući. Ljubav prema porodici i nepokolebljiva posvećenost njihovom dobru bili su mi lifeline — sidro u ovom uzburkanom moru sjećanja. Nosili su ožiljke Sarajeva; njihova tiha patnja stalno je podsjećala na zajednički teret.

I njihova ljubav — pomisao na njih — davale su mi snagu da se borim sa duhovima, unutrašnjim i spoljnim, koji su me progonili svakim trenutkom budnosti. Dugi put bio je težak i mučan, ali saznanje da ga prolazimo zajedno davalo mi je snagu. Budimpešta je bila tek daleko obećanje; spasonosno uže koje smo držali u oluji vlastitih života. Okrnjena emajlirana šolja grijala mi je ruke, pružajući trunku utjehe pred ncumornom studeni koja se uvlačila u kosti.

Tanka, zaslađena „čaj-voda“ — jedva više od tople vode s daškom bergamota — nije utišala glad koja je grizla stomak, ali je pružila kratak predah od navale sjećanja.

Sjedio sam poguren na klimavoj stolici u zajedničkoj sobi izbjegličkog centra; zrak je bio gust od mirisa vlažne vune i očajanja. Oko mene, druge duše, jednako nagrizene ratom, tiskale su se u svojoj tihoj tuzi; lica su im nosila isti umor koji je ogledao moj.

Dječak, ne stariji od osam, teških očiju od života prepunog napora, prošunjao se pored mene zureći u pod. U ruci je stiskao izlizanog plišanog medu, sa krznom zgrudvanim i jednim okom koje je visilo o končiću — oštar simbol izgubljene nevinosti usred ludila rata.

Val empatije preplavio me je; veza skovana u zajedničkom vrtlogu raseljavanja.
Dječakova tiha patnja odjekivala je mojom — nijemi jezik neizgovoren, a duboko shvaćen. Kasnije te večeri, žena — lica izvezenog brigom, ali očiju koje su sjale upornom snagom — ponudila mi je dio svog skromnog večernjeg obroka. Jednostavno — kuhani krompir sa malo soli — gesta dobrote u svijetu kojem često to nedostaje . Malo smo govorili; veza je bila tiše razumijevanje nego riječi. Ipak, taj mirni susret iskovao je tanku sponu — nit koja nadilazi jezik i kulturu. Podsjetnik da je, čak i u užasu rata, ljudski duh nesalomiv.
Sljedeći dani su se razlijevali u jednolične rutine —potrage za hranom, pokušaje da se održi kakva takva higijena u skučenim, uslovima i neprekidna borbu da potisnem sjećanja koja su prijetila da se vrate.

Pa ipak, usred te nemilosrdne muke, male iskre trzale su se poput varnica u vatri koja se gas — zajednički smijeh sa poznanikom na loše ispričanu šalu; ruka koja me pridržava kad posustanem; neko tko me sasluša kad uspomene preplave.

Jedne večeri, čekajući u redu za obrok, započeo sam razgovor sa starijim čovjekom. Govorio je o životu prije rata; glas mu promukao, ali topao. Opisivao je svoju kuću, voljenu suprugu i zanat stolara u selu koje je sada ruševina.

Priča nije bila jedinstvena — odražavala je bezbrojne razbijene živote. Ali u njegovom pripovijedanju živjela je tvrdoglava odluka da se ne preda očaju — hvatanje za fragmente koji su ga činili onim što je bio. U tim kratkim susretima, tim treptajima ljudske blizine, nalazio sam tračak nade, razlog da nastavim borbu protiv tame iznutra. Zajednička iskustva, uzajamna empatija, tihi činovi dobrote — nevidljive niti koje tkaju tapiseriju otpornosti, vežući nas u zajedničkoj muci. Svjedočanstvo trajne snage ljudskog duha: naše sposobnosti da pronađemo smisao i vezu i u najpustijim pejzažima patnje. Počeo sam sa malo više truda gledati druge oko sebe. Mlada majka — dubokih očiju, neumorna u brizi za svoju djecu. Suhonjavi stariji čovjek koji je, uprkos godinama, uvijek imao vedru riječ. Priče su im bile različite, ali borbe su odzvanjale u njima. Bili smo odlomci razbijenih života, ali zajednička ljudskost je opstajala. Dijelili smo priče, strahove, tjeskobe. To je postalo tiho iscjeljenje — neizgovoreno priznanje naše zajedničke boli i istih rana. U njihovoj izdržljivosti nalazio sam snagu, znajući da nisam sam u patnji.

„Čovjek bez prošlosti je siroče. Ali čovjek koji se samo prošlošću hrani, osuđen je na glad. "Meša Selimović

Polako, pronašao sam ritam — zrno svrhe usred meteža. Nametljive uspomene nisu nestale, ali je njihov stisak popustio. Halucinacije su bile rjeđe i blaže. Nije to bio nagli obrat, nego polagan zaokret — sporo trošenje dominacije prošlosti nad mojom sadašnjošću.

Rad, iako naporan, davao je prijeko potrebnu distrakciju i smisao koji me prizemljivao.
Fizička iscrpljenost i stalni zadaci paradoksalno su nudili predah od unutrašnje oluje. Porodična podrška bila je podjednako presudna. Zajedno smo govorili i plakali, otkrivajući da je istinska ljudska snaga u tome što nosimo jedni druge..

Njihova ljubav bila je tiho ognjište na kojem se grijala naša izranjena duša, izvor oslonca i polagano iscjeljenje.

Put ka boljem životu je dug i naporan, ali cesta pred nama izgledala je manje zastrašujuća. To je bio put popločan borbom i oskudicom, ali i obilježen rastućom izdržljivošću i ljudskošću koja prkosi užasima rata.

Udaljeno obećanje novog života u Budimpešti — utočišta sigurnosti i novog početka — gorjelo je u svakom mom koraku.

„Život je čudan labirint: kad pomisliš da si na kraju, otvara se novi hodnik.“ Ivo Andrić

Oglasnik International Herald Tribune bio je rasut preko kuhinjskog stola — sitna slova, sivi redovi, more informacija. Ipak, pogled mi se prikovao za jedan oglas, oštar blok teksta usred gomile:„Soros Foundation Global Scholars Program — primaju se prijave." Ispod, poštanska adresa blistala je poput obećanja prilika o kojima se nisam usuđivao ni sanjati.

Studij u inostranstvu oduvijek je djelovao kao fantazija, nedostižan luksuz. Ovo je, međutim, zvučalo… drugačije. Titraj nade, oprezan, ali uporan, zapalio se u meni. Isprva je djelovalo kao okrutan vic. Ja? Da se takmičim za mjesto studija u inostranstvu? Apsurdno.

Ali dok sam stajao s papirom koji mi se blago tresao u ruci, osjetio sam onu iskru mogućnosti kakvu godinama nisam. Sumnja je brzo stigla, šapćući stari refren:

„Nisi dovoljno dobar. Nikad nećeš nigdje pripadati."

Ovaj put, drugi glas je odgovorio: „A šta ako jesi? Šta ako je baš ovo prilika koju čekaš?"

U danima poslije pažljivo sam proučavao materijale — sjajni prospekt, detaljne konture programa i rigoroznu prijavu.

Akademska izvrsnost, dokazano vodstvo i jasno definiran istraživački projekat — ključni kriteriji. Srce mi je kucalo podjednako od uzbuđenja i zebnje. Ocjene u indexu su mi bile solidne, ali sam znao da će konkurencija biti jaka.

„Mama,“ rekoh napokon, pružajući joj oglas.
„Prijavljujem se na stipendiju — Soros Foundation.“
Majka, uvijek praktična, namjestila je naočale.
„Džordž Soros? Zvuči… ambiciozno, dušo.
Jesi li siguran da ispunjavaš sve uslove?“

„Vjerujem da da,“ rekoh, pružajući joj svoj prijepis ocjena —
redove vrhunskih brojeva kao tihi zalog svoje vrijednosti.

„Već sam počeo skicirati prijedlog istraživanja — o tome
kako trauma oblikuje identitet i sposobnost ponovnog
pripadanja.“ „Identitet?“ ponovila je, sa blagim osmijehom.

„To je prilično… lično područje. “Možda i jeste,“ rekao sam.
„Ali mislim da nauka ponekad mora postati lična, da bi bila
stvarna.“ Osjetio sam kratku pauzu, tračak skepticizma
umotan u odmjerenu ljubaznost.
Ali iza svega i bljesak interesovanja — kao da procjenjuje ne
samo temu, nego i onoga tko je predlaže.
Za mene to nije bila apstrakcija niti akademski hir;
rođeno je iz onoga što sam vidio i pretrpio — uvjerenja
da male prilike mogu vratiti dostojanstvo tamo gdje ga je
raseljavanje ogolilo.

„Da, ali to je nešto do čega mi je stalo,“ pojasnio sam.
„I vjerujem da moje istraživanje može donijeti stvarnu
promjenu.“

Sam proces prijave bio je temeljit i izazovan — prisilio me da se suočim sa sopstvenim iskustvima i ambicijama direktno. U eseju sam razmatrao uticaj međuljudske povezanosti i psihološke otpornosti na oporavak i reintegraciju izbjeglica, oslanjajući se na vrijeme provedeno u izbjegličkom centru i na snagu koju sam gledao oko sebe.

Pisao sam o značaju ljudskih veza — o tome kako zajedništvo može postati najvažniji oblik terapije, i kako se i u najtamnijim vremenima ljudi međusobno podižu, često nesvjesno, jednim pogledom, osmijehom ili gestom.

Dok sam radio na prijavi, mislio sam na starijeg čovjeka čije su priče iz prošlog života budile smisao; na dječaka sa težinom svijeta u očima; na ženu koja je podijelila skroman obrok. Njihove priče, snaga i nepokolebljivi duh postali su srce mog prijedloga.

Dani su se razvukli u sedmice dok sam dorađivao prijavu — svaka revizija me približavala cilju.

Sam proces postao je terapija: pomagao mi je razumjeti vlastita iskustva i pretopiti ih u nešto dobro.

Snagu sam nalazio u drugima poput mene — u njihovim pričama, očima, tišini. Znao sam da moj put nije samo lični, već i dio zajedničke borbe za dostojanstvo i bolju budućnost.

Proces je bio iscrpljujući. Sedmicama sam pisao i prepravljao eseje, bruseći svaku riječ, rečenicu i pasus da budu jasni i tečni. Tražio sam savjete bivših profesora, dorađujući projekat dok nije zvučao uvjerljivo.

Ponovo sam učio vještinu pisanja da napišem ličnu izjavu koja je istovremeno formalna i iskrena — da pokažem karakter bez praznorječja.

Rok za predaju stalno mi je visio nad glavom. Na kraju je došao taj dan. Poslao sam prijavu, grudi stegnute mješavinom olakšanja i nervoze.

Čekanje je bilo mučenje, stalno rastezanje iščekivanja koje su prekidale tek povremene provjere poštanskog sandučića.

Onda je, jednog vedrog jesenjeg jutra, stiglo pismo.
Naslov je bio nedvosmislen:
„Soros Foundation Global Scholars Program – Obavijest o odluci“. Zadah mi je zastao u grlu. Polako sam ga otvorio, prsti su mi drhtali.

„Čestitamo!“ stajalo je na početku. *„ Komisija vas sa radošću obavještava da je vaša prijava uspješna. “*

Čitao sam te riječi iznova dok se nisu zamutile pred očima. Šok je ustupio mjesto radosti — sirovoj, nadmoćnoj, gotovo nevjerojatnoj. Nazvao sam majku, glas mi je bio debeo od emocija.

„Mama! Uspio sam — dobio sam stipendiju!" Nastala je tišina, duga i topla, kao da je svijet na trenutak zastao. A onda njen glas, drhtav od radosti i nevjerice: „O, dragi! O, Bože dragi!"

To pismo Soros fondacije promijenilo je tok mog života. Otvorilo je vrata za koja sam vjerovao da su zauvijek zatvorena. Dok sam držao tu obavijest u rukama, u meni se rodila misao koja je dotad zvučala gotovo nepristojno odvažna — da pokušam upisati studij na Kembridžu. Sa stipendijom u džepu, nada je postala plan, a san se pretvorio u putanju koja me vodila iz ruševina Sarajeva ka jednoj od najstarijih tvrđava znanja.

Tiha moć sitnih gesta, podrška bez riječi i nužnost ljudske povezanosti postali su srce moje lične izjave — dokaz da se dostojanstvo ne obnavlja u teoriji, nego u susretu čovjeka sa čovjekom. Pisao sam ne samo o akademskim ambicijama, nego i o ljudima — ženi koja je dijelila svoj hljeb iako ga je jedva imala; dječaku koji se držao za izlizanu plišanu igračku kao za štit; komšinici koja je u glasu nosila nadu čak i kada joj ništa nije ostalo.

Kroz njih sam shvatio da medicina nije samo profesija, nego i poziv. Težio sam da učim, da pretvorim puko preživljavanje u služenje. Znao sam da put neće biti lak: viza, putni planovi, kulturna prilagodba — svaka etapa je bila zahtijevna , a sve skupa težak izazov. Ali nedaće su postale moja obuka.

Svaki neuspjeh me učio upornosti; svaki gubitak izbrusio mi je empatiju. Zato sam pisao sa uvjerenjem. Izjava je bila više od prijave—bila je deklaracija da me ožiljci neće definirati, nego oblikovati u Doktora kakvog želim postati.

Dok sam sjedio obasjan tim uspjehom, osjećao sam da je to tek početak novog, uzbudljivog poglavlja, započetog malim novinskim oglasom i hrabrošću da se prijavim.

Očevo naučno nasljeđe u Kembridžu stajalo je preda mnom kao dvostruki izazov — tereta i iskušenja. U meni se sudarala želja da ispišem vlastitu stazu sa tihom čežnjom da se vratim mjestu na koje nas je on jednom poveo, kao da se u toj tački sudaraju prošlost i moja budućnost. Sjetio sam se prijatelja iz onog kratkog vremena u osnovnoj školi, i pomisao da ponovo gradim život uz njih bila je očaravajuća.

Sjećanja su se pokrenula: mi smo već jednom bili u Kembridžu. Otac, naučnik i imunolog, poveo nas je na jednogodišnji dopust — tada još nisam znao da ću se, godinama kasnije, vratiti istim putem, ali sa drugim srcem. Izubijani Fiat 125 cvilio je metalnim škripanjem dok se penjao zavojima Slovenskih planina. Snijeg je prekrivao Julijske Alpe, zadivljujući kontrast bijelog i bistrog plavog neba.

Kao dijete, priljubio sam lice uz hladno staklo, opčinjen prizorom. Otac Ilija rijetko je govorio, pogled prikovan za opasne krivine.

Majka je, za to vrijeme, tiho pjevušila melankoličnu narodnu pjesmu — tužnu pratnju napregnutom motoru.

„Tata, vidi, divokoza!" pokazao sam.
Ilija samo svrne pogled: „Da, prelijepa je. Moram paziti na cestu, ali ti uživaj u pogledu, mali."
Austrija se otkrila kao šaren tepih brižno održavanih polja. Oštar kontrast divljoj ljepoti Slovenije. Sve je izgledalo savršeno složeno i čisto.
U seoskoj gostionici — šarenoj zgradi koja je djelovala kao da ne pripada sumornim bojama Jugoslavije — pojeli smo kobasice. Debele, sočne bavarske kobasice. Njihov miris još uvijek držim u živom sjećanju. Okus nezaboravan, pravo otkrivenje. „Dobre, da?" nasmiješila se majka.
„Najbolje!" rekao sam, masne brade.

Prelazak kanala, međutim, bila je druga priča. Trajekt je plesao i propinjao se, bacajući ljude kao krpene lutke. Pripio sam se uz majku, mučnina mi se dizala u grlu. Ilija je, zapanjujuće miran, čitao izlizan primjerak bosanskih novina. „Hoćemo li potonuti, tata?" šapnuo sam, zategnutog glasa. „Ma kakvi," odvrati on sa blagom šalom. „Samo mali ples sa Neptunom. Voli se pokazivati." Dover. Bijele stijene uzdizale su se veličanstveno, čiste i blistave naspram sivog neba. Hiljade galebova kružile su i svojim krikom podsjećale da i sloboda nosi cijenu — beskrajnu potragu za domom koji stalno izmiče — zaglušujuća dobrodošlica.

Sirova energija bila je okrepljujuća, oštar kontrast miru austrijske idile.

„Engleska, dakle", reče Ilija i prvi put duboko uzdahnu.

Jedva da je progovorio tokom cijelog puta. Kao da mu je ogroman teret skliznuo sa ramena. Engleska i njeni seoski prizori bili su otkrivenje. Zeleni pašnjaci protezali su se u nedogled, posuti cvijećem svih zamislivih boja. Očaravajući pejzaž. „Drugačije je…", promrmlja majka gledajući kroz prozor, „ali… prelijepo."
Ilija je ćutio, gledajući valovita brda. Odvezao nas je preko pola Evrope, vođen ne samo putevima već i željom da nam pokaže koliko je svijet širi od naših strahova — da nepoznato može biti dom ako mu priđeš otvorena srca. U njegovoj šutnji osjetio sam dubok umor, ali i titraj nade.
Budućnost je bila neizvjesna, ali dok smo ulazili u Englesku pokrajinu, činila se manje zastrašujućom nego u našem skučenom, drmusavom autu. Zrak je mirisao na svježu travu i cvat, maskirajući smrad auspuha i uporan miris onih kobasica. Put je bio dug i naporan.

Kreda sa Newham Osnovne Škole lijepila mi se za dlanove — poznata patina poslije još jednog dana sabiranja i pravopisa. Bila je to 1978, Kembridž je svjetlucao na popodnevnom suncu. „Trka do rijeke!" viknula je Helen, već sprintajući prema Kamu rijeci. Robin, vječiti taktičar, namještao je svoju kriket-palicu—zapanjujuće solidno za sedmogodišnjaka — kaskao je za njom.

Michael, pragmatičan, provjeravao je džepove korduroj
pantalona trazeći bombone.

„Ne trč'te uz cestu, bando!" doviknula je Mrs. Higgins iz
vrta punog ruža. Okrnjena šoljica zveckala joj je u ruci.
Ignorisali smo je, kao i obično.

Rijeka je zvala. „Imam novi čamac!" objavio sam, dižući
pažljivo sklepani splav od otpadnih dasaka i kanapa.
Drmusao se, u najboljem slučaju. „Splav?
Ozbiljno?" podsmijehnu se Robin, ali mu zaiskri tračak
divljenja u očima. Pokaza prema starijim dječacima koji su
porinjali pravi čamac, vitku veslačicu. „Kad bismo bar imali
takav." „Moj tata kaže da možemo pozajmiti njegov brod
sljedeće sedmice," ubaci Michael, razvijajući iz ambalaže
jagodu bombon. Ljepljiv trag ga je pratio.

Helen je već pljusnula u plićak, ignorisala raspravu o
plovilima. „Hajdc, puževi! Jabuke kod Farmer Gilesa su
sazrele!" Krenusmo za njom, po neravnom putu. Gilesovo
polje bilo je naš tajni raj, prepuna malko natučenih, ali
božanstveno sočnih jabuka.

Ovog puta, prizor je bio drugačiji. Mala gomila okupila se
kraj voćnjaka. Dječak, možda dvanaestogodišnjak, stajao je
uz veliki teleskop. Govorio nam je svečanim, gotovo
pozorišnim tonom: „Posmatrajte! Pratio sam nebeski objekat.
izvanredno poravnanje Marsa i Jupitera… moguće
najavljivanje kosmičke promjene! Tačno iznad jabuke!"

Buljili smo. Robin oprezno zagrize jabuku. „Kosmička
promjena?“ Helen se nasmije: „Više kosmička… pita od
jabuka.“

„Vidjećeš ti više kosmičkih poravnjavanja ako se ne izgubiš
iz mog voćnjaka,“ zagrmi glas.

Farmer Giles —krupan čovjek sa brkovima morsa, začudno
bistar — pokaza ka teleskopu. „Teleskop?
Dvanaestogodišnjak sa teleskopom?“ Dječak, neuzdrman,
objasni kako je štedio džeparac i da ga fasciniraju astrološki
događaji.

Giles omekša. „Dobro, dobro. Ali bez krađe
jabuka!“ Namignu.

Sunce je tonulo, farbajući Kembridž vatrenim bojama. Sjedili
smo na obali, pored plijena našeg „pohoda“.

Kosmička važnost brzo je zaboravljena. „Sljedeći put
krademo brod ne jabuke!“ proglasi Helen. „I gradimo pravi
čamac,“ doda Robin, oči mu zasjale. Michael klimnu, obraz
umazan jagodom.

Zrak Kembridža bio je gust od obećanja nove pustolovine.
Vijest je prešla kao val olakšanja, poplava emocija ostavila
me bez riječi. Suze radosti potekle su kao katarza dugih
godina nagomilane tuge. Kao da je težak teret skliznuo sa
ramena — oklop napokon zbačen. Srce mi je poskočilo od
sreće.

*"Najveća mudrost života je sjećanje na sreću." Milan
Kundera*

Stipendija nije bila samo akademski uspjeh; bila je mukom izborena pobjeda. Druga šansa za život: prilika da obnovim, da liječim, da ostavim trag.

Biće prepreka, izazova i sumnji. Ali stipendija nije samo otvorila put — otvorila je prolaz izvan sjena prošlosti. To nije bio bijeg od onoga što je bilo, nego svjestan korak ka onome što tek treba postati. Po prvi put, nisam bježao od prošlosti. Krenuo sam joj ususret — da je razumijem, da je nadživim, da od nje načinim most ka budućnosti.

Ako dobijem mjesto u Kembridžu, to neće biti samo akademski uspjeh — biće to potvrda da prošlost ne mora određivati budućnost. U njenom obećanju ležao je smisao koji sam dugo tražio, i tiha sigurnost da se iskustva, ma koliko teška, mogu preoblikovati u nešto veće.

Dugi put do Budimpešte bio je naporan — i fizički, i duhovno. Svaki kilometar je nosio sjećanja koja nisam znao kamo da smjestim. Udaljeno obećanje studija sada je postalo stvarnije, gotovo opipljivo — kao da je ova stipendija most koji povezuje teškoće iza mene sa beskrajnim mogućnostima ispred mene. Po prvi put, nisam gledao unazad. Gledao sam prema horizontu koji me pozivao da nastavim — mirno, ali odlučno . Pročitao sam pismo i po deseti put. Riječi, oštre i službene, djelovale su nevjerojatno. Godine očekivanja stale su u tih nekoliko riječi: „Pozvani ste na intervju za medicinski studij u Kembridžu.“

Val vrtoglavice preplavio me — snažan kontrast utrnuloj rezignaciji koja mi je dugo bila stalni pratilac.

Budimpešta je ostala iza mene, kao fatamorgana na granici stvarnosti i sjećanja. Ono što je nekad značilo sigurnost, sada je djelovalo daleko i tiho. U meni se, gotovo neprimjetno, probudilo novo uzbuđenje — osjećaj da se svijet ponovo otvara, ali ovoga puta meni. Sama ideja djelovala je kao san izvučen iz olupina moje razbijene prošlosti.

Prstima sam prelazio preko obrisa riječi, a svaki slog odzvanjao je kao davno izgubljeno obećanje koje sam tek sada ponovo osjetio blizu..

Prijava je bila vatreno krštenje — iscpljujuća, ali oblikujuća. Skučeni uvjeti u Budimpešti činili su mirno učenje gotovo nemogućim. Žamor svakodnevnih briga, grizući strah od budućnosti i odjeci prošlosti stvorili su gotovo nepodnošljivu pozadinu dok sam radio na prijavi.

Svaka riječ i rečenica nosile su težinu i snagu mojih ambicija. Srce sam ostavio na stranici papira, nadajući se da ću pokazati izdržljivost kovanu u talionici raseljavanja. Opisao sam svakodnevne tegobe —emotivni danak raseljavanja i stalnu borbu da potisnem uspomene koje su prijetile da me preplave.

Pažljivo sam zabilježio akademska postignuća, goruću želju da nastavim studij i nepokolebljivu potragu za znanjem uprkos nepremostivim preprekama.

Priložio sam i pisma preporuke — svjedočanstva starog stolara, samohrane mlade majke i čak one žene koja je sa mnom podijelila skroman obrok. Bila su to svjedočanstva zajedničke borbe i čvrstog uvjerenja u sposobnost ljudskog duha da izdrži, da se vine iznad pepela očaja.

Napokon je došao i taj dan — dan intervjua. Šetao sam naprijed–nazad, kao zatvoreni lav koji ne zna je li kavez u njemu ili oko njega. Zrak je bio gust od tišine.

Ispod uzbuđenja osjećao sam strah — ne od pitanja koja će doći, nego od mogućnosti da se vrata zaista otvore. Dok smo sjedili u maloj prostoriji, osjećao sam kako mi srce lagano ubrzava. Iza tankih zidova čuo se prigušen žamor hodnika, koraci prolaznika, kratki odjeci smijeha — sve ono što je u meni budilo nostalgiju za nečim izgubljenim, ali i osjećaj da sam opet dio svijeta koji misli, stvara, traži.

Sjedio sam kraj telefona, čekajući da razgovor počne —. pokušavajući da smirim disanje i misli, svjestan da me sa druge strane linije čeka prilika koja bi mogla promijeniti sve. Saša moj drug i prevodilac sjedio je pored mene, a ja sam u tišini ponavljao rečenice koje sam želio izgovoriti.

Činilo se da je telefon u ruci čarobni štapić, tanka linija prema svijetu beskrajnih mogućnosti. Srce mi je udaralo kao da želi iskočiti, a svaki ton u slušalici odjekivao je poput bubnja što najavljuje sudbonosni trenutak. Udahnuo sam da se smirim kad se veza uspostavila. Intervju putem klimave telefonske konferencije bio je stresan.

Veza loša, puna šuma i ispadanja. Ipak, unatoč tehničkim smetnjama, nastojao sam zadržati sliku mirnoće, dok sam skrivao unutarnju oluju. Dlanovi, vlažni i klizavi, lebdjeli su iznad pažljivo pripremljenih bilješki.

Komisija, sastavljena od uglednih akademika, činila se kao da razumije kontekst moje priče. Znao sam da ti ljudi nisu samo profesori; bili su čuvari znanja, mjerila svijeta kojem sam se tek približavao. A ja — anonimni mladić iz Sarajeva, sa diplomom nade i ruksakom sjećanja. Nisam imao što da ponudim osim istine o sebi, i vjere da i iz ruševina može niknuti razum.

Svako njihovo pitanje bilo je ogledalo – nije tražilo znanje, već istinu o meni samom. Iako očekivano, svako njihovo pitanje ubrzavalo je moj puls, podsjećajući me da istina nikada nije jednostavan odgovor. Provjeravali su moju izdržljivost, iskustva i moje ciljeve. Ispitivali su motive i težnje — ne hladno, već sa razumijevanjem koje je nadilazilo formalnosti. U njihovim pitanjima nije bilo prijetnje, već tiha provjera.

Govorio sam o prošlosti mirnim glasom — ne kao žrtva koja
traži sažaljenje, već kao preživjeli koji nosi priču.
Objašnjavao sam kako me teškoća nije slomila već
oblikovala; kako je svaka rana i gubitak produbio moju
odluku da liječim i pomažem. Dok sam govorio, osjetio sam
kako se teret patnje pretvara u svrhu, kao da se i bol može
staviti u službu nečeg većeg od mene. Zamišljao sam njihove
prodorne, ali blage poglede sa druge strane linije, kao da
prodiru kroz slojeve traume i očaja. Govorio sam o iskustvu
nekoga ko je našao smisao i svrhu usred užasa rata.

Razlagao sam ambicije, posvećenost da činim dobro i želju
da budem snaga dobra u svijetu označenom sukobom. Glas
mi je, i kad je zadrhtao, nosio uvjerenje rođeno iz dubokog
iskustva. Tišina poslije svakog odgovora činila se dugom —
svaki trenutak razvlačio se u beskraj.

Telefon je bio više od uređaja. Bio je lifeline — tanka žica
koja me je povezivala sa svijetom. Ta telefonska konferencija
bila je moj most prema onome što tek treba da dođe; u sebi
sam se molio da moje riječi budu dovoljne. Da ih uvjere kako
zaslužujem priliku, jer budućnost nije ništa drugo nego ono
što sami izgradimo.

I danas se sjećam tog intervjua — kao da je bilo jučer.
Ostalo mi je zauvijek u sjećanju to posljednje pitanje; sva
ostala, ma koliko važna zvučala, sada su nekako izgubljena u
magli sjećanja.

Profesor Sherwood: „Gospodine Markoviću, šta vas je navelo da, nakon svega što ste prošli, izaberete upravo Kembridž?"

Udahnuo sam. Glas mi je zadrhtao, ne od straha, već od težine istine koju sam godinama nosio.
„Zato što vjerujem, "rekoh, „da znanje ne pripada nijednoj naciji, nego ljudskom rodu. Rat mi je pokazao koliko lako sve nestane — osim onoga što znaš i što jesi. Ako ikada želim ponovo graditi — sebe, druge, svijet — moram početi od učenja. "

U tim riječima pomiješale su se i moje uspomene iz djetinjstva, kad sam već jednom živio u Kembridžu. Sjećanja na maglovita jutra uz rijeku Kam, na zvuk zvona sa koledža i onaj neobjašnjivi osjećaj da se u zraku osjeća intelekt — da misao, gotovo opipljiva, izlazi iz starih kamenih zidova i lebdi između tornjeva. Taj duh znanja i danas me pratio, kao tih, ali postojan podsjetnik da se čovjek uvijek može vratiti mjestu gdje je prvi put povjerovao u snagu uma. U tišini koja je uslijedila, osjetio sam kako se u meni smiruje sve ono što me razdiralo mjesecima. Saša je diskretno klimnuo glavom, prevodeći svaku riječ sa pažnjom i emocijom.
Znao sam tada da se most već počeo graditi — ne od kamena, već od riječi, povjerenja i tihe vjere da znanje može premostiti sve granice koje ratovi podižu.

Nakon kratke pauze, Professor Sherwood je rekao samo:
„Hvala, gospodine Markoviću. Javićemo vam se. "

Tog dana znao sam da se nisam samo prijavio na univerzitet — nego na novi život.

Linija je utihnula; buljio sam u prazan zid ispred sebe, osjetivši kako se teret intervjua gubi, iako je neizvjesnost još visila u zraku. Naravno, ne bih sve to uspio izraziti tako jasno i prirodno bez mog pouzdanog prevodioca i prijatelja, novinara Saše. Njegova pomoć bila je presudna u organizaciji ovog razgovora. Ne dešava se svakodnevno da govorite sa eminentnim profesorima; htio sam da se moji odgovori prenesu tačno, ali da u njima ostane i moja lična nota — i u tome mi je on istinski pomogao.

Moram priznati, cijelo iskustvo bilo je stresno. Nadam se da su čuli moj odlučan duh, potencijal i jedinstvenu perspektivu oblikovanu nedaćama. Kroz odgovore sam slikao živu sliku nade i otpornosti —svjedočanstvo sposobnosti ljudskog duha da se digne poput feniksa iz pepela.

Čekanje na odluku činilo se dužim od samog rata. Svaki dan bio je dugačak, ispunjen tjeskobom — neizvjesnim plesom između nade i straha. Odbijanje je stajalo iznad mene kao sjenka koja čeka svoj trenutak. Strah nije bio u neuspjehu, nego u tišini koja bi došla poslije — onoj u kojoj čovjek ostane sam sa sobom i pitanjem da li je išta vrijedno pokušati.

„Vrijeme je neumoljivo, ali čovjek mu može dati smisao.“ Ivo Andrić

Oštar jesenji zrak štipao mi je obraze dok sam lutao kroz Városliget, Gradski park. Lišće je krckalo pod iznošenim čizmama, suprotstavljajući se tihim šaptanjima starih stabala. Budimpešta 1993. bila je i stara i nova — grad koji se otresao komunističke prošlosti i oprezno kročio u budućnost.

Posjetio sam Muzej lijepih umjetnosti; muzejski hodnici su odzvanjali stoljećima istorije, oštar kontrast živopisnoj uličnoj umjetnosti koja je cvjetala po zidovima Pešte.

Kasnije, uz jaku, gorku kafu u kafiću blizu Dunava, gledao sam paru kako je na trenutak zamaglila kovitlavu sivu vodu — kao da se i rijeka zamislila.

Toga jutra provjerio sam poštu. Među uobičajenim gomilama računa i letaka ležala je tanka, kremasto-bijela koverta, obmanjujuće lagana, a ipak tako snažna.

Grb Univerziteta utisnut pri vrhu, zablistao je na svjetlu. Ruke su mi zadrhtale dok sam držao kovertu; papir je iznenada postao težak od uzbudjenja. Srce mi je divlje udaralo dok sam otvarao pismo. Riječi su bile formalne, fraze precizne, ali smisao jasan.

Ostvarenje sna donijelo je sa sobom iznenadnu jasnoću – život je ponovo zadobio smisao. Slika mosta, koja mi se u mislima javljala tokom svih ovih dana neizvjesnosti, sada je postajala stvarnost.

Ta veza nije bila obična struktura, već simbol povezanosti
između mog života obavijenog sjenkama, sjećanjima, i onoga
što me čeka – budućnosti ispunjene svjetlošću i obećanjima.

Svaki kamen na njemu bio je podsjetnik na prepreke i
izazove koje sam uspješno savladao. Njegovi lukovi su
djelovali kao nagovještaj novih početaka i mogućnosti koje
tek dolaze.

Krećući se prema tom mostu, bio sam svjestan da prelazak
neće izbrisati moju prošlost; naprotiv, sve što sam doživeo
biće utkano u temelje puta kojim ću dalje koračati.

U tom trenutku, činilo se kao da se cjeli svijet pomjerio – kao
da je taj iskorak u nepoznato donio novu ravnotežu,
ostavljajući prošlost iza sebe, ali je istovremeno čvrsto držeći
kao dio sebe.

Val vrtoglavice preplavio me; žagor u kafiću utišao se u tupi
šum, boje su se razlile na rubovima vida.

Stegao sam pismo kao da bi moglo ispariti — kao da bi riječi
nestale ako udahnem preglasno. Uspio sam. Unatoč svakoj
prepreci, sumnji i sjenkama prošlosti, prokrčio sam put do
Kembridža.

Pismo u ruci nije bilo samo odluka o prijemu — bilo je dokaz
da preživljavanje može postati trijumf, da se progonstvo
može preobratiti u pripadanje. Bio je to most koji sam tražio,
koji me nosi od ruševina rata ka obećanju novog početka.

Mama! Tata!" — viknuo sam, glas mi je zadrhtao dok sam utrčao u naš mali stan.

Majka, ruku umrljanih paprikom, okrenula se naglo, više od iznenađenja nego od straha.

Otac je, kao uvijek, ćutao, samo podigao obrvu — čekao da čuje ono što je već znao.

Podigao sam pismo i rekao, gotovo ne vjerujući vlastitim riječima:

„Primljen sam na fakultet. "Majka je zajecala, ruke su joj poletjele na lice. „Kembridž?" šapnula je, nevjerica joj zadebljala glas. „Ali… prijava… konkurencija…"

„Prihvatili su me", ponovio sam; riječi su zvučale kao da pripadaju nekom drugom. Olakšanje i nevjerica navrli su u meni, zavrtjelo mi se. Trenutak tišine, pa se činilo kao da su se zidovi našeg malog stana zatresli od iznenadne radosti. Godine neumornog učenja, odricanja i tihe brige — sve je kulminiralo ovim časom.

Otac, vječni praktičar, nakašljao se. „Ovo je… izvanredno", reče napokon. A onda, gotovo kao da je požalio riječi čim su izašle: „Ali troškovi?" Njegova briga bila je iskrena i razumna, kratko je lebdjela u zraku. Ipak, dok je govorio, u majčinim očima zaiskrio je ponos, i shvatio sam: ova pobjeda nije samo moja, nego naša.

Šta god da nas čeka, vrata su se otvorila — i prvi put nakon mnogo godina, budućnost je manje ličila na teret, a više na obećanje.

„Naći ćemo način", presiječe majka, oči su joj sijale
mješavinom ponosa i strepnje. „Smislit ćemo."
Te večeri slavili smo u živahnom restoranu u Pešti. Zrak je
brujao od zveckanja tanjira i žamora razgovora.
Moja obično povučena porodica bila je raspoloženija nego
inače. Govorili su glasno, smijeh im je odjekivao prostorijom.
„Za tvoj uspjeh!" nazdravi otac, podižući čašu jeftinog
tokajca. „Za bolje sutra!" Majčin glas zadrhtao od emocije,
oči su joj odražavale toplo svjetlo svijeće.

Mlađa sestra, obično tiha i stidljiva, čak je izmamila rijedak,
oprezan osmijeh. „Čestitam, ludi sanjaru", rekla je, tonom u
kojem je po prvi put zatitrao respekt.

Zveket čaša, toplina svijeća, miris gulaša — savršena smjesa
starog i novog, baš kao što se Budimpešta mijenjala, mjenjao
sam se i ja. Prelazak grada iz sive komunističke sjenke u
živu, ali neizvjesnu demokratiju ogledao je moj put: od
kandidata punog nade do budućeg studenta medicine na
Kembridžu.
Bio je to čas duboke lične pobjede — slavlje ne samo mog
uspjeha nego i nepokolebljive snage i ljubavi moje porodice
te prkosnog duha same Budimpešte.

Ispred mene ležala je budućnost, ogromna i nepoznata, ali
puna obećanja. A ipak, u tom času sadašnjost je bila sve što
mi je trebalo — savršena u svojoj prolaznosti.

Voz je ušao u stanicu, kočnice zaškripale kao konačni, naglašeni pozdrav Budimpešti.

Skupio sam svoje stvari: mali ruksak s onim što je ostalo od prošlog života — nekoliko fotografija, iznošene knjige i duboko usađena odluka da iskoristim ono što je preda mnom.

Kad sam kročio na peron, zrak je bio svjež — naelektrisan novom energijom. Ledeni vjetar što je rezao kroz stanicu kao da je nosio obećanje nove zore, obećanje koje sam bio spreman zagrliti.

Odlazak nije bio kraj, nego početak — pomak od pukog preživljavanja ka življenju sa svrhom, od očaja ka nadi, od haosa ka redu.

Dugi put koji je slijedio, pružio se preda mnom — staza puna izazova, ali natopljena smislom i čvrstim uvjerenjem u otpornost ljudskog duha. Težina prošlosti i dalje je ležala na meni, ali su je sada balansirale beskrajne mogućnosti.

Bio sam spreman ići dalje, prihvatiti novo poglavlje koje me čeka.

Sjećanja na Budimpeštu ostat će — kao stalni podsjetnik, svjedočanstvo koliko sam daleko stigao i pokretač koji će usmjeravati korake široke koliko i moja odlučnost.

Dopustio sam sebi da dišem i vjerujem — prvi put nakon godina — da sam napokon našao oslonac.

Ali baš kad se ta slabašna sigurnost spustila na mene, glas je zvao moje ime sa leđa.

Ukočio sam se. Puls mi je udarao dok je zvuk imena presjekao staničnu buku.

Trenutak sam mislio da umišljam. Polako sam se okrenuo. Čovjek se probijao kroz gomilu, lice mu u sjeni oboda šešira, pogled prikovan za moj.

Bilo je nešto uznemirujuće poznato u njegovim pokretima — promišljeni, neumoljivi — kao da me je cijelo vrijeme tražio. Putnici su jurcali oko nas, ali on je i dalje prilazio. Zrak oko mene postajao je teži; pritisak prošlosti se pojačavao.

Je li to neko iz Sarajeva? Iz Beograda? Ili tek stranac koji zna moje ime? Pitanja su rasla, ali nije bilo vremena za odgovore.

Razdaljina se topila. I onda, tik prije nego što me je dosegao, stanična svjetla zatreptaše — i ugasiše se. Mrak je sve preplavio. Stanica obavijena sjenom.

Povici su odjekivali kroz masu, koraci strugali po betonu, dok su ljudi posrtali i gurali u panici.

Stajao sam ukočen, ime mi je još zvonilo u ušima, sjećanje na čovjekove oči urezalo se u misli.

Ruka me okrznu po ramenu. Grudi su mi se stisle, spremne na najgore — dok žena ne protrča, stišćući dijete. Olakšanje je trajalo tren. Negdje iza mene, glas opet presiječe metež. „Marko“. Ne glasno. Šapnuto. Blizu.

Trgnuo sam se, srce lupalo, ali mrak je otkrivao samo pomične siluete. Tuđi ljudi su se ispriječili između mene i mjesta gdje je bio. Nestao je.
Prisilio sam se da krenem, stežući ruksak, probijajući se prema slabom sjaju lampi za nuždu na drugom kraju perona.

Svaki korak bio je borba razuma i straha. Možda je — slučajnost. Ponavljao sam to, ali nelagoda mi se lijepila za kožu kao sjena. Srce se raspravljalo sa mozgom, logika se hrvala sa nagonom koji je govorio suprotno. Duboko u sebi znao sam istinu: prošlost nije završila sa mnom.

Vrebala je — strpljiva i neumoljiva — čekajući pravi čas da probije zidove koje sam oko sebe podigao. Voz je zadrhtao, metalni jecaj odjeknuo je kao moj nemir. Budimpešta — grad mog ratom napaćenog boravka i dodatno produbljen mojom patnjom — klizio je u daljinu.

Sivi Dunav, vjerni svjedok mojih borbi, smanjio se u srebrnu vrpcu, blijedu uspomenu naspram živih zelenih polja što su jurila pred mojim pogledom. Odlazak nije bio samo fizički čin; bio je prekid veza, simbolično presvlačenje kože — bolan, ali nužan čin samoodržanja.

Svaki kilometar osjećao se kao sporo svlačenje tuge i traume, kao da svaki okret točkova skida još jedan sloj.

Kiseli okus ustajalog hljeba, šapat briga u tami — to su bile teksture moje skorije prošlosti, sirovi materijali od kojih je skrojeno moje preživljavanje. Sada su blijedjeli, zamagljeni daljinom, omekšani sjećanjem.

Na njihovo mjesto došao je uporan ritam voza: kloparanje voza na šinama — stalan, hipnotičan takt što bilježi vrijeme. Sa svakim ponavljanjem nosio me dalje, dublje u novu, neizvjesnu etapu — onu koja je ponovo izgledala kao da bi mogla pripadati meni. Ipak, odlazak nije bio bez bola.

Lica Budimpešte progonila su me — urezana jasno kao da su isklesana u kamenu. Stari stolar, žuljevitih ali mirnih ruku, naučio me tihom značaju strpljenja i istrajnosti. Mlada majka, neprelomljene snage, utisnula mi je u dlan dio svojih skromnih zaliha, iako za sebe nije imala dovoljno. Ona žena — čija se tiha snaga više djelima nego riječima pokazivala — nadahnjivala me u najmračnijim satima.

Što sam dalje putovao, njihove su se slike izoštravale, priče postajale hitnije — kao podsjetnik da je ovo i moje putovanje kao i njihovo. Mislio sam i na izbjeglički centar. Na površini, tek zgrada —ogoljenih, praktičnih zidova koji su odzvanjali gubitkom i neizvjesnošću. Ali unutra je, neočekivano, nešto proklijalo.

Mjesto tegobe, da; ali i otpornosti i solidarnosti.

Stranci su postali prijatelji; patnja se, paradoksalno, pretakala u zajedničku snagu. U tim skromnim sobama nisam samo sastavljao prijavu; već i samog sebe.

Odlazak je bolio kao odsječeni komad vlastitog identiteta — kao da ne napuštam samo prostor, nego poglavlje duše trajno vezano za njega, za te ljude i njihov nepopustljiv duh.

Kontrast između života koji sam ostavljao i onog što me čekao bio je gotovo nepodnošljivo oštar. U Budimpešti su siromaštvo i tegobe oblikovali svaki dan — neumorna borba za opstanak gdje je glad grizla, neizvjesnost vrebala, a strah od nepoznatog nije popuštao. Premda je povremeno zasvijetlila nada, dominirali su sjena i oskudica — a baš na toj pozadini počelo je klijati sjeme moga novog jutra. Kembridž je djelovao kao drugi svijet.

Njegovi bršljanom obrasli zidovi i povijesni tornjevi šaptali su o stoljećima znanja, a univerzitetski hodnici govorili su o svetilištu učenja.

Tu privilegija i znanje nisu čuda, nego dio tkanja života. Mjesto gdje se umovi ne kaleme samo da izdrže, nego da se šire; ne samo da prežive, nego da procvjetaju.

Dobio sam priliku da se uzdignem iznad ruševina rata,
izgnanstva i nađem mjesto u svijetu koji je nekad djelovao
nemoguće dalek.

I samo putovanje je nosilo taj kontrast. Tijesni, često prepuni
vagoni ogledali su skučene prostore izbjegličkog centra —
slika ograničenja sa kojima sam živio.

Ali kroz prozor pružao se prostran pejzaž — simbol
beskrajnih mogućnosti. Zeleni pašnjaci, valoviti brežuljci,
daleki gradići — šaptali su o novom danu, oslobođenom
tereta prošlosti.

Kako je voz jurio, navrla su sjećanja.
Stipendija — putokaz kroz tamu — promijenila mi je život.
Otvorila je vrata akademskog uspona, ali i stazu ka iscjeljenju
— prema obnovi života, prema smislu i svrsi usred pustoši.

Kembridž je bio više od univerziteta; bio je kapija u svijet
znanja. Njegova vrata su otvarala mogućnosti popravke —
pregradnji slomljenog i ponovnom pronalasku sebe.

*"Historija Balkana je historija karavana i
prognanika." Miroslav Krleža*

Poglavlje 3: Novi svijet, novi izazovi

"Čovjek je uvijek na granici dvaju obala, i uvijek na putu.
"Ivo Andrić

Stanica u Kembridžu bila je kovitlac nepoznatih zvukova.
Ritmično kloparanje voza zamijenila je kakofonija — oštro
trubljenje automobila, žamor studenata koji govore jezicima
koje ne razumijem i udaljeno tutnjanje autobusa. Zrak, oštar i
svjež, nosio je poseban miris, drugačiji od svega što sam
osjetio u Budimpešti: opojna mješavina vlažne zemlje, starog
kamena i nečeg suptilno slatkog, možda iz obližnjih vrtova.
Bio je nabijen novom vrstom energije, užurbanim ritmom
koji se suprotstavljao tihoj beznađi na koju sam se navikao.

Mali ruksak djelovao je potpuno nedostatan — malo ostrvo
poznatog usred mora novih doživljaja. Uglađena, gotovo
klinička modernost stanice oštro se suprotstavljala trošnoj
infrastrukturi Keleti stanice u Budimpešti — moja posljednja
veza s starim životom. Ovdje je sve funkcionisalo kao sat —
kontrolisano i predvidivo. Tamo je bilo bojište tjeskobe i
neizvjesnosti.

Smještaj — mala, skromno namještena soba u studentskoj
kući — bio je i izolirajući i čudno oslobađajući. Čiste linije,
minimalistički stil i potpuna tišina bili su dobrodošla
promjena od onog koji sam ostavio u Budimpešti.

Ali ta tišina bila je uznemirujuća — oštar kontrast stalnom žamoru glasova i zvukova zajedničke borbe koji su mi postali svakodnevna pozadina. Manjak buke pojačavao je moju unutrašnju uznemirenost — tišina je odzvanjala mojim sumnjama i brigama o onome što slijedi.

Prvi dan u Medicinskoj školi bio je više od pukog početka — bio je prag, prijelaz u paralelni svijet. Kao u Star Treku, zakoračio sam u novu galaksiju gdje su zakoni postojanja iznova napisani. Iza mene su ostajali obični snovi, a ispred mene širilo se beskrajno prostranstvo znanja. Svaki hodnik bio je orbita, svaka knjiga nova zvijezda, a ja — tek putnik koji uči navigaciju kroz kosmos ljudskog tijela i uma.

Moj stidljiv ulazak otvorio se u prostor u kojem će se oblikovati ne samo moje znanje, nego i moje biće. Uzbuđenje i iščekivanje nisu bili tek prolazne emocije, već znak da svako novo poglavlje života nosi sa sobom i odgovornost, i obećanje. Zrak su ispunjavali glasovi studenata, mješavina akcenata i jezika.

Kratko me presjekla samoća — nisam poznavao nikoga — ali me živa atmosfera brzo uvukla.

Studenti su se skupljali u male grupe, glasovi su im se stapali u skladan hor koji je odzvanjao hodnicima. Prišao sam pultu, potpisao se i dobio fasciklu i bedž: „Marko Marković, student medicine“.

Sa ponosom sam zakačio bedž. U fascikli je bilo obilje informacija, prelistavao sam stranice upijajući detalje o novom akademskom okruženju.

Škola je bila lavirint hodnika i amfiteatara, svaka prostorija isijavala je duh akademskog uspjeha. Zidovi okićeni portretima i plaketama znamenitih alumnista — njihova dostignuća su nadahnjivala.

U zraku je treperila energija, i okrepljujuća i umirujuća; svjedočanstvo bogate istorije i tradicije.

Oljuštena boja u amfiteatru mirisala je blago na staru kredu i nešto čudno metalno. Sjeo sam, a nepoznata krutost ispeglane košulje žuljala mi je vrat.

Savršeno skrojene Levi's 501— tihi čin prkosa utkan u indigo — sjedale su kao salivene.

„Dobro došli, brucoši“, objavila je profesorica Elara, glas joj se odbijao o prostrani prostor. „Kao što ste primijetili, univerzitet ima strogi kodeks odijevanja.

Farmerke su strogo zabranjene.“
Val šapata prešao je salom. Nemirno sam se pomjerio.
„Ali, profesorice,“ javi se djevojka sa jarko ljubičastom kosom, „zar to nije malo… pedesetih?“ Elara se nasmiješila tanko, gotovo predatorski.

„Tradicija, draga moja. Tradicija je utkana dublje u samo tkivo ove institucije nego što možete zamisliti." Rukom je pokazala; činilo se da blago svjetluca.

„Šta to znači?" upita drugi student, visoki momak sa naočalama.

„Naša cijenjena institucija, smještena između svjetova…"

„A šta ako neko… ne posluša?" odvažno upita studentkinja s mindjušom u nosu.

Osmijeh profesorice Elare proširio se, otkrivajući zube malo preoštre.

„Oh, posljedice variraju", reče, oči joj se suziše neobičnom žestinom. „Neki se nađu progonjeni epohom kojoj odjeća pripada — mirisima, sjećanjima, fragmentima tuđeg života. Drugi primijete najsitnije distorzije — kao da je svijet mrvicu razmaknut.

 Zamislite da otvorite udžbenik i zateknete riječi složene u nešto neprepoznatljivo."
Zasmijala se; zvuk je proletio amfiteatrom sve do njegovog parketa na podu .

Tiha jeza ispunila je salu. Pogledao sam u svoje farmerke. Poznati teksas sada je bio teži, kao da nosi tračak… opasnosti.

Namrštio sam se. „Neprikladne? Moje farmerke?“
Bile su moj oslonac — simbol teško izborenog dostojanstva u Sarajevu.

„Ima li još pitanja o kodeksu?“ Glas joj je imao neprirodnu slast.

Tišina.

Ne ona obična, nego ona koja dođe kad se riječima više ništa ne može dodati. Gušća od zraka, toplija od suze.

Potom se iz zadnjih redova čuo glas: „Profesorice, a šta ako su nečije farmerke… magične?“

Elara zastane, pogled joj preleti prostorijom i zaustavi se na meni. Spustio sam pogled. „Magične?“ promrmlja. „Zanimljivo. Reci mi, dragi studente… šta tvoje farmerke čini… magičnim?“ Srce mi je lupalo. Obuzela su me osjećanja .

I gledajući u Levi’s, probudiše se duboki osjećaji u meni: nisu one samo traperice, farmerke, nazovi ih kako hoćeš ; talisman su to bolan — simbol preživljavanja, svjedočanstvo prošlosti koju nosim u sebi.

„Te farmerke… držale su me na nogama,“.
„Kad se sve drugo raspadalo oko mene.“

128

Elara me pogledala, lica nečitkog. Onda joj se sporo razvukao osmijeh. „Fascinantno," reče. „Možda svako pravilo ima izuzetak." Okrenula se ka studentima. „Nastavite. I upamtitc: tkanje stvarnosti je osjetljiva stvar."

Akademska očekivanja bila su zastrašujuća. Tempo i obim informacija su ličili na moćnu struju koja me nosila. U Budimpešti je učenje bilo panična, gotovo očajnička jurnjava za znanjem. Ovdje je to bilo uglađenije, organizovanije, ali jednako zahtjevno. Predavanja su tekla sa lakoćom koja mi je stalno izmicala; stručni žargon izazovan.

Moje zahrđalo znanje engleskog, korišteno tek tako i onako na ulicama Budimpešte, nikad testirano u formalnim okruženjima, djelovalo je nedovoljno. Ogromna količina literature pritiskala je. Biblioteka — poštovana dvorana tornjeva knjiga — više je ličila na lavirint nego na utočište.

Silina znanja, dubina argumenata me je plašila. Neprestano sam se uspoređivao s drugima; njihova lakoća i samopouzdanje samo su isticali moje nedostatke. Pored akademskih prepreka, društvena scena zbunjivala je jednako. Opušten način ophođenja, lako sklapanje prijateljstava, suptilne finesa britanskog humora — sve mi je to bilo strano.

Većina studenata, iz privilegovanih sredina, živjela je u svijetu drugačijem od mog. Njihovi razgovori, šale i pretpostavke oslanjali su se na kulturni kontekst koji nisam sa njima dijelio.

Često sam se osjećao kao stranac — tihi svjedok, a ne i
učesnik.

Engleska hrana bila je jednako privlačna i zbunjujuća.
Mnoštvo izbora, raznolikost okusa i profinjenost kuhinje
oštro su se razlikovali od skromnih porcija iz Budimpešte.
Ipak, nepoznati ukusi, teksture i način serviranja često su me
ostavljali zbunjenim. Jednostavna jela, nekad utješna, sad su
djelovala strano. Ponekad sam žudio za poznatim ukusom
ustajalog hljeba ili smirujućom jednostavnošću čorbe —
podsjetnicima na vrijeme kada je preživljavanje bilo važnije
od kulinarskih pustolovina.

Svakog jutra, žureći na predavanja, viđao bih starijeg
gospodina kako bijesno okreće pedale niz King's Parade na
zahrđalom biciklu sklepanom trakom. Kiša ili sunce, sa
šalom što mu se vijorio sa vrata , kretao se žarom čovjeka
upola mlađeg. Jednom sam ga zaustavio i upitao zašto vozi
tako energično. Nasmiješio se: „Jer mi se čini da je svijet
uvijek brži od mene, a na ovaj način ga uspijem pratiti koliko
toliko." Zvučalo je kao mala filozofska izreka —
jednostavna, prkosna, potpuno Kembridževska.

Samoća je bila stalni pratilac. I među ljudima, bio sam
duboko izolovan.

*„Egzil je stalno prisjećanje na ono što ne možeš povratiti, i
jedini način da sačuvaš sebe od zaborava." Milan Kundera*

Jezička barijera, kulturne razlike i akademski pritisci slagali su se u osjećaj otuđenja. Teret očekivanja — mojih i tuđih — povremeno je bio nepodnošljiv. Stipendija, nekad simbol nade, sad je djelovala kao težak amanet — obaveza koju ne znam mogu li nositi.

Usred borbe, sumnji i osjećaja autsajdera, javljali su se neočekivani bljeskovi sreće. Ljubazna riječ kolege, uslužni bibliotekar, osmijeh s neznancem — ti mali činovi dobrote i trenuci empatije krunili su zidove usamljenosti. Podsjećali su me da čak i u stranom okruženju postoji prostor za vezu, suosjećanje i nadu.

U tijesnoj, slabo osvijetljenoj antikvarnici blizu Market Skvera sprijateljio sam se sa vlasnikom — žgoljavim čovjekom sa nikotinom požutjelih prstiju koji je šaputao kao da svaka knjiga krije tajnu. Uporno je preporučivao filozofe i pjesnike za koje nikad nisam čuo, uvjeren da je svaki „životno važan“. Nikad mu nisam rekao da mi je toplina njegove nakrcane radnje — miris starog papira, utjeha, okružena zaboravljenim pričama — da to vrijedi više od samih knjiga.

I bio je tu i violinista pred kapijom koledža. Kaput mu iznošen, cipele pohabane, ali kad gudalo dotakne žice — zrak se napuni nečim čistim i bolno lijepim. Studenti su žurili mimo njega; ja sam ostajao. Njegova muzika podsjećala me na Sarajevo — ljepotu koja traje i kada se svijet raspada.

Nedostajalo mi je ono zajedništvo izbjegličkog centra —
dijeljene tegobe i međusobna podrška koja zaista povezuje
ljude. Lica onih koje sam ostavio postajala su ovdje, u tuđini,
još življa nego prije. Njihove priče, otpornost i tiha snaga
dirali su me dublje nego što sam tada umio priznati.

U meni je rasla sumnja.

Jesam li pogriješio što sam došao?

Je li ovo preveliki zalogaj za mene?

Nisam li za ovo stvoren?

Grad je, sa svojom drevnom arhitekturom, kaldrmom i živim
pijacama, počeo otkrivati raskoš. Rijeka Kam — mirna vrpca
što vijuga kroz srce grada — nudila je trenutke tihe refleksije.
Vrtovi koledža, sa pedantno uređenim travnjacima i
stoljetnim drvećem, pružali su utočište od pritiska. Ti trenuci
spokoja i iskre ljepote polako su vraćali mir i odahnuće .

Izazovi su se, naravno, nastavili. Proces integracije bio je
postepen — stalno pregovaranje između moje prošlosti i
sadašnjosti. Ali sa svakim danom, svakom malom pobjedom i
svakom novom vezom, samopouzdanje mi je raslo.
Pronalazio sam uporište, učio da se snalazim u ovom novom
okruženju i gradim novi život — onaj koji je bio drugačiji od
onog što sam ostavio, ali sa njim neraskidivo povezan.

Sjećanja na Budimpeštu i ljude koje sam tamo upoznao ostala su stalni izvor snage i nadahnuća. Podsjećala su me koliko sam daleko stigao, svjedočila mojoj izdržljivosti i dokazivala da, čak i u najtežim okolnostima, nada može prevladati.

Kembridž nije bio samo mjesto učenja; bio je mjesto preobražaja. I bio sam odlučan da taj preobražaj prigrlim i iz ovog novog poglavlja izvučem najviše.

Sivi kameni zidovi koledža djeluju kao da se pružaju beskrajno — još jedna kapela, još jedan pedantno održavan travnjak. Izgubio sam broj koliko sam koledža vidio.

King's College je napokon prekinuo monotoniju. Njegov uspravan gotički stil oduzimao je dah — kapela, golema i uznosita, sa lepezasto svodnim tavanicama i vitražima, djelovala je gotovo tjeskobno u svojoj grandioznosti. Kamen, u popodnevnom suncu boje toplog meda, kao da je upijao svjetlost, bacajući duge sjene koje su se pomicale s laganim klizanjem oblaka.

Pedantno pokošeni travnjaci, živo zeleni naspram sivila kamena, bili su besprijekorno pokošeni, svaka nit kao po koncu. Zastao sam, naslonio se na kameni zid hrapave teksture pod prstima, čudno me tješio svojom postojanošću — oštar kontrast nemiru u meni.

133

Tada — glas. „Vidi ti, koga srećem," reče Mladen.
Zinuo sam ko tele, nisam mogao vjerovat. Izgledao je
mršavije, sa dubljim borama oko očiju, ali onaj poznati
prkosni žar bio je tu. „Mladene? Jesi li to ti?" promucao sam.
Nasmiješio se, zablistali bijeli zubi. „Isti. Umakao ratu, znaš.
Trebalo je umijeća — probio sam se kroz tunel ispod piste
aerodroma. Zamalo su me uhvatili, ali…" slegnu ramenima,
pusti rečenicu da iščezne.
„A ti?"
„Isto," rekoh, još u nevjerici.
Bilo je nestvarno. Stajali smo, dvije sjenke uz drevni kamen,
dva života što se sudaraju usred bezvremenske ljepote
Kembridža.
„Sjećaš se bilijara?"
„Veći dio rata bio sam prikovan uz taj sto. Došlo mi je i
korisno," reče Mladen, ironičan osmijeh mu zaigra.
„Prevarim ponekog po kafanama. Dovoljno da osvojim po
koju rundu piva. Ponekad i da častim, kao što smo nekad po
Sarajevu išli od kafane do kafane."
„Sjećam se," nasmijah se, smijeh mi je malo zadrhtao.

„Bile su to legendarne ture." „Od Milka, Sosa, Piramide,
Bugatija, Sloge, Doma Pisaca , Palme......."

„Ej, legendarne," zasmija se Mladen. „Sad sam noćni portir
— i malo kinte sa strane." „Znaš, pomogneš damama…
'čistačka usluga', da tako kažem.

Par šilinga za zamjenu posteljine kad noćne gospođe završe
svoj posao sa klijentima… sve pomaže da se pošalje koja
funtu kući. Tamo se još muče, znaš. Rat je okrutna
ljubavnica. Tjera te da se krećeš. Drži te… na životu. Ovaj
stari grad pun je tajni, zar ne?“

Zamahnuh rukom, obuhvaćajući veličanstvenu arhitekturu i
ukroćene travnjake. „Da,“ izustih. „Jeste.“
Utišasmo se; zvuci Kembridža — udaljene trube, žamor
studenata — kao da su izblijedjeli.

Dugo smo stajali, težina zajedničke prošlosti i neizvjesne
budućnosti spustila se između nas, obojica izgubljena u
sjećanjima usred veličanstva Kings Koledža. Pomislio sam
kako je kamen hladan, trajniji od nas. Možda je baš to ono za
šta smo se obojica morali uhvatiti.

Težina stipendije sve mi se više činila teškim bremenom nego
prijetnjom. Pomoć, iako po nekim mjerilima velikodušna,
jedva je pokrivala visoku stanarinu; prijetnja deložacije
uvijek prisutna.

Svaka potrošena funta djelovala je kao izdaja žrtava koje sam
podnio da stignem ovdje — neprospavanih noći u kampu u
Budimpešti, oskudnih obroka, stalnog straha od nepoznatog.
A sada, u tobože slavnim hodnicima Kembridža, taj se strah
promijenio.

Više nije imao lice gladi ni nesanice, već lice odgovornosti
— strah od neuspjeha, od razočaranja onih koji su vjerovali u
mene, od mogućnosti da izgubim sve za što sam se
nemilosrdno borio. U tim tihim, uglađenim prostorima
osjećao sam teret koji nikakav sjaj znanja nije mogao
olakšati.

Biblioteka, nečije svetište, meni je bila bojno polje. Tihi
pijetet prostorija nije dopirao do mene; pažnju mi je stalno
parao grč gladi. Šuštanje stranica, nekad umirujući ritam,
sada je zvučalo kao podrugljiva muzika mojih unutrašnjih
borbi.
Buljio sam u gusti tekst; riječi su se pretvarale u bezlične
oblike, misli kovitlac briga o stanarini, hrani i rokovima.
Hronična neispavanost je bila stalna pratnja, iscrpljenost je
brisala granicu između stvarnosti i priviđenja.

Bilješke su mi postajale lom skica i nedovršenih rečenica —
odraz rascjepkanog sna i preopterećenog uma. Očajnički sam
tražio tihu nišu, skrivene kutke između tornjeva knjiga—
utočište od neumoljivog pritiska studija i stalnog tereta
novca. Predavanja, izrečena glatko, sa lakoćom i preciznošću,
bila su teška muka. Profesorski glas, u početku nalet
zanimljivih ideja, ubrzo bi postao bujica žargona i složenih
teorija — svaka rečenica nova barijera razumijevanju. Moj
zahrđali engleski, dovoljan za svakodnevicu, bio je slab za
nijansirani svijet akademskog diskursa.

Zaostajao sam, i znao sam to. Jaz se širio u meni. Sram je
ležao na ramenima kao kamen, ali najteže je bilo to što ga
niko nije vidio. Takva je tišina poraza — ne dolazi izvana,
već iznutra, i traje duže nego što bi smjela.
Čitao sam svaku riječ u pripremnim materijalima, a
predavanje je ipak ostajalo zagonetka. Pokušavao sam
dešifrirati tuđe bilješke, došaptavati se između predavanja,
nadajući se da ću shvatiti ezoterične rituale ovog akademskog
svijeta.

Moja tjeskobno mirna soba pretvorila se u zatvor. Tišina više
nije bila predah nego oštar podsjetnik na usamljenost.

Teret očekivanja pojačan studijskim pritiscima. Oskudni
namještaj nudio je malo utjehe; svaka površina bila je
zatrpana knjigama i bilješkama — svaka stranica razotkrivala
je moju stalnu borbu, i akademsku i ličnu. Ni san nije donosio
olakšanje; proganjala su me lica onih koje sam ostavio u
Budimpešti, njihove muke preslikane u moje.

Ogoljenost sobe kao da je odjekivala ogoljenošću situacije;
njen minimalistički stil kao da se rugao grandioznosti
institucije.

Hrana je postala luksuz, a pijaca — teatar ironije. Svega je
bilo na dohvat ruke, osim mogućnosti da to kupiš. Bogatstvo
i mirisi života stajali su preda mnom, dok sam ja postajao
samo promatrač vlastite gladi.

Moji jednostavni obroci svodili su se na naj jeftinije —
oskudnu tjesteninu, bljutav hljeb i ponekad nagnječenu
jabuku spašenu iz otpadne gajbe lokalnog supermarketa.

Nedostatak hrane osjećao se u tijelu — glavoboljama,
umorom koji nije prolazio ni poslije sna.
Ali pravo iscrpljenje nije bilo u mišićima, već u mislima.
Svakog dana sam sebe tjerao do krajnjih granica, jer iza mene
je ostalo previše da bih smio posustati.

Gurao me inat, i sjećanje na one koji više nisu mogli
pokušavati. Drugi studenti, sa svojom lakoćom, ležernim
razgovorima i, činilo se, beskrajnim resursima, naseljavali su
drugi svemir. Njihove priče o ljetovanjima na egzotičnim
mjestima i usputna pominjanja porodičnih veza stalno su
isticali moju neizvjesnost. Njihov sigurni korak po kaldrmi
bio je oštar kontrast mom kolebljivom, iscrpljenom hodu.

Često bih se povlačio u tihe kutke parka, posmatrajući ih
izdaleka — nijemi svjedok teatra njihovih privilegovanih
života.

Stipendija je, umjesto bremena, postala svjedočanstvo moje
ustrajnosti i most ka boljoj budućnosti.

Svako predavanje kojem sam prisustvovao, svaki esej koji
sam napisao, svaki ispit koji sam položio bio je pobjeda —
mali korak ka cilju.

Tihi zuj biblioteke, užurbani koraci kolega, ritam predavanja — postali su zvučna podloga moje simfonije opstanka i trijumfa. Nisam učio samo teorije; učio sam i umijeće otpornosti — kako naći snagu u nedaći i moć nade naspram očaja.

Provodio sam sate u univerzitetskim arhivima, proučavajući historijske tekstove, tražeći porodične tragove i niti identiteta. Stare knjige, u koži uvezane, požutjelih listova i elegantnog pisma, djelovale su kao opipljive karike sa prošlošću — podsjetnik na naslijeđe, izvor utjehe i nadahnuća. Priče u njima ogledale su moj put, odražavale borbe i trijumfe prošlih naraštaja.

Teret istorije i breme prošlosti djelovali su manje poražavajuće, a više nadahnjujuće.

Moja odlučnost postala je štit, otpornost, i oklop. Gurao sam se naprijed, vođen dubokim osjećajem svrhe. Akademske muke razotkrivale su dubinu moje posvećenosti i snagu volje.

„Čovjek bez zavičaja uvijek je tuđin, ma gdje bio. U njemu je pustoš, jer je izgubio mjesto na kojem su mu korijeni” Meša Selimović

Kembridž, nekada zastrašujuće, gotovo neprijateljsko
okruženje, polako se pretvaralo u talionicu otpornosti —
mjesto gdje sam kovao svoj identitet, iznova nalazio snagu i
obnavljao svoj život — esej po esej, ispit po ispit,
neprospavanu noć po noć. Akademski svijet, nekad izvor
tjeskobe i očaja, postajao je postolje osnaživanja, rasta i
preobražaja.
Izazovi su bili golemi, ali su mi naoštrili fokus, učvrstili
odlučnost i gurali me naprijed prema svjetlijoj budućnosti.
Bili su zastrašujući, ali duh mi je ostao nepokolebljiv.

Borbe su bile stvarne, prepreke teške, ali duh nije klonuo.
Nosio sam težinu sjećanja, ali ih je uravnoteživala rastuća
nada koja je šaptala o mogućnostima opstanka.

*„U Londonu se osjećaš usamljenije nego u pustinji, jer te
okružuju hiljade, a niko te ne vidi.“ Miloš Crnjanski*

Voz u 7:15 za King's Cross zastao je i zaustavio se. Izvukao
sam izubijani kofer na peron; dočekao me poznati miris
vlažne zemlje i auspuha — čudna umirujuća dobrodošlica
Londona. Na izlazu me je čekao Mladen — naravno, sa
zakašnjenjem — čije je oko blistalo od nestašluka.

„Prijatelju! Da li si spreman za još jedan vikend osvajanja
prijestolnice?“ zagrmio je, glas presjekavši stanični metež.
„Spreman koliko mogu biti,“ rekoh, tona ispruganog od
umora sedmice.

Shepherd's Bush je brujao uobičajenim nemirom — muzika
je izbijala iz polumračnih barova, miris pržene hrane miješao
se s dimom cigareta, glasovi su se preklapali na deset jezika.
Mladen nas je vodio kroz gužvu, užurbano kao da su ulice
njegove.
Zaronili smo u mračni pub; niski strop gust od dima, drvene
grede zamrljane godinama prolivenih piva i prljavih ruku.
Džuboks u uglu stenjao je poznatu melodiju, skoro utopljenu
u grmljavini razgovora.

Mladen je tresnuo dvije pajnte na sto, sa pozorišnim šikom.
„Eto je — tečna hrabrost," reče, dižući čašu u zdravicu. Pivo
je bilo mlako i gorko, ali nekako utješno.

Pustio sam da me preplave buka i toplina; žamor i zveckanje
čaša stvorili su oko mene utisak normalnosti.

Na trenutak, osjećao sam se kao da pripadam — jedan mladić
koji pije sa prijateljem u Londonu, dok je težina Sarajeva bila
čitav kontinent daleko.

Scena: Pub u Shepherd's Bushu. Zrak je bio gust od mirisa
ustajalog piva i nečega nalik ozonu.

Mladen: (tresnuvši pajntu o sto) Dobro, danas je taj dan.
Rušim prvaka u tri bande.
A onda besplatne atrakcije! Idemo do Towera… ili možda
Buckinghamske palače… zavisi koliko dobijem.

Ja: (srkućem piće, gledam partiju bilijara) Tri bande?
Mislio sam da si specijalista za „osmicu“.

Mladen: Raznolikost, prijatelju. Držiš ih u neizvjesnosti.
Osim toga, ekipa za tri bande je puno lakša za
nadmudriti. Misle da su sofisticirani.

Štap je zveknuo o bijelu kuglu, a Mladen je promatrao
kako se kotrlja i udara u trojku na drugoj strani stola.

Nizak, duboki zuj ispuni prostoriju i pojača se sa svakom
kuglom koju ubaci.
Iridescentni sjaj spolja kao da pulsira u ritmu tog
brujanja.

Igrač 1: (mrmlja) Kako…? To je bilo nemoguće!

Igrač 2: (raširenih očiju) Vidio sam najbolje kako se
muče s tim…

Mladen ubacuje posljednju kuglu; iz bijele se ovlaš
razlije ljubičasti sjaj. Zujanje dostigne vrhunac, pa
utihne.

Mladen: (ceri se) Sreća, druže. Čista sreća. Plaćam piće!

Scena: Shepherd's Bush nad kojim se kovitla smaragdno
zelena energija što pucketa ispod, očito povezana s onim
ranijim treperenjem.

Ja: (pokazujem) Šta… šta bi to trebalo biti?

Mladen: (slegne ramenima, srkne pivo) Ko će ga znati
— valjda neka new-age umjetnička instalacija. London
je zadnjih dana… čudan. Iz vrtloga izlazi prilika —
visoka, vitka, kože poput uglačanog opsidijana, očiju što
svjetlucaju kao bilijarska bijela.

Progovori glasom koji zvuči poput pucketave statike.
Opsidijanska figura: Ravnoteža se pomjera. Linije se
zamućuju. Igra počinje.

Mladen: (nepogođen) Aha… hoćeš pivo?

Ja: (zamuckujem) Ja… moram sjesti.

Opsidijanska figura se nacerila; bljesak čiste bijele
osvijetli joj lice. Zatim samo — nestane. Vrtlog se
zatvori, ostavljajući tek slab miris ozona i jedva vidljivo
treperenje u zraku.

Mladen: (potapša me po ramenu) Ne brini. London to zna.
Haj'mo do Buckinghamske palače.
Čuo sam da je Kraljica dobra na pikadu.

Krećemo prema Buckinghamskoj palači. Iridescentni sjaj nas
prati kao nijema sjena.

Te noći, nazad u stanu u Shepherd's Bushu, brujanje je tiho tinjalo iz zidova — stalni, jedva primjetni podsjetnik na onu čudnu, treperavu realnost kojoj smo te Londonske sedmice nakratko osjetili.

Besplatni muzeji u Londonu bili su blagoslov. Cijelu sedmicu sam ih strpljivo obilazio — štedljivi turista sa tankim budžetom.

Prirodnjački muzej bio je zadivljujući: dinosauri su se uzdizali golemi, kosturi nemoguće masivni; vitrine su blještale draguljima; preparirani leptiri, složeni poput sićušnih, šarenih mozaika, prekrivali su čitave zidove. Razmjeri i brižna kustosova ruka zapanjivali su — utoliko više što je sve bilo dostupno svakome. Gotovo nepravedno, to bogatstvo znanja i čuda, ponuđeno besplatno.

Zatim, usred vreve Oxford ulice, neko me lupi po leđima. Trgnuo sam se.
Felix. Lice mu, ostarjelo i isprano vremenom, bilo je odmah prepoznatljivo, ali podcrtano surovim godinama.
„Isuse, jesi li to ti, Marko?" reče dubokim glasom.

„Felix? Ne mogu… ne mogu da vjerujem." Val nevjerice me preplavi. Zadnji put sam ga vidio tik pred rat.

„Pogledaj se," promrmlja, odmjeravajući me. „Još uvijek onaj mršavi klinac." Nasmija se, neočekivano srdačno.

Upoznao me sa bratom, Stanom. Vodili su, objasni, automehaničarsku radionicu u Aktonu — veliki zaokret nakon prijašnjih života ortopedskog i plastičnog hirurga.

„Pobjegli živi, sa znanjem koje nam je otac dao,“ reče Felix, pokazujući na masne radne hlače. Pokazalo se da su mehaničarske vještine vrjednije od skalpela.

„Šta ti radiš u Londonu?“ upita, radoznalost mu zaiskri u oku. „Samo… život,“ odgovorih i slegnuh ramenima.

Narednih nekoliko mjeseci subote sam provodio u njihovoj radnji. To nije bila samo radionica; bio je to živahan, zavrnut čvor — mali odsjaj balkanske dijaspore u Londonu. Zrakom su se miješali mirisi ulja, auspuha i jake kafe. Izbjeglice — svaki sa svojom pričom gubitka i otpornosti — dovozili su izudarane automobile.

Smijeh i povici su se preplitali; zveket alata bio je stalna, ritmična podloga podijeljenim pričama, šapatima povjerenja i žučnim prepirkama.

Jednog ledenog poslijepodneva Felix mi natoči čašicu šljivovice — toplina mi se razlije stomakom. Razgovarali smo. O ratu. O životima koje smo ostavili. O iznenađujućoj izdržljivosti ljudskog duha i neočekivanim načinima na koje sudbina ponovo spoji ljude nakon godina razdvojenosti.

Stan njegov brat, tih i pronicljiv, ubacio bi povremeno kakvu duhovitu opasku ili znalački osmijeh. Pričao je, ponosni otac Stan, kako je kupio ne jednu nego deset novina kad se od njegovog sina Alekse školska fotografija pojavila u štampi.

Eto ga, Aleks, samouvjereno se smiješi u kameru. Ali ponos se brzo pretvorio u bijes kad je vidio da ispod slike, umjesto njihovog dugog slovenskog prezimena, stoji jednostavno: „Jones“.

Uvjeren da je riječ o teškoj grešci, bio je spreman pravo u školu tražiti objašnjenje. Tek kasnije je saznao istinu — sam mali Aleks je novinaru rekao pogrešno ime.

Sa osam godina, suočen sa izgovorom teškog, tuđinski zvučećeg prezimena, izabrao je nešto jednostavno — nešto što je mislio da će svijet lakše prihvatiti.

„Vidiš, Marko,“ reče Felix, zavrteći rakiju u čaši, „ovo mjesto je više od radionice. To je… zajednica. Crkva, kafić, mjesto gdje se sjetimo tko smo i tko smo bili.“
Klimnuo sam, potpuno razumijevajući. Bilo je to utočište — udobnost, društvo i osjećaj pripadnosti usred nepoznatog Londona.

Svjedočanstvo trajne snage ljudske veze, utkane u masne radne kombinezone i miris šljivovice.

Mjesto gdje se prošlost i sadašnjost isprepliću, kovane zajedno u neočekivanoj talionici jedne automehaničarske radnje.

Bilo je tu svakakvog svijeta — izbjeglica, ali i onih što su u Londonu živjeli još od prije rata. Jovan Koka, recimo, kojeg su svi zadirkivali da nikad nije naučio engleski, a bosanski već pomalo zaboravio. Tu je bio i dom jednog slikara koji je sa bivšim vaterpolistom Jugoslavije otvorio praonicu kola — spoj umjetnosti i sapunice, kako su se šalili.

Upoznao sam i glumca koji je više glumio da je bolestan na socijali nego na sceni. Bio je tu i jedan Lala, naš, al' mađar — snašao se, jer je prvi skont'o da engleski hladni vjetar traži dupla stakla na prozorima. Uletio je rano u biznis i napravio dobre pare.

Svake Nove godine pozvao bi stotinjak viđenijih — od nas izbjeglica, do ambasadora, glumaca i pjevača. Peklo se tu i janje, i prase, i jarac; iz dnevnog boravka dopirao bi glas operske pjevačice, a iz trpezarije zvuk klavira. U garaži — pravi disko. Bili su to nezaboravni dočeci tu u tuđini, večeri kad smo bar nakratko vjerovali da smo opet kod kuće, u onim starim danima, prije svega što nas je raznijelo. Al' eto…

Tada sam shvatio da se čovjek može smijati i u tuđini, ali
da se istinski smiren može osjećati tek kad pronađe
smisao u onome što radi.

Moj iznajmljeni stan, dijeljen sa drugima, bio je prebivalište
među strancima. Ali, i u svojoj jednostavnosti, nosio je neku
čudnu draž. Oljuštena boja na prozorskoj dasci zajedničke
kuhinje nudila je čudan, utješan prizor.
Odavde sam gledao njegovan travnjak koledža — oštar
kontrast prašnjavim, ruševnim ulicama Budimpešte. No, nije
me pejzaž svakog jutra vukao na to mjesto; to je bila obećana
kafa — crna i jaka — i poznati žamor glasova.

Glasova koji nisu govorili o teorijskoj fizici ili
srednjovjekovnoj književnosti, već o raseljavanju,
gubitku i bolnoj nadi u novi početak.

Moje saputnike u egzilu — šaroliko društvo sa svih
strana svijeta — nisam očekivao, a postali su mi spasioci
u ovoj novoj zemlji.

Tu je bila Anja, samostalna novinarka iz Bjelorusije,
očiju opterećenih neispričanim pričama — pričama koje
nije do kraja znala ispričati na svom nesigurnom
Engleskom. Brza duhovitost i oštar humor bili su njen
svakodnevni protuotrov, kontrapunkt akademskoj
sterilnosti koja je prijetila da nas proguta.

Često bismo se sreli u maloj kuhinji: Anja na stolici,
pažljivo piše na raštimanom laptopu; ritmično *tap-tap-
tap* njenih prstiju sudaralo se sa šištanjem kuhala.

Ona bi mi pružila krišku raženog hljeba sa debelom
korom, a ja bih podijelio skromne zalihe instant-kafe —
čudan, ali utješan ritual našeg zajedničkog izgnanstva.

Bio je tu i Andrej, tih, pronicljiv mladić iz Palestine, čija
je blagost skrivala čeličnu unutrašnju snagu.

Studirao je bio inženjering, oči su mu gorjele tihom
vatrom sna da ponovo gradi razorenu domovinu.

Govorom škrt, prisustvom smirujućim — često je sjedio
sa nama u kuhinji, uronjen u udžbenike, oličenje
nepokolebljive odlučnosti.

Njegova prisutnost bila je tihi dokaz zajedničke
otpornosti koja nas je vezivala — neizrečeno
razumijevanje koje putuje mimo riječi. Znali smo učiti
zajedno; zajednički napor da savladamo tuđe akademsko
more postajalo je opipljiva spona.

I Lejla, živahna djevojka iz Afganistana, čiji je zarazni smijeh
dizao i najteži teret. Studirala je veterinu sa namjerom da se
vrati i liječi ranjene životinje u svojoj zemlji.

Njene priče o izdržljivosti i suočavanju sa nedaćama, sa nepokolebljivom hrabrošću, često su nas nadahnjivale. Dijelila bi sa nama crte iz porodičnog života; glas joj bi spajao tugu s neukrotivim duhom.

Njen smijeh bio je svjetionik nade u najmračnijim danima, a odlučnost snažan podsjetnik na moć ljudskog preživljavanja. Razmjenjivali smo recepte; naša kuhinja vraćala je ukuse domovine — ukusan podsjetnik na svijet daleko od naših sadašnjih borbi.

Naš zajednički smještaj bio je tijesan stan, daleko od raskoši Kembridž koledža. Ali među tim stisnutim zidovima procvjetala je posebna zajednica — utjelovljenje iskustva i podrške.

Kuhinja je bila naše glavno okupljalište. Miris čaja i zujanje razgovora postali su nam utjeha, isprepleteni u prijateljstva dovoljno snažna da izdrže život u tuđini.

Naše „studijske grupe" više su se oslanjale na uzajamnu podršku nego na zadatke. Okupljali bismo se oko izgrebanog stola, udžbenici razvučeni kao mape bojišta. Ali razgovori su često skretali: na priče o bijegu, gubitku, napornim putovanjima preko kontinenata.

Zajedničko iskustvo raseljavanja — iščupanosti iz domova i bačenosti u tuđe zemlje — stvaralo je tihu sponu. Duboka empatija prelazila je jezičke i kulturne granice.

Nismo bili samo studenti; bili smo suputnici što plove olujnim morima odvojenim od matične luke.

Samotna lampa — poput zlokobnog oka u zagušljivoj tami — bacala je duge, koščate sjenke preko naših lica. Zrak je mirisao na ustajalu kafu i neizrečene tjeskobe koje su pucketale sa Anjinim „priznanjem“.

Nije to bilo priznanje, već sirovo, očajno struganje pažljivo složene fasade koju je dugo nosila.
Glas joj je drhtao u zagušljivoj tišini, otkrivajući teret — gušeći pritisak porodičnog nasljeđa koje joj je grebalo grlo, prijeteći da joj istrgne dah.

Riječi su lebdile u zraku — oštre i teške — svaki slog sitna krhotina stakla koja buši krhki balon naše zajedničke iluzije o „snalazimo se“.

Srce mi je bubnjalo, panični takt koji je preslikavao strah u njenim uplašenim očima.

To nije bila Anja koju sam znao — oštroumna, prkosna Anja. To je bila slomljena djevojka, ranjiva; oklop joj razbijen.

Tišina koja je uslijedila nije bila samo razumijevanje; bila je gušeća deka satkana od zajedničkog straha od neuspjeha, kolektivne težine naših nemogućih snova.

Andrej, lica mirnog, a istovremeno intenzivnog, pogleda dubokog kao bunar neizrečene empatije, ponudio je tek blag naklon glave. Gesta snažnija od svake poplave izlizanih utjeha — govorila je o bitkama vođenim u sjenama, o duhovima koji progone rubove njegovog sjaja. Nije bio samo tih; bio je vulkan potisnutih emocija, uspavana sila koja je obećavala i nemir i spasenje.

Lejla, dodira neočekivano čvrstog i očiju koje su gorjele žestokom, postojanom suosjećajnošću, uhvatila je Anju za ruku. Njene riječi — umirujuće, melem na sirovu ranu Anjinog priznanja — imale su oštricu čelika; njena empatija nije bila slabost, nego moćna snaga rođena iz surove prošlosti.

To nije bio samo čin prijateljstva; bio je hrabar gest solidarnosti — dokaz neraskidivih veza kovanima u peći našeg zajedničkog egzila.

U toj polumračnoj sobi, okružen ovim manjkavim, ali prelijepim dušama, osjetio sam nalet nečeg žestokog i praiskonskog — ne samo nade, nego i očajničkog hvatanja za život, utrobnim osjećajem da naše preživljavanje zavisi od naše međusobne otpornosti, i zajedničke borbe protiv težine očekivanja i prikrivene strepnje od neuspjeha.
Bili smo izgnanici, da, ali smo bili i pleme. I nećemo se slomiti.

Naše borbe nisu bile samo akademske; bile su duboko lične, isprepletene s našim zajedničkim iskustvima rata i raseljavanja.

Brige koje su nas morile nadilazile su ispite i rokove — bile su to strepnje za budućnost, neizvjesnost naših života i pitanje hoćemo li se ikada moći vratiti kući.

Unatoč tim brigama i neizvjesnostima, jedni u drugima smo nalazili utjehu — osjećaj pripadnosti koji je ublažavao oštre ivice našeg lutanja kroz svijet. Razgovori su nadilazili studije. Dijelili bismo priče o svojim putovanjima.

Te priče su ogledale otpornost, pokazujući nesalomivu sposobnost ljudskog duha da izdrži, da se prilagodi i da pronađe nadu čak i u najmračnijim vremenima.

Te su priče oblikovale naš identitet, učvršćujući jedinstvo onih koji grade nove živote u novoj zemlji. Bile su moćan podsjetnik da su naša iskustva, umjesto da nas razdvajaju, isplela čvrstu vezu — onu koja nas je nosila kroz akademske izazove i lične tegobe raseljenog života. Naši obroci, često skromni ali sa ljubavlju pripremljeni, postali su rituali utjehe i povezanosti.

Zajedno smo skupljali sredstva i dijelili ono malo što smo imali. Ti obroci bili su više od prehrane; bili su čin solidarnosti i simbol naše kolektivne otpornosti.

153

Sam čin da kuhamo zajedno, dijelimo hranu i smijeh koji je odjekivao zagušljivom kuhinjom svjedočio je o snazi naših veza.

Okusi naših domovina stapali su se na stolu, kulinarska tapiserija koja je odavala počast bogatstvu naših putovanja. Ali naša prijateljstva bila su više od utjehe; bila su sama snaga — svjedočanstvo otpornosti.

Suočavali smo se sa akademskim preprekama i složenostima stranog obrazovnog sistema. Razmjenjivali resurse, savjete i slavili svaku, ma kako sitnu, pobjedu.

Nije nas ujedinjavalo porijeklo, već teret koji smo nosili.

Podupirali smo tuđe breme bez riječi — i to tiho razumijevanje davalo nam je snagu da izdržimo i najtamnije dane.

Sa one strane zidova pružao se svijet — prostran, pun prilika, ali leden i tvrdoglav. A u našim skučenim sobama tinjala je toplina i bliskost kao utočište koje povezuje ljude i nadživljava sve oluje.

Prijateljstva koja smo iskovali nadrasla su svaku akademsku titulu, bila su hranljivija od svake udobnosti koju je svijet mogao ponuditi. Ona su me podsjećala da, čak i pod zgnječenom težinom raseljenosti, ljudsko srce ne gubi sposobnost da se poveže, da suosjeća.

U toj neobičnoj zajednici prognanika, u toj upornoj mreži bliskosti, svjetlila je nada — poput plamena u promaji, a ipak dovoljno postojana da nas vodi kroz izazove novog svijeta i neizvjesnih početaka.

Tu sam našao ne samo utjehu, nego i onu tihu snagu koja ostaje sa čovjekom dugo nakon što je zaboravi tražiti.

„U teškim vremenima prijatelj se poznaje po tome što šuti sa tobom, a ne što te uvjerava u ono u šta ni sam ne vjeruje." Radoje Domanović

U kišna jutra, kad bi grad prekrivale srebrne zavjese kiše, često bih išao autobusom. S vremenom sam se zapričao sa vozačem — vedrim čovjekom po imenu Keith, lakog smijeha, koji je znao sve o gradu, od njegove istorije do tračeva. Jednog dana, usred šala i sitnih razgovora, otkrio je da je diplomirao na Kembridžu sa odličnim uspjehom iz ekonomije. Mislio sam da se šali. Nije. Znanje mu je bilo britko, dosjetke brze, i kad me pozvao na večeru, očekivao sam skroman stan u predgrađu. Umjesto toga, našao sam se pred kapijom vile, a koji tren kasnije gledao sam ga kako stiže u blještavom Rolls-Royceu. Vožnja autobusom, objasnio je, nije bila posao iz nužde, već životna strast.

Kao dječak, sanjao je da vozi te glomazne dvospratne autobuse kroz uske gradske ulice — to je upravo uradio.

Iznenađenju tu nije bio kraj.
Njegov brat, također Kembridški diplomac — ovaj put
filozof — provodio je dane za volanom kamiona, razvozeći
hranu za pse širom zemlje.

Dvojica briljantnih ljudi, sa zavidnim obrazovanjem,
okrenula su leđa akademskom prestižu da bi živjeli po
sopstvenim pravilima. Te večeri, pijuckajući čaj u njegovoj
grandioznoj trpezariji dok je ekonomista-vozač autobusa
držao lekciju, nasmijao sam se naglas.

Napokon sam shvatio šta „ekscentričnost“ zaista znači.

U Kembridžu ekscentričnost nije bila rijetkost; bila je
gotovo norma. Ona je predstavljala slobodu da iskrojiš
svoj put, zanemariš pravila i staviš strast ispred tuđih
očekivanja.

Za nekoga tko se toliko mučio da se uklopi, taj trenutak
bio je gotovo preobražaj. Shvatio sam, možda po prvi
put, da se nisam morao savijati da bih bio prihvaćen

Možda sam, poput ove dvojice najneobičnijih, a ujedno i
najsjajnijih umova koje sam ikada upoznao, mogao
jednostavno živjeti po svojim pravilima — i pronaći
svoje mjesto ne unatoč toj različitosti, već upravo zbog
nje.

Prvo predavanje iz uvodne imunologije dočekalo me kao uragan. Profesor Lamann, čovjek dobroćudnog izgleda i raščupane bijele kose, govorio je brzim pljuskom engleskog jezika koji sam razumio u isprekidanim naletima — kao radio-signali što povremeno probijaju statiku.

Same riječi bile su mi poznate; odlomci skupljani godinama marljivog iščitavanja udžbenika. Ali način izlaganja — munjevit, tečan, posut idiomima i kolokvijalnim izrazima — cijedio mi se kroz prste.

Grozničavo sam šarao po bilježnici, hvatajući tek zalutale fragmente, kao da se hvatam za naplavine u nabujaloj vodi.

Svaka rečenica bila je napola saslušana, napola shvaćena — rasplinula bi se čim bih je dohvatio. Ni dijagrami, nekad utočište kad bi riječi izdale, nisu nudili olakšanje. Linije i strelice razlijevale su se preko table u zbrci stručnog žargona, jednako neprozirne kao i Profesorov ubrzani tempo.

Što sam više nastojao pratiti, čas je sve više izmicao, dok nisam ostao sa praznom izvjesnošću da je znanje tu — blizu, opipljivo — ali zaključano iza vrata za koja nemam ključ.

Kad se predavanje završilo, skupio sam papire drhtavim rukama i izašao u hodnik. Val mučnine preplavio me. Nije to bio samo umor, nego nešto teže: duboki osjećaj nedoraslosti i tjeskobe pred ovim akademskim svijetom.

Ranija obuka, nekad izvor ponosa, sad je djelovala iskrzano; godine učenja iza mene zvučale su šuplje. Prepreka nije bio samo jezik nego i sam osjećaj pripadnosti.
Riječi su postale zidovi, a ja ostao sa vanjske strane, zureći u mjesto kroz koje se drugi kreću slobodno.

Profesor Lamann me sustigao u hodniku s uobičajenim nestašnim sjajem u očima. „Reci mi," upita, „znaš li za Lamannov znak?" Na tren mi se zavrti u glavi. Lamannov znak? Zamišljao sam drevni ritual — možda nezgrapni pozdrav s pokretima udova, poput masonskog stiska tajnih društava. Umalo sam pokušao nešto izvesti.

On se nasmijao, uhvativši moju zbunjenost, i zaustavio me prije nego što se obrukam.

Nije mislio na okultni gest nego na kliničku tehniku pregleda — onu koju je osmislila njegova supruga, Sybil Lamann, poznati reumatolog, za otkrivanje povreda ligamenata koljena. Nasmijao sam se sa njim, iako su mi obrazi gorjeli. U tom trenutku osjetio sam se budalasto — student uhvaćen na naj jednostavnijem pitanju.

Te večeri, u našoj tijesnoj kuhinji, dočekali su me Anja, Andrej i Lejla suosjećajnim osmijesima. Njihova iskustva ponudila su i drugarstvo i praktičan vodič. Anja, uvijek pragmatična, predložila je da oformimo jezičku grupu fokusiranu na terminologiju naših oblasti.

Andrej, pedantan, već je složio listu ključnih pojmova iz
našeg udžbenika fizike, brižljivo ih prevodeći na arapski pa u
jednostavniji engleski. Lejla, sa prirodnim darom za jezike,
pristala je da nam pomaže sa izgovorom i gramatikom,
strpljivo ispravljajući naše greške.

Naše improvizovane jezičke sesije počele su u kuhinji, oko
titravog svjetla jedne lampe. Andrejova metodičnost pokazala
se dragocjenom: njegovo pažljivo raščlanjivanje složenih
pojmova činilo ih je razumljivijim.

Prevodio bi odlomak, rastavio svaku rečenicu, objasnio
strukturu, nijanse značenja i finesu izraza.

Anjina brzina i nestrpljenje održavale su živost; njen smijeh
je ogledao naše napore.
Lejlino poznavanje gramatike i izgovora, izbrušeno godinama
učenja, polako je glačalo naš nespretni govor.

Počinjali smo sa osnovnim riječima, napredovali ka
frazama, pa do potpunih rečenica.

Vježbali smo ritam i intonaciju izvornog govornika.
Koristili smo kartice: sa jedne strane naučni pojam, sa
druge „obična" engleska parafraza i fonetski zapis.

Izazivali smo jedni druge, ispravljali greške mješavinom
ohrabrenja i blagog zadirkivanja po kojem se poznaje
naša posebna veza.

Početak je bio frustrirajući. Jezik mi je bio nespretan, misli spore. Riječi se mrsile, rečenice raspadale, a frustracija prerastala u uzdahe i tihom psovkom začinjene rečenice.

Postepeno, gotovo neprimjetno, stvari su se počele mijenjati. Magla se dizala. Riječi su tekle glađe, rečenice se slagale jasnije. Frustracija nije nestala, ali ju je sve češće smjenjivao osjećaj malih uspjeha. Naša mala kuhinja postala je prostor tihih bitaka, mjesto gdje su se naše tjeskobe i frustracije preoblikovale u snagu. Zvukovi naših muka — krivi izgovori, mucave rečenice — miješali su se sa zveckanjem šolja, šištanjem kuhala i umirujućim mirisom Lejlinog kuhanja.

Ti svakodnevni tonovi postali su soundtrack našeg puta, tihi podsjetnik na zajedničku borbu i nepopustljivu odlučnost. Izvan naše male grupe, svjesno sam tražio načine da uronim u jezik. Gledao sam filmove i serije — najprije s titlovima, a zatim bez njih.

Slušao sam radijske emisije na engleskom, pokušavajući uhvatiti svaku nijansu, svaki prijelaz u tonu između sugovornika, kao da će mi razumijevanje njihovog svijeta pomoći da pronađem svoje mjesto u njemu. Čitao sam novine i romane, često tražeći svaku drugu riječ u rječniku. Govorio sam kad god sam mogao, iako je zvučalo nesigurno i trapavo.

Trudio sam se razgovarati sa kolegama, uprkos skromnom rječniku i gramatici koja je pucala — što je nerijetko rađalo nerazumijevanja i neugodnu tišinu.

Početna stidljivost ustupila je mjesto odlučnosti da srušim barijeru i premostim jaz između svog ograničenog razumijevanja i tečnog svijeta oko sebe. Naučio sam cijeniti snagu govora tijela — osmijeh, pogled — kad riječi zakažu. Napredak je bio spor i ponekad obeshrabrujući. Ponekad je Kembridž djelovao kao da postoji u dvije dimenzije. Danju — veliko pozorište znanja: hladna geometrija dvorišta, odjek koraka pod svodovima, beskrajni redovi knjiga koje čekaju da budu pročitane. Noću — usamljeniji, privatni sati u kojima se daljina od doma tiho, uporno zgušnjava oko tebe.

Pisma su stizala prekasno i prerijetko. Međunarodni pozivi bili su luksuz koji sam rijetko mogao priuštiti; kratki razgovor je samo pojačavao bol razdvojenosti.

Upravo u takvom vakumu odsustva, slučajno sam otkrio propust u sistemu. U hodniku bolnice Addenbrooke's stajao je telefon, njegov metal izlizan se sa godinama upotrebe. Jedne večeri, sa onim rasijanim strpljenjem siromašnih, ubacio sam kovanicu, oslušnuo klik i izvukao je nazad.

Na moje zaprepaštenje, linija je ostala spojena. Pet minuta razgovora pružalo se ispred mene — besplatnih i „nepotrošenih". Od tada je taj telefon postao moje utočište.

Stajao bih leđima oslonjen na zid, slušalicu čvrsto pritisnutu
uz uho i uživao u glasovima moje porodice koji su
premoštavali prazninu u meni.

Majčin smjeh, očev smireni ton, sitni kućni detalji svijeta koji
se činilo nemjerljivo udaljenim — stizali su do mene kroz
tanku žicu kao da ih nosi samo svjetlo.

Hodnik je mirisao na dezinfekciju; linoleum se presijavao
pod neonom, ali u tim trenucima opet sam bio kod kuće.

Nažalost, nije dugo potrajalo. Jednog dana telefona više nije
bilo — nestao je sa zida bez ikakvog ceremonijala. Ostao je
tek blijedi pravougaonik tamnije boje, tihi svjedok da je tu
nekada pulsirao glas svijeta.

Dugo sam zurio u prazninu, u odsječenu nit povezanosti, kao
da je neko prekinuo tanke mostove između mene i ostatka
života. Ipak, u sebi nisam nosio gubitak, nego zahvalnost. Na
vagi egzila, čak i tako mali dobitci bili su dovoljni.

Taj mjesec ukradenih trenutaka podsjetio me da izdržljivost
ne dolazi samo iz učenja, nego i iz glasova koji su me vraćali
meni samom.

Kembridž će mi kasnije ponuditi i druge oblike spasa:
neočekivana prijateljstva, časove topline što će probiti
rezervisanost grada.

Ali baš u tom bolničkom hodniku, stežući slušalicu i slušajući smijeh onih koje volim, prvi put sam shvatio da trenutak sreće čini daljinu podnošljivom.

Kao da su glasovi, kroz tanke žice, premostili sve granice, podsjećajući me da blizina nije uvijek mjera prostora, već snage povezanosti.

U ranim danima Kembridža upoznao sam dvojicu grčkih kolega, studenata medicine. Jorgos, sin bogatog vlasnika tankera, bio je bučan i velikodušan, a njegov smijeh odjekivao je preko dvorišta. Plutos, nasljednik slavnog arhitekte, nosio se kao aristokrata. Plutos je živio u bivšim odajama kralja Čarlsa , gdje je nekadašnji princ boravio dok je studirao na King's Koledžu. Uzimao je privatne časove opere i svirao klasičnu muziku na Steinwayu kao da mu je to produžetak duše.

Jedne večeri, nas trojica smo zakoračili u pub sa niskim stropom i toplim svjetlom, onaj tipični engleski — sa mirisom piva, zvukom čaša i tihim žamorom ljudi koji su tu dolazili već cijeli život.
Kad me je barmen upitao šta ću da pijem, odgovorio sam bez promišljanja: „najjeftinije pivo koje imate." Jorgos i Plutos prasnuše u smijeh — ne zlobno, nego iz nevjerice, kao da im je ideja biranja po cijeni potpuno strana. Prvi put sam osjetio da bih mogao pripadati njihovom svijetu, iako je moj put do njega bio sasvim drugačiji.

Te veze, isprva plitke, pretvarale su se u niti koje su
pomagale da zakrpim svoj napukli osjećaj identiteta.

Upoznao sam Miru slučajno, dok sam u jednoj piceriji jeo
krišku pice. Nonšalantno mi je dobacila:
„Ćao, dobra knjiga ", dok sam ja podvlačio misli Miloša
Crnjanskog, njegov *Roman o Londonu.* Vidjela je tekst, a u
meni prepoznala zemljaka u tuđini. Bila je poslovna, gotovo
zapovjedna, dijelila je komande osoblju oko sebe. Tek
kasnije sam saznao da vodi taj restoran. Voljela je skupocjene
automobile, dizajnersku garderobu, nažalost i Marjana.

Marjan — njen momak. Lijep na onaj sunčani, mediteranski
način, kako samo momci sa Hrvatskog juga mogu izgledati.
Odrastao na sardeli, pomidorima i maslinovom ulju, izgledao
je kao da ga je samo more rodilo. Eh, taj Marjan, momak i
pol. Nažalost, volio je druge žene više nego Miru — i tu se
njihova priča i završila.

*„Novi prijatelj je poput svježe knjige — još ne znaš kraj, ali
već osjećaš da će te promijeniti.“ Neznani autor, narodna
mudrost*

Predavanja su i dalje bila velik izazov, ali sve više sam
razumio profesorska objašnjenja. Počeo sam se javljati u
diskusijama — isprva nesigurno i oprezno — no postepeno
sam sticao samopouzdanje.

Sve dublje sam ulazio u složene teorije i ideje; razumijevanje se produbljivalo svakim predavanjem, razgovorom i pokušajem da savladam novi jezik. Jednog dana, na posebno teškom času neuro-imunologije, sa ponosom sam shvatio složen koncept koji je profesor Lamann objašnjavao. Preplavio me osjećaj trijumfa. Bio je to mali korak, ali meni ogroman — dokaz moje upornosti, i nepokolebljive posvećenosti savladavanju jezika.

Jezička barijera je ostajala stalni izazov, sa frustracijama i povremenim posrtajima. Ipak, bila je i katalizator rasta, gurajući me da učim, prilagođavam i razvijam.

Stajala je kao svjedočanstvo izuzetne sposobnosti ljudskog duha da nadvlada prepreke u nedaćama i pronađe snagu i otpornost na najneočekivanijim mjestima. Upravo u tim borbama, među frustracijom i povremenim očajem, otkrio sam skrivenu snagu u sebi — otpornost koja će mi godinama služiti.

Učenje engleskog nije bilo samo svladavanje novog jezika, već i novi način gledanja na svijet. Bio je to tih, ali dubok preobražaj.

Zahrđali zupčanici bicikla zviždali su vedru melodiju dok sam okretao pedale prema školi engleskog jezika, mrlja živahne tirkizne na blagim ciglenim fasadama.

Škola je bila besplatna za turiste, ljetni poklon umotan u nadu da ću popraviti svoj engleski ili barem, tako sam sebi govorio.

Istina, koju sam skrivao, bila je pomalo vrckava. Nisam došao samo da učim engleski; došao sam da nadvladam vlastitu sumnju.

Svako jutro naslonio bih moj istrošen bicikl na neobičan skulpturalni stalak u obliku ogromnog, prijateljskog skakavca.

Učionica nije bila sumorna. Sunčeva svjetlost probijala se kroz vitražne prozore sa mitološkim stvorenjima — grifonima koji raspravljaju o gramatici, hipogrifima koji polemišu o konjunktivu.

Ostali učenici, šarolika mješavina kultura i naglasaka, dočekivali su me toplo. Učili smo idiome, glagole i prijedloge, ali prave lekcije događale su se između vježbi.

Jednog dana, usred beskrajno dosadnog časa o participima, učionica zatreperi. Blaga, lavandasta izmaglica zavrtila se po zraku, a vila — nestašna i ne veća od mog palca — prozujala je prostorijom, posipajući šljokice što su čarolijom pretvarale suhoparne rečenice u živopisne dijagrame smisla. Tren oka, hirovit intermeco, i duh ljeta bio je tu — dašak magije posut preko svakodnevice.

Večeri sam provodio obilazeći grad, glumeći bezbrižnog turistu i fotoaparatom slikao čamce na motke kako klize rijekom. Sam grad kao da je bio začaran; kaldrma je šaptala tajne, a drevne građevine zujale su neispričanim pričama.

Punio bih sveske skicama, hvatajući suštinu Kembridža — ne samo znamenitosti, nego osjećaj, zrak mogućnosti. Sjedio bih kraj rijeke i hranio patke začaranim mrvicama koje bi se, čim dotaknu vodu, pretvarale u sićušne, pjevajuće labudove.

Možda djetinjasto, možda pomalo ludo, ali činilo se magično. Tajna radost moje male varke bila je uzbudljiv kontrast iskrenim prijateljstvima koja sam gradio sa tim labudima. Dijelili smo priče, snove i tihe brige o onome što dolazi, vezujući se smijehom i zajedničkom ljubavlju prema jedinstvenoj ljepoti grada.

Do kraja ljeta, moj engleski se nije čarobno popravio, ali samopouzdanje jeste. Istinski jezik koji sam naučio nije bio samo engleski; bio je to jezik vjere u sebe.

Vožnja kući djelovala je duža nego prije, ali srce je bilo lakše, puno priča i tihe sigurnosti da i naj nevjerovatniji snovi, uz malo hrabrosti i puno srca, mogu postati stvarnost.

Zrak je bio težak od mirisa kardamoma i zaostalih briga. Te večeri, tijesna kuhinja, inače žarište smijeha, djelovala je zagušljivo mala.

Anja, Andre i Lejla dočekali su me osmijesima koji su, iako suosjećajni, nosili težinu zajedničke borbe. Njihove oči, međutim, odavale su umor dublji od običnog; bio je to zamor navigacije kroz sistem građen da isključuje, sistem koji je tražio asimilaciju po cijenu identiteta. „Terminologija je problem,“ priznao sam, jedva čujnim glasom preko zujanja frižidera. Ogromni vokabular na patologiji bio je nadmoćan — zid žargona koji me gotovo zgnječio.

Anja, vječni pragmatik, slegla je tmurno: „Upravo. Nije riječ samo o učenju jezika; radi se o dešifriranju šifrirane poruke.“

Zastala je, pa dodala: „Ali možemo razbiti jezički kod. Fokus je na ključne termine — prevod, raščlamba.“

Andre, precizan i metodičan čak i u trenucima kolektivne potištenosti, izvadio je brižno uređen notes. „Počeo sam sastavljati ključne pojmove,“ najavi, sa trunkom iscrpljenosti u glasu. „Prijevod na arapski, pojednostavljeni engleski ekvivalenti, fonetske razrade. Nije sveobuhvatno, ali je početak.“

Stranice su bile ispisane gustom rukom — arapska slova isprepletena sa urednim engleskim transkripcijama i fonetskim uputama. Bio je to spomenik njegovoj posvećenosti, opipljiv prikaz golemog napora potrebnog da se prođe ovim jezičkim lavirintom.

Val zahvalnosti i žalac krivice prostrujao je kroz mene. Ja sam se borio, ali oni su taj rat vodili već duže.

Lejla, uvijek blaga, nasmiješila se toplo. „Mogu pomoći sa izgovorom i gramatikom,“ ponudila je. „Bitno je uhvatiti ritam jezika, suptilne nijanse.“

Srce mi se ispunilo mješavinom olakšanja i duboke tuge. Evo nas — tri oštra uma — ujedinjena ne slavljenjem, nego nevoljom. Nisam zamišljao ovakvu „saradnju“ kad sam mislio na svoj život u novoj zemlji.

Nadao sam se intelektualnom srodstvu, a našao sam očajničko drugarstvo iz nužde.

„Profesor podrazumijeva da taj temelj već imamo,“ rekoh, podižući Andreov notes. „Očekuje da govorimo ‘jezik fizike’, ali kako, ako je i sam jezik barijera?“ Andre uzdahnu, prstom prešavši preko složene jednačine. „Ne shvataju.

Pretpostavljaju da tečnost u govoru znači razumijevanje u svim oblastima.“ „A ne znači,“ klimnu Lejla, pogledom odlutalim. „Vide samo površinu. Ne zapažaju nevidljive planine koje moramo preći da bismo uopće stali na startnu liniju.“

Tišina koja je uslijedila bila je teška od neizrečene frustracije i zajedničke odlučnosti. Ali te večeri nismo se zadržali samo na problemima.

Naša grupa, rođena iz nevolje, postala je simbol otpornosti.
Bio je to skroman čin prkosa — zajedničko odbijanje da nas
jezičke barijere ušutkaju. Težina naše kolektivne borbe
ujedinila nas je, kovajući vezu jaču od riječi koje su prijetile
da nas razjedine. Gradili smo svoj most — po jedan pažljivo
preveden termin.

Oštar vjetar rezao je kroz pukotine na prozorskom okviru,
stalni podsjetnik na loše stanje našeg privremenog doma.
Tanke deke slabo su branile od hladnoće; često sam se budio
s utrnulim prstima i drhtavim udovima.

Novac — odnosno njegov manjak — bio je stalna, izjedajuća
briga. Stipendija je jedva pokrivala nebeski visoke školarine,
ostavljajući mi gotovo ništa za hranu, kiriju ili osnovne
potrepštine. Početni nalet bijega iz ratom razorenog zavičaja
odavno je ishlapio, zamijenjen neumoljivom borbom za golo
preživljavanje.

Svaki dan je bio osjetljivo balansiranje — opasni ples
između studija i hitne potrebe da zaradim dovoljno da
sastavim kraj sa krajem.

Predavanja iz neurologije, nekad izvor intelektualnog
žara, sad su mi djelovala kao luksuz koji jedva mogu
priuštiti. Umor od stalne borbe za opstanak često mi je
gušio koncentraciju na složene i apstraktne teorije.

Nenaspavan i gladan, zurio sam u formule na ploči koje
su se mutile pred očima. Misli su mi bježale ka praznim
policama u našoj tijesnoj kuhinji. Skromna sredstva iz
stipendije brzo su se istopila pred neumoljivim
zahtjevima svakodnevice. Kirija je bila astronomska,
gutala je najveći dio prihoda.

Mali stan, jedva dovoljan za nas četvero, nije imao ni
osnovne pogodnosti. Kuhinja, naš jedini zajednički prostor,
bila je češće turobna nego topla. Jednostavni obroci koje smo
spremali više su podsjećali na ritual preživljavanja nego na
večeru. Nije više bilo mirisa doma — samo para, tišina i
poneki uzdah. Oslanjali smo se na jeftine, zasitne namirnice; i
sama ishrana postala je izvor stresa. Svaki obrok bio je
pažljivo odmjeren proračun, da naše zalihe potraju još koji
dan.

Često bismo dijelili jedan tanjir riže, a svaki zalogaj bio je
simbol upornosti, ljubavi i solidarnosti koja nas je držala
uspravnim. Trajna glad bila je neumoljivi podsjetnik na našu
turbulentnu egzistenciju — sjena koja nas je pratila.

Posao je bio očajnička nužnost. Večeri i vikende provodio
sam u neumornoj potrazi za poslom — naporan proces koji
me je često ostavljao klonulim duhom.

Moja medicinska pozadina, činila se potpuno beskorisnom u
ovom nepoznatom okruženju. Jezička barijera bila je velika
prepreka, sužavajući mi mogućnosti zaposlenja.

Većina prijava završavala je odbijanjem, a stalna razočaranja bila su gotovo nepodnošljiva.

Nekoliko privremenih poslova koje sam uspio naći bili su fizički teški i slabo plaćeni. Prihvatao sam razne sitne poslove — čišćenje kuća, raznošenje paketa — šta god je donosilo koju funtu da dopunim stipendiju.

Posao je bio iscrpljujući, energije se praznila, a san su često remetile brige oko balansiranja posla i učenja. Mentalni stres pojačavao je fizičku iscrpljenost.

Stalni strah od deložacije, manjka novca ili nemogućnosti da priuštimo osnovne potrepštine ostavljao je trag.

Svaki neočekivani trošak – iznenadna bolest ili pokvareni kućni aparat – djelovao je kao potencijalna katastrofa, sposobna da nas dodatno gurne u financijske teškoće. Anksioznost je bila sveobuhvatna, nagrizala nam moral i iscrpljivala otpornost.

Dva sata, da upravo tako, dva znojna sata proveo sam ribajući tepihe gospođe Jones – tako debeli da su prigušivali krikove kmetova koji su ih tkali. Svaka nit, siguran sam, bila je pojedinačno ispredena od strane sićušnog, potplaćenog vilenjaka – ili možda male, vrlo nesretne lame.

Leđa su me boljela, koljena protestovala, a ruke imale divnu
bež-smeđu nijansu, svjedočanstvo o gomili prašnjavih
„zečića“ koje sam poslao u vječni lov.

Spreman da uživam u skromnoj nagradi dana — sendviču sa
sirom, dupli red naravno — nisam znao da će se pojaviti šolja
kafe, kao dokaz da nesreća često dolazi nepozvana, tiha i
neočekivana.

Moja vlastita, ironično, bila je puna mlake razočaranosti –
prikladna metafora čitavog mog popodneva. Jedan nespretan
pokret, i „pljas“.

Moja brižljivo skovana vizija siraste sreće pretvorila se u
smeđu, brzo šireću mrlju na skupom tepihu gospođe Jones,
očito ručno-tkanom-od-lame.
 „Oh, dragi“, zacvrkutala je gospođa Jones, glasom
natopljenim onom vrstom šećerne slatkoće koja se obično
čuva za arsen.

Preletjela je štetu pogledom koji je sugerirao da sam lično
napao njenu nagrađivanu pudlicu. „To je… to je jednostavno
grozno, vidite. Potpuno… seljački grozno.“

Kmet, je li? Nosio sam sasvim pristojne radne kombinezone
za čišćenje. Trebao bih joj skrenuti pažnju na ironiju. Cijela
kuća izgleda kao da ju je dizajnirao seljak sa pretjeranom
sklonošću kiču.

„Ja… jako mi je žao, gospođo Jones“, promucao sam, glasom
koji je drhtao pod njenim podrugljivim pogledom.

San o sendviču sa sirom sada je bio daleka, mutna uspomena
– baš kao i mrlja na njenom tepihu.
 Izvini neće biti dovoljno, dragi!“ vrisnula je, naglasak joj je
poprimio sumnjivo pozorišni ton. „Ti, ti… bijedno stvorenje!
Nećeš dobiti ni peni! Sam ćeš to počistiti!“ I požuri! Nemam
cijeli dan za tvoje… tvoje „seljačke navike“!

Pogledao sam je.
Pomislio na dupli sendvič sa sirom. Razmotrio lamu.
Promislio o apsolutnoj, nefiltriranoj drskosti te žene. Zatim
sam proučio mrlju.

Zaista je bila groteskna. Njena veličina bila je gotovo
zadivljujuća – svjedočanstvo, možda, snazi moje mlake
razočaranosti.

„Dobro onda“, rekoh, tonom pažljivo neutralnim, gotovo
pristojno dosadnim.
 „Pretpostavljam da moram nabaviti odgovarajuća sredstva za
čišćenje.
Ima li išta posebno ekskluzivno što preferirate?

Možda nešto uvezeno sa Himalaja? Ne bih želio dodatno
uznemiriti vaše… delikatne senzibilitete.“

Nadao sam se da mi je sarkazam gust poput njenih tepiha.
Osjećao sam kako mi oblaže jezik kao naročito gorak lak.
Zašutala je, načas ostala bez riječi pred mojim otvorenim
podsmijehom.

Bila je to mala pobjeda u danu uglavnom provedenom u
borbi s prašinom i teretom socioekonomske nejednakosti.

Sendvič sa sirom, odlučio sam, može sačekati. Imao sam
hitniju brigu: očistiti mrlju koja je nekako simbolizirala čitav
moj odnos sa bogatašima i njihovim čudno preciznim
standardima čišćenja. I, možda, naći novi posao. Onaj bez
trauma sa tepihom i lamom.

*„Oduvijek sam prezirao sve te godine, sate i minute koje
sam im dao kao radnik. Uzimali su moje vrijeme, moju
snagu, moj život – a davali tek dovoljno da ostanem živ i
da se sutra opet vratim.“*
— Charles Bukowski

Poglavlje 4: Pronalaženje uporišta

Prekretnica je stigla tiho, gotovo neprimjetno. Jedne večeri, nakon napornih sati čišćenja grandiozne viktorijanske kuće jednog univerzitetskog profesora, zatekao sam se duboko uronjen u složen problem iz neurologije, ne osjećajući iscrpljenost nego obnovljenu jasnoću.

Uobičajeni grč u želucu bio je tog dana blaži — možda zato što je Anja uspjela pronaći nekoliko dodatnih krompira na pijaci, a možda zbog tihe satisfakcije što je čišćenje prošlo bez incidenta.

Kako god bilo, zadatak je odjednom djelovao manje zastrašujuće, više… rješiv. Te večeri učio sam do ranih sati. Jedino svjetlo u sobi bilo je titranje moje stolne lampe, a tišina je disala zajedno sa mnom. Prihvatio sam problem sa onom vrstom zanosa koju mjesecima nisam osjećao.

Složen ples varijabli, nekada izvor frustracije, sada je ličio na zavodljivu slagalicu — svaki mali napredak bio je sitna pobjeda. Kad je svanulo, a nebo se obojilo blijedo narančastim i ružičastim tonovima, konačno sam pronašao rješenje. Osjećaj postignuća bio je snažan. Val uzbuđenja nakratko je skinuo teret siromaštva i očaja sa mojih ramena. Ta mala pobjeda zapalila je iskru u meni. Počeo sam pristupati učenju sa obnovljenim smislom — željom za znanjem koja je nadilazila moje fizičke potrebe.

Predavanja, nekad zbrka zbunjujućeg žargona, počela su imati smisla. Složene teorije, koje su prije djelovale kao nesavladive barijere, sada su izgledale poput izazova koji mame. Počeo sam se potpuno uključivati u univerzitetska predavanja – ne samo slušati, nego razgovarati sa profesorima i postavljati pitanja sa novim samopouzdanjem za koje nisam znao da ga imam.

Profesor Lamann, sa očima punog žara i strašću za kliničku imunologiju, postao je neka vrsta mentora. Uočivši iskru intelektualne radoznalosti u meni – onu koja je bila zakopana ispod slojeva tegobe i umora – zainteresovao se za moj napredak, dajući dodatnu podršku, i konstruktivnu kritiku.

Njegova vjera u mene podigla mi je samopouzdanje, dajući otpornost za nove izazove.

Profesor me pozvao na večeru u svoj dom – stogodišnju kuću koja je disala prošlošću, kao da je svaka daska upamtila dah onih koji su kroz nju prolazili. Kuća je bila uredna i disala je toplinom doma; unutrašnjost je odražavala porodicu koja je spajala eleganciju sa praktičnošću. Svaki komad namještaja djelovao je biran zbog funkcije, ugodno izlizan od godina upotrebe. Tokom obroka, profesor je govorio o pčelama – o njihovom svijetu reda i organizacije, o tihom maru i skrivenoj inteligenciji. Njegova strast bila je zarazna. Te večeri prvi put sam uočio paralelu između medicine i prirode: obje traže preciznost i obje nagrađuju strpljenje.

Kasnije me poveo u baštu iza kuće, gdje su pod starim orahom stajale košnice. Sunce je već tonulo, a zrak je bio gust od mirisa meda i voska. Pčele su kružile u savršenom skladu, kao da svaka tačno zna svoju putanju. „Vidiš, "rekao je profesor tiho, „njihova snaga nije u sili, već u redu. Kad jedna pronađe cvijet, vraća se i pokazuje drugima plesom. To je njihov jezik — jednostavan, ali potpun. U tom plesu nema sebičnosti, samo dijeljenje. Zajedništvo im daje dugovječnost. "Stajao sam pored njega i slušao taj tihi žamor, kao da svijet diše kroz njih. Pomislio sam kako čovjek, uprkos svem znanju, još uvijek nije naučio tu lekciju — da život opstaje samo dok postoji red i dok svako biće zna mjeru u davanju.

Te pčele, male i uporne, učile su nas o onome što medicina i filozofija zajedno tek pokušavaju dokučiti: o ravnoteži između pojedinca i cjeline. O tišini u kojoj se rađa smisao. Te večeri, njegova supruga Sybil upoznala me sa Yorkshire pudingom. Očekujući nešto slatko, zatekao sam zlatnu, prozračnu „pogaču", šuplju u sredini, savršenu za upijanje bogatog sosa.

Nasmijao sam se svom iznenađenju, a njihov dom se ispunio toplinom koja me, na tren, odmakla od sjenki prošlosti. Do večere sam došao, a otišao sa nečim više: uspomenom na toplinu, velikodušnost i lekciju o tome kako čudo možeš naći na neočekivanim mjestima – bilo u košnici ili u skromnom Yorkshire pudingu.

Napredak na fakultetu nije dolazio samo iz obnovljene radoznalosti, nego i iz neprimjetnih pomaka u našem svakodnevnom životu. Anjina upornost, koju sam tada tek djelimično razumio, donijela nam je malu stipendiju — skromnu po iznosu, ali neprocjenjivu po značenju. Bila je to prva pukotina u bedemu neizvjesnosti, prilika da misao prodiše slobodnije, da se učenje više ne mjeri brojem neprospavanih noći nego dubinom shvatanja. Zadaci koje sam nekada sklepanim rukama sastavljao, žureći pred rokovima, postajali su promišljeniji. Naučio sam mjeru, upornost i tišinu. Eseji su dobili glas — nisu više bili gomila rečenica, nego pokušaj da misao uhvati smisao. Ispiti više nisu izazivali strah, već su mi pružali prostor da pokažem ne ono što znam napamet, nego ono što razumijem.

Nisam više učio da bih položio, nego da bih potvrdio: još sam tu, nisam pokleknuo. Pristupao sam svakom zadatku kao što čovjek pristupa teškom razgovoru sa sobom — temeljito, bez izgovora. Učio sam građu, vraćao se starim zadacima, brusio način razmišljanja. I rezultati su govorili umjesto mene. Visoki bodovi nisu bili samo ocjene, već dokaz da se trud može pretvoriti u smisao.

Osjećaj postignuća nije bio samo moj. U sebi sam ga dijelio sa svojim cimerima. Njihovo prisustvo, tiho kao sjenka, davalo je težinu svakom uspjehu. Ta vrsta podrške ne traži zahvalnost, ali je zauvijek pamtiš. Njihov optimizam nosio je moje strahove.

Shvatio sam da ovo nije bila samo moja borba za obrazovanje, nego naša zajednička potraga za dostojanstvom. I tada se nešto u meni prelomilo: *više se nisam osjećao kao čovjek koji bježi, nego kao onaj koji stiže.*

Akademski uspjeh vratio mi je ono što sam najduže tražio — osjećaj vrijednosti. Ne samouvjerenost, ne oholost, nego tihu snagu da kažem: vrijedim. Ponovo sam otkrio smisao, ne u savršenstvu, već u upornom nastojanju, u vjeri da svaki napor, ma kako malen, ima svoje mjesto u većem poretku. To novo povjerenje prelilo se i izvan učionice. Radio sam ozbiljnije, govorio jasnije, više se nisam povlačio pred nepravdom. Naučio sam da čovjek, čak i kad nema mnogo, može imati stav.
Moj se život u kratkom vremenu preobrazio. Od očajničke borbe za opstanak, stigao sam do trenutaka u kojima se, bar na trenutak, moglo disati bez grča. Put nije bio završen — ali više me nije plašio. Gledao sam naprijed sa tihim optimizmom i zahvalnošću prema onima čija me vjera održala. Po prvi put, nada nije bila samo želja. Postala je pravac. Hladan vjetar i dalje je zavijao izvan našeg malog stana, ali studen više nije dopirala do same duše – toplina postignuća i obećanje svjetlije budućnosti zračili su iznutra.

Početna nespretnost univerzitetskog života postepeno je blijedjela kako sam se uklapao u ritam akademske svakodnevice i živu energiju studentskog svijeta.

Nije bilo lako – jezička barijera, iako manja nego na početku,
i dalje me povremeno saplitala. Ležerna doskočica,
unutrašnje šale, neizgovorena društvena pravila – sve su to
bila područja u kojima sam se osjećao malo „van takta".

Često bih stajao sa strane, tihi posmatrač živahnih razgovora i
zbivanja oko mene. Ali malo-pomalo, oprezno, počeo sam
dizati ruku. Zajednički osmijeh u biblioteci, kratka razmjena
riječi u hodniku, nesigurno pitanje na času – ti mali gestovi
postali su prvi koraci prema povezivanju. Početna stidljivost
pretvarala se u radoznalost i želju da učestvujem.

Počeo sam odlaziti u studijske grupe, u početku sjedeći tiho u
uglu, upijajući dinamiku među studentima. Slušao sam
pažljivo, upijao sve oko sebe, i polako, gotovo neprimjetno,
postao dio tog toka misli. Moji prilozi, isprva kratki i
nesigurni, postajali su samouvjereniji kako je rasla moja
sigurnost. Moj jedinstveni pogled, oblikovan iskustvima,
unosio je dodatnu dimenziju u rasprave.

Jedna kolegica, mlada žena bistrih očiju po imenu Diana,
posebno se zainteresovala za mene. Studirala je međunarodne
odnose i činilo se da su je moje priče zaintrigirale, iako je
pazila da ne ulazi predaleko u teme koje još nisam bio
spreman ponovo otvarati. U početku je među nama postojala
izvjesna napetost — njena radoznalost ponekad je dodirivala
rane koje sam naučio štititi, a moja suzdržanost joj je
ponekad morala izgledati kao nezainteresovanost.

Ali Diana je imala strpljenje, tihu empatiju koja ju je razlikovala. Naučila je koračati oprezno, poštovati šutnju, i ja sam počeo njena pitanja doživljavati ne kao upad, već kao pokušaje dubljeg razumijevanja. Postepeno se jaz među nama smanjivao.

Kratki razgovori poslije predavanja prerasli su u duge diskusije u kafeteriji biblioteke; razmjena bilješki ustupila je mjesto zajedničkim šetnjama kampusom. Sa vremenom se napetost pretvorila u nešto toplije — u lakoću koja me iznenadila, u tihu čežnju svaki put kad bi ušla u prostoriju.

Ono što je počelo kao oprezno prijateljstvo preraslo je u bliskost koju nismo očekivali, ali smo je oboje tiho pustili da se dogodi. Naši razgovori, u početku usmjereni na akademske teme, postepeno su se proširili na porodice i kulturne pozadine, pa sve do nadanja i snova o budućnosti.

Dianina toplina pomogla mi je da zaliječim emotivne ožiljke iz prošlosti i izgradim temelj povjerenja.
Naša je veza jačala s vremenom, kovana kroz zajedničke sesije učenja, noćna ćaskanja i zajedničku ljubav prema intelektualnoj znatiželji.

Univerzitet sam počeo doživljavati ne samo kao mjesto učenja, nego kao zajednicu ljudi strastvenih prema znanju i željnih rasta.

Diana mi je pomogla da pređem nevidljivi most između dva
svijeta – strpljivo mi objašnjavajući nijanse života na
kampusu
Počeo sam dobijati pozive na druženja, zabave i neformalne
razgovore, Ta su mi druženja popunila dugogodišnju
prazninu.
Odnos koji sam razvio sa profesorima također je bio
presudan.
Profesor Lamann mi je dosljedno pružao smjernice i podršku,
djelujući kao mentor i izvor ohrabrenja. Interakcije unutar
univerzitetske zajednice nosile su i izazove. Susretao sam se
sa predrasudama, nerazumijevanjem, suptilnim podbadanjima
i nenamjernim uvredama. Međutim, naučio sam da se kroz to
krećem koristeći vlastita iskustva da potičem razumijevanje i
promovišem toleranciju. Iskorištavao sam novo stečeno
samopouzdanje i bolje komunikacijskc vjcštine da rješavam
te probleme, uvijek težeći premošćivanju jaza i njegovanju
empatije.
Pronašao sam uporište ne samo akademski, već i društveno,
emotivno i duhovno. Napokon sam bio istinski kod kuće.

*Shvatio sam da osjećaj pripadnosti ne nastaje slučajno — on
se gradi dijeljenjem misli, slušanjem drugih i hrabrošću da
svoj glas pustiš u svijet. "*

Hodali smo Diana i ja dok je rijeka Kam svjetlucala, vrpca
tečnog zlata pod kasno popodnevnim suncem.

Njen blagi žubor bio je soundtrack naših života, stalni,
umirujući šum ispod našeg smijeha i tihih razgovora.
Stisnula mi je ruku; tiho obećanje zapečaćeno poznatim
pritiskom njenih prstiju na mojima.
Sjeli smo na našu uobičajenu klupu, istrošenu, pomalo
klimavu, koja nam je postala vidikovac nad vodom.

„Sjećaš li se onog puta", nasmijala se, oči su joj se naborale u
uglovima, „kad nas je onaj smiješno ogroman labud jurio jer
si mu bacio gnjecav keks?"

„O, Bože", nasmijao sam se, a sjećanje me preplavilo
toplinom. „Mislio sam da će nas obezglaviti!" Namjerno sam
zadrhtao, iako je zrak bio blag.

„A onda je samo odšetao i pojeo keks — tako graciozan a ne
kao stvorenje koje nas je skoro napalo." Gledali smo
porodicu pataka kako nespretno plovi, sa mališanima koji
posrću za roditeljima. Dok sam ih posmatrao, pogodilo me
kako bez napora upravljaju svojim sićušnim svijetom,
nesvjesno šire struje života. Bio je to miran prizor i duboki
osjećaj zadovoljstva se smjestio u meni. U tim trenucima,
okružen prostom ljepotom rijeke i svakodnevnim spektaklom
života koji se odvija oko nas, osjećao sam se doista živim.

Te šetnje, ti zajednički trenuci, bili su sidra mog sve
užurbanijeg svijeta.

„Znaš", rekla je, okrećući se prema meni, pogled joj ozbiljan,
ali blag, „ponekad mislim da smo najsretniji ljudi na svijetu."
„I ja", izustio sam iskreno. „Nikad nisam mislio da ću naći…
ovo." Rukom sam neodređeno pokazao oko nas — rijeku,
patke, nju — i osjećaj duboke radosti koji je nadirao u meni.

Odjednom, debela kap kiše pljusnula mi je na nos. Za njom
druga, pa treća. Nebo se otvorilo i prosulo bujicu vode. Bez
riječi, oboje smo se nasmijali, kiša je naš tihi bdijenje
pretvorila u spontani ples. Vrtjeli smo se, prskajući po
barama, naš se smijeh dizao iznad bubnjanja kiše. Nije to bila
romantična holivudska scena, ali je djelovala istinitije, bliža
onome što jesmo.
Bila je to potvrda neočekivane radosti koju život zna
dobaciti, podsjetnik da i kiša može biti lijepa — ako si sa
pravom osobom.

Kiša je napokon stala, ostavljajući sve blistavo i svježe.
Ostali smo, zadihani i mokri do kože, sa rumenim obrazima i
rukama stisnutim čvršće nego ikad.
Polako smo se vraćali, ruku pod ruku, dok je sunce tonulo,
bojeći nebo ljubičastom bojom.

*„Ljubav je jedina stvar koja može učiniti užas postojanja
podnošljivim." Sebastian Faulks*

Kasnije, umotani u tople deke i srčući vruću čokoladu,
sjećanje na naš ples na kiši titralo je u glavi — svijetla i
obećavajuća buktinja usred ponekad nemirnih voda života.

Rijeka, patke, kiša, smijeh — ti jednostavni sastojci činili su
izuzetnu tapiseriju našeg zajedničkog života.
I to je bilo dragocjenije od svega. Čak dragocjenije od suhog
kaputa.

Tišina moje studentske sobe kasno noću pružala je utočište,
oštar kontrast sjećanju koja su mi često remetila san.

Tokom studija sam uspostavio rutinu, utješnu pravilnost koja
je uključivala predavanja, učenje i zajedničke obroke sa
Dianom i novim prijateljima.

Ali baš u tim tihim satima, ukradenim trenucima između
gasnuća svjetla i zore koja se približava, prošlost bi ponovo
izranjala, pružajući pipke da me obgrli.
Sjedio bih kraj prozora, a gradski pejzaž se prostirao ispred
mene poput mape života koji još nisam u potpunosti
prisvojio.
Slaba svjetlost udaljenih uličnih lampi odražavala je
treperave žiške sjećanja — i oštra i krhka.

Likovi moje porodice, njihovi osmijesi urezani u sjećanje, čas
bi izoštrili, čas izblijedjeli, njihov smijeh kao daleki odjek.
Vidio sam užas rata, strah u očima onih koje sam pokušao
spasiti i ledenu studen izbjegličkog kampa.

186

To nisu bile puke slike; bili su to duboko urezani ožiljci.
Ponekad su uspomene bile prigušene, tapiserija ispletena od
straha.
Drugom prilikom djelovale su zastrašujuće stvarno, sa
osjetnim detaljima bolno prisutnim: oštar miris dima, ledeni
hropac pucnjave, očajničke molbe za pomoć.

Osjetio bih hladan znoj na čelu, paniku kako se diže.
Razumio sam da sjećanja nisu znak slabosti, nego dokaz
otpornosti.

Pisao sam o tome kako se ljudski duh može držati nade. Bio
je to spor put: sloj po sloj skidanja traume i pažljivo
rekonstruisanje identiteta.

Pisanje mi je postalo terapija. Proživljavao sam bol, gubitak,
bijes i očaj bez uzmicanja. Ali sam bilježio i trenutke milosti,
dobrote i neočekivanih bljeskova radosti koji su presijecali
mrak mog života. Pisao sam o otpornosti ljudskog duha, o
nepokolebljivoj sposobnosti da se drži nada čak i pred
nezamislivom patnjom.

U medicinskim udžbenicima nalazio sam utjehu. Njihovi
detaljni dijagrami i uredna objašnjenja pružali su strukturu
usred trauma mojih sjećanja.
Učio sam o otpornosti tijela—njegovoj sposobnosti da se
liječi i prilagođava, čak i nakon teške traume.

Medicina je postala više od akademskog poziva; pretvorila se u lično putovanje oporavka, ogledalo tvrdoglave volje mog tijela da se oporavi.

Razgovori sa Dianom bili su ključni dio tog procesa. Isprva sam oklijevao, bojeći se otkriti dubine traume i opteretiti je svojom boli. Njena postojana empatija i razumijevanje stvorili su siguran prostor u kojem sam mogao podijeliti iskustva bez osude.

Slušala je pažljivo, njena tišina bila je utješna koliko i riječi podrške. Nisam morao nositi teret prošlosti sam.
Naši razgovori nadilazili su moju traumu; doticali smo se širih pitanja identiteta, pripadnosti i smisla života.

Shvatio sam da moja iskustva, iako duboko lična, nisu jedinstvena. Diana me upoznala s drugim studentima koji su prošli slične teškoće i dijelili svoje priče raseljenosti i gubitka.
Upleo sam iskustva u svoj identitet, ne kao teret, već kao lekcije koje rađaju empatiju. Svoju traumu više nisam gledao kao nešto čega se treba stidjeti,.

Univerzitet, isprva utočište, postao je hram promjene. Bio je to prostor gdje sam se suočavao sa prošlošću, liječio stare rane i pronalazio novi smisao.

Akademski izazovi, društvene veze, prijateljstva — sve je to hranilo moj lični rast i samopouzdanje. Otkrio sam da moj akademski rad odražava moja iskustva, često rađajući promišljene doprinose tokom rasprava.

Moja medicinska pozadina, često i nesvjesno, produbljuje moje razumijevanje društvenih pitanja, dajući mi jedinstvenu perspektivu koja širi moje vidike.

Moje iscjeljenje nije bilo odredište, nego kontinuirano putovanje. Ponekad bi me sjećanja obuzela. Oprost nije nužno značio zaborav; značio je oslobađanje od bijesa i ogorčenja koji su me držali u zatočeništvu.

Oprostio sam sebi zbog stvari nad kojima nisam imao kontrolu . Počeo sam opraštati i drugima, razumijevajući da su njihovi postupci, ma koliko brutalni, često rođeni iz straha, neznanja ili očaja.

Shvatio sam važnost brige o sebi — njegovanja ne samo tijela, nego i duha.
Okrenuo sam se mindfulnessu, našao utjehu u meditaciji. Iscjeljenje nikad nije išlo pravolinijski; zastoji i nazadovanja bili su neizbježni.
Više nisam bio definisan isključivo traumom; sebe sam vidio kroz prizmu otpornosti i čvrstog uvjerenja u važnost ljudske povezanosti.

Hladan jesenji zrak ubo me poznatim peckanjem, oštro suprotstavljen zagušljivoj unutrašnjosti biblioteke u kojoj sam satima bio uronjen u složene medicinske tekstove. Odlučio sam prekinuti za večeras — rijedak čin prkosa neumitnom pritisku studija. Trebao mi je reset.

Težina moje prošlosti, danas je bila mnogo veća; tišina moje sobe pojačavala je njen odjek. Privukao me univerzitetski park, prostrana zelena oaza usred betonske džungle.
Opalo lišće — kaleidoskop crvenih, narandžastih i žutih nijansi — pucketalo je zadovoljavajuće pod mojim korakom; jednostavno zadovoljstvo koje sebi mjesecima nisam dopuštao.
Sjeo sam na klupu; hladno drvo me prizemljilo. Pratio sam studente kako užurbano prolaze, lica im obilježena mješavinom stresa i uzbuđenja. Trag zavisti probudio je u meni čežnju za lakoćom njihove mladosti — onom koju sam izgubio i tek počinjao vraćati.

Zalazeće sunce bacalo je duge sjenke po njegovanim travnjacima, bojeći prizor u jantar i zlato.

Zatvorio sam oči, duboko udahnuo i pustio da mi hladan zrak ispuni pluća. Usredotočio sam se na šuštanje lišća na vjetru, tihu simfoniju koja mi je smirivala živce. U tim tihim, ukradenim isječcima mira, dok su se plime sjećanja i tjeskobe napokon povlačile, počeo sam iznova primjećivati svijet.

Sunčeva svjetlost probijala se kroz krošnje, titrala na zemlji i pretvarala običnu šetnju u pozornicu zlatnog, neuhvatljivog plesa promjene.. Oštar jesenji vjetrić milovao mi je obraze, noseći zemljani miris vlažnog lišća.

Čuo sam tiho škripanje trave pod cipelama i daleko cvrkut ptica koje su se spremale za noć. Dah mi se usporio; svaki udah punio pluća čistim zrakom, svaki izdah opuštao stezanje u grudima. Park, nekad tek dio pejzaža, sada je djelovao živ— živo utočište u kojem su mi se čula budila nakon mjeseci otupjelih od tjeskobe. Ovdje je svaki uzdah vjetra i svaki isječak svjetlosti bio mala pobjeda nad sjenkama.

 Ti prolazni trenuci smirenja oštro su se suprotstavljali neumitnoj neizvjesnosti koja je nekad upravljala mojim danima. Sada je to bila utjeha, blagi podsjetnik na ljepotu i otpornost svijeta. Park je postao moje skrovište, tiho svetilište u srcu grada.

Nisam tamo odlazio da pobjegnem od ljudi, već da pobjegnem od sebe onakvog kakav sam bio — rastrzanog između prošlosti i obaveza.
Uveo sam redovne šetnje u ritam dana, kao što se uvodi molitva: bez pompe, ali sa vjerom da donose mir.
Počeo sam primjećivati ono što većina prolaznika preskoči: prvi mraz koji srebrom oboji travu, nečujno pupanje lišća u proljeće, smjenu boja ljetnog cvijeća. Ta zapažanja postala su moja tiha disciplina, mala vježba prisutnosti.

Iznenada, gotovo stidljivo, u moj život ušla je i sedmična joga. U početku sam je doživljavao kao tuđu naviku. Ali vremenom, fokus na disanju, na svijesti o tijelu, postao je dio mog unutarnjeg liječenja. Položaji su me blago izazivali, ne da bih se dokazao, već da bih upoznao svoje granice i možda ih pomjerio. U toj tišini, bez riječi i bez publike, nalazio sam ljekovitost. Tehnike disanja postale su brana protiv naleta misli.

Moj um, izranjavan ratom, još je znao podizati svoje tamne kulise. Ali sada sam imao oružje tišine — i prvi put nisam bio potpuno bespomoćan. Halucinacije i polu oblikovane priviđenja ulazile su u obične trenutke, brišući granicu između sjećanja i sadašnjosti. Nekad sam im se mogao nasmijati; nekad nisam.

Večere sa mojim malim krugom prijatelja uvijek su bile nepredvidljive — manje zbog hrane, a više zbog priča koje bi se za stolom rađale ni iz čega. Niko od nas nije dolazio samo da jede; dolazili smo da prekinemo rutinu, da se nasmijemo tuđim apsurdima i vlastitim slabostima, da bar nakratko zaboravimo ozbiljnost svijeta. Te noći, ništa nije obećavalo posebnost.

Stol je bio postavljen uredno, vino otvoreno, razgovori tek započeti. A onda je Diana, uvijek neumoljiva u svojim zapažanjima, zabola viljušku u sumnjivo zelenkastu tjesteninu i sa pogledom ozbiljnijim nego što je situacija zasluživala, izgovorila: „Dakle, Marko… ispričaj nam o susretu sa osjetljivom brokulom.“ I tako je počelo.

Progutao sam prebrzo i zadavio se sokom od narandže, čudno
obojenim, gotovo neprirodnim.. „Osjetljiva
brokula?" promucao sam, brišući kapljice sa brade. „Diana,
znaš da se nisam 'zaista' susreo sa osjetljivom brokulom, je li
tako?"

„Ma hajde", ubaci se Diana. „Zar nisi vidio naslove?
'Lokalac se bori s džinovskom osjetljivom brokulom za dušu
grada!' Bilo je objavljeno po svim vjestima!"

Uzdahnuo sam. U posljednje vrijeme moj život izgleda kao
realiti šoua sa beskrajnim bizarnim obrtima — prvo,
pričajuća brokula. Onda incident s minijaturnim zmajevima
koji čuvaju mog vrtnog patuljka (ne pitajte).
A sad, izgleda, postoji opšta zabuna oko mojih kulinarskih
umijeća. „Gledajte", pokušao sam povratiti kontrolu nad
razgovorom, „to je bila ogromna glavica brokule. I da,
promrmljala je nešto o nepravdama u cijenama po
supermarketima. Ali 'osjetljiva'? Rekao bih da je 'previše
đubrena' tačniji opis."

„E, to objašnjava one svjetleće oči", promrmljala je Meri,
uvijek pragmatična, miješajući svoju sumnjivo ljubičastu
supu.
Naš obrok bio je kulinarski eksperiment koji je, zavisno od
ugla gledanja, ili sjajno uspio ili spektakularno omanuo.
Diana se nasmijala. „I dalje mislim da je pokušavala prenijeti
nešto duboko o među-povezanosti svih živih bića."

„Tipa: 'Brokula je život!'" dodao sam dramatično, bacivši
ruke uvis. Iz mene je izbio iskren, zdrav smijeh koji me je i
iznenadio. Ti su trenuci, te apsurdne priče sa mojim
društvom, postali moj spas. Prije... pa, prije epizode sa
osjetljivom brokulom, plutao sam, mučio se sa... stvarima.
Recimo samo da je incident uključivao neuspjeli pokušaj
putovanja kroz vrijeme i nezgodan susret sa osjetljivim
tosterom — ne baš moj najsjajniji kulinarski trenutak. (Ali to
je priča za neku drugu večer.)
„Iskreno", priznao sam, pogledavši oko stola, „samo sjediti
ovdje i slušati vaše lude ideje... to je najbolji lijek koji sam
ikad imao.
" Diana je odradila svoj zaštitni, pjevni pljesak — radila je to
kad god bi bila posebno zadovoljna sobom.
„Vidiš? Šta stalno govorim? 'Smijeh je najbolja vrsta
vitamina D!', jel' da?"

Meri je frknula, uspravila se i sa više žara promućkala
kašikom. „Nisu to samo cvekle — to je porodični tajni
recept! I tu je patlidžan, hvala lijepo."

Dobacila nam je pogled koji bi mogao zgrušati mlijeko, ali su
joj se usne trzale, odajući ponos. „Polako", našalio sam se.
„Još malo pa će supa organizovati protest...
Sljedeće što znaš, imat ćemo osjetljivo korjenasto povrće
koje traži stomatološku njegu."

Smijeh nam je odzvanjao zidovima — pun, istinski, onaj koji
te nakratko oslobodi briga.
Kad je smijeh utihnuo i kašike opet zacingrljale o zdjelice,
toplina je ostala, spustivši se preko nas poput stare krpe.

Kuhinja je mirisala na pečeni bijeli luk i zemlju, a vani je
svjetlo prelazilo u ranu večer. Osjetio sam sreću — ne samo
zbog šala ili upitne supe, nego zbog proste radosti bivanja
ovdje, sa ovim divno čudnim prijateljima.

Dok je Dianin smijeh odjekivao, shvatio sam da nisu
najvažnije apsurdne priče ni komične rasprave o bojama supe
— nego osjećaj pripadanja, to što sam viđen i prihvaćen, pa
sve ostalo utone u pozadinu.

Nekad su me teške misli proganjale i za stolom.

Sada bi jedan jedini, apsurdni trenutak — šala o osjetljivoj
brokuli, Dianin veseli pljesak, Merina kulinarska odbrana —
mogao da me prizemlji u sadašnjosti i podigne teret, makar
na kratko.

Učio sam, obrok po obrok, da cijenim te trenutke — tihe
akorde svakodnevne sreće — jer ponekad najdublje
iscjeljenje ne dolazi iz velikih gesta, već iz smijeha, supe i
društva onih koji te ne puštaju daleko od samog sebe.
Lijep zalazak sunca, ljubazna riječ, topla šolja čaja—ti
trenuci, nekad zanemareni, sada nose duboko značenje.

Naučio sam cijeniti mindfulness — umijeće primjećivanja najsitnijih detalja života i njegovanje jednostavnih, često previđenih užitaka.

Otkrio sam strast prema fotografiji — kreativni izlaz koji mi je dopustio da izrazim ono za šta riječi često nisu dovoljne.

Lutao sam parkom sa fotoaparatom u ruci, hvatajući ljepotu prirodnog svijeta — prolazne trenutke svjetla i sjene, suptilne detalje koje oko često previdi.

Fotografija je postala meditativna praksa, način povezivanja sa okolinom, usporavanja i cijenjenja ljepote svijeta. U hvatanju tih slika nalazio sam smisao, čuvajući trenutke u vremenu.
Dijelio sam fotografije sa Dianom i njenim prijateljima, osjećajući zajedništvo kroz njihovo uvažavanje mog rada.

Fotografija je postala jezik moje duše — način da prevedem neizgovoreno i podijelim fragmente svog unutarnjeg svijeta. Kroz objektiv sam obrađivao traumu i otkrivao ljepotu usred boli.

Sam čin stvaranja — bilo riječima ili slikama — postao je čin ponovnog prisvajanja, način da preuzmem svoju priču i ponovo otkrijem svoj glas.

Iscjeljenje nikada nije bilo prava linija; raslo je i povlačilo se kao plima i oseka, obilježeno nazadovanjima i malim trijumfima. Naučio sam prigrliti neizvjesnost, naći snagu u ranjivosti i učvrstiti se ne samo u akademskom svijetu nego i u samom životu.

Radost se nije vratila jednim bljeskom, nego kroz sporo ponovno otkrivanje — tiho uočavanje ljepote svakodnevice.

Ponovno buđenje smisla u običnim trenucima. Prihvatio sam je u potpunosti, napredujući dah po dah, svjesno i promišljeno.

Do kasnog poslijepodneva, međutim, spokoj je ustupio mjesto humoru: sunce je pržilo kao predimenzionirani, znojavi reflektor, a ja — daleko od gracioznog — osjećao sam se kao uvelo „zelje“.

Moj unutrašnji monolog, obično živahan kao brodvejska predstava, zapeo je na ploči koja preskače, puštajući istu sumornu pjesmu o rokovima i egzistencijalnoj tjeskobi.

Onda sam ih ugledao. Skupina studenata, kaleidoskop jarko obojenih dukseva i upitne obuće, vodila je epsku bitku frizbijem.

Njihov smijeh bio je zarazan — kao mjehurić veselja koji
pukne i zarazi sve oko sebe, u najboljem smislu, poput
razigranog čivave. Posmatrao sam kako jedan oduševljeni
mladić — nazovimo ga „Kapetan Sjajni“, jer sam mu ja tako
dao ime — lansira frizbi silom male rakete. Opisao je luk
kroz zrak, smjela narandžasta crta na blijedoplavom nebu.
Zatim je prohujao pored Kapetanovog suigrača, za dlaku
izbjegavši sudar sa pomalo zatečenom vjevericom. „Čovječe,
umalo si sredio Gospodina Oraška!“ vrisnula je djevojka sa
jarko ružičastom kosom.

Kapetan se nacerio. „Vrijedilo je. Za slavu!“
Prišao sam korak. Pa još jedan.

Moj unutrašnji monolog iznenada je utihnuo, zamijenjen
snažnim porivom da se pridružim tom… organiziranom
ludilu.

„Mogu li se pridružiti?“ izletjelo mi je, na moje vlastito
iznenađenje — uslijedio je tren šutnje.

Kapetan me pogledao, lice mu mješavina blage zbunjenosti i
opreznog interesovanja. „Uh… naravno?“ reče.
„Jesi li… dobar?“
„U životu? Diskutabilno“, odgovorih pokušavajući biti
duhovit. „U hvatanju blago oštećenog komada plastike?
Vidjet ćemo.“

Cura sa ružičastom kosom, koju sam sada uhvatio kako procjenjuje moju mrvicu previše formalnu odjeću, frknu od smijeha. „Hajde' da vidimo.“

Moj prvi pokušaj bio je… ne impresivan. Frizbi je proklizio pored mene i zaputio se ka obližnjem stalku za bicikle.

„Blizu!“ reče Kapetan, zapanjujuće ohrabrujuće.

Drugi pokušaj bio je mrvicu bolji: frizbi me bezazleno zveknuo u čelo.
„Hej, nova tehnika!“ uskliknu ružičasto kosata kroz osmijeh.
„Metoda 'Udari čelom i nadaj se'.
“Nekoliko minuta poslije bio sam sav uprljan travom, dah mi je dolazio u kratkim, isprekidanim naletima, a smijeh mi se stapao sa njihovim. Tijelo me ugodno boljelo.
Zaboravite egzistencijalnu tjeskobu; bio sam prezauzet pokušajima da izbjegnem neposlušni frizbi. Unutrašnji monolog je zašutio; zamijenila ga je slavna kakofonija ushićenih povika i zadovoljavajući „tup“ plastike o dlan.

Kad sam se napokon srušio na travu — potpuno iscrpljen, ali čudno ushićen — shvatio sam: ponekad je najbolji način da zaobiđeš složenosti života ne duboko filozofsko promišljanje, već živahan frizbi sa gomilom energičnih neznanaca koji se ne ustručavaju predložiti novu tehniku hvatanja nakon tvojih nespretnih pokušaja.

Protuotrov za egzistencijalnu tjeskobu? Udar čelom i mnogo
nade.

Tihi žamor univerzitetske biblioteke, nekad utočište, sve
manje je ličio na sklonište, a sve više na ekspres-lonac.
Napredak nije utišavao odjeke prošlosti; odzvanjali su u tišini
između svakog okreta stranice. Trebalo mi je više od
samotnog učenja. Trebala mi je veza. U tom trenutku jasnoće
potražio sam mentore — ne samo u svom studijskom
programu nego i među raznolikim glasovima šire
univerzitetske zajednice.

Prvi susret sa mentorstvom desio se neočekivano, tokom
praktičnog časa iz psihologije. Dr. Anya Sharma, renomirana
istraživačica sa toplim osmijehom i još toplijim pogledom,
primijetila je moje muke sa kompleksnim eksperimentom.

Umjesto da mi da samo kratko uputstvo, provela je dodatnih
pola sata strpljivo me vodeći, objašnjavajući zamršene
procese jasnoćom koja je nemoguće učinila odjednom
savladivim.
Nije me naučila samo tehničkim detaljima; ulila mi je
samopouzdanje da mogu prevladavati prepreke.

Vidjela je dalje od mog iznurenog lica, naslutila tihu
odlučnost ispod tereta tjeskobe i prepoznala srodnu dušu u
posvećenosti znanju.

Naši kasniji susreti prevazišli su laboratorij. Pozvala me na sastanke svoje istraživačke grupe, živahan svijet naučnog istraživanja, saradnički duh rada i neumorne potrage za spoznajom. Iz prve ruke sam vidio strast i posvećenost njenog tima.

Dr. Sharma je podsticala studente da postavljaju pitanja, čak i naivna, stvarajući okruženje intelektualne radoznalosti i uzajamnog poštovanja.

Često je dijelila anegdote sa svog puta — priče o zastojima i probojima — podsjećajući da put ka uspjehu rijetko kada ide pravolinijski. Njene priče, pune humora i mudrosti, stavile su poteškoće u širi kontekst.

Još jedan neočekivan mentor pojavio se u liku profesora Davida Milera, istoričara čija su predavanja o geopolitičkim složcnostima Bliskog istoka duboko odjeknula u meni. Profesor Milerova predavanja nisu bila tek niz činjenica; bila su promišljena istraživanja politike i ljudske otpornosti, isprepletena sa mojim vlastitim iskustvima rada sa humanitarnim organizacijama u zonama sukoba.

Nisu to bila puka nabrajanja datuma i podataka, nego potresne refleksije o ljudskom stanju — o sposobnosti za okrutnost i za samilost, o trajnoj snazi nade pred nezamislivom patnjom.

Privukla me njegova empatija i duboko razumijevanje ljudske cijene sukoba. Poslije časa mu priđoh i podijelih svoja iskustva na način koji nije očekivao. Profesor je strpljivo slušao pogleda mirnog, šutnje umirujuće. Podijelio je i vlastite doživljaje, ne kao junačke podvige, nego kao razmišljanja o složenosti ljudskih odnosa, važnosti empatije i izdržljivosti ljudskog duha.
Dao mi je prostor da ispričam svoju priču. Naši razgovori često su se nastavljali izvan učionice, nerijetko uz kafu u malom kafiću blizu kampusa, dok smo gradili odnos uzajamnog poštovanja i povjerenja.

Profesor Miler, neka mu vuna na čarapama bude vječno meka, imao je bradu dovoljno impozantnu da pod njom prezimi čitava šumska porodica. Veličanstvena brada. Kunem se, jednom sam vidio sićušnu vjevericu kako proviruje između riđih vlasi tokom njegovog predavanja o Osmanlijama.
Nisam ništa rekao, naravno — nisam htio prekidati savršeno isklesane geopolitičke misli.
Poslije časa, međutim, stvari su postale… zanimljive.

Naumio sam pitati o zadatku — dvadeset stranica o iznenađujuće složenom socioekonomskom utjecaju minijaturnih magaraca na anatolijske trgovačke rute 15og stoljeća (ne pitajte). Ali onda — BAM! — moje pomno uvježbano pitanje isparilo je brže nego fatamorgana u pustinji.

„Profesore Miler“, obratih mu se, a moja pažljivo čuvana
staloženost raspala se kao ustajala baklava, „jeste li ikad…
slučajno prizvali džina dok ste pokušavali dešifrirati drevni
klinopis?“
Trepnuo je, a brada mu se jedva primjetno stresla, poput
dlakavog upitnika. „Džina? Ne, Marko, ne sjećam se.“

Iako su neki sumerski tekstovi bili poprilično… ‘duhoviti’ u
opisima.“

To mi je otvorilo prostor. Iznenađujuće, razgovor o
džinovima bio mi je manje zastrašujući od one priče kada
sam u Bosni jednom minu upotrijebio kao improvizirani
oslonac za noge. Upleo se i prilično ratoboran jarac, sporna
količina rakije i, sa tim, epifanija: jarčevi su daleko manje
atraktivni u prirodi nego na razglednicama. „Pa, profesore“,
nastavih, „moje iskustvo u Bosni bilo je… manje akademsko,
a više izbjegavanje stvari koje prave bum. Da, iznenađujuće,
jarci. Puno jarčeva.

Zasmijao se, duboko i toplo — kao tutanj koji neprimjetno
zatrese pod. „Mogu da cijenim nepredvidivost starih
zbivanja“, reče, a oči mu zaigraše iza debelih naočala.

„Moje istraživanje Krstaških ratova uključivalo je prilično
tvrdoglavu kamilu koja je, čini se, smatrala da su moje
bilješke osobna uvreda“, rekao je profesor uz blag osmijeh.

„Kamila!“, začuđeno sam ga pogledao. Moje izbjegavanje mina odjednom je djelovalo prilično prosječno.

I tako je počelo. Naši razgovori su se pomjerili sa akademskih tema na čudno slična iskustva suočavanja sa neplaniranim „istorijskim izazovima“ — kod njega deve koje kao da su se urotile protiv činjenica, kod mene prgavi jarčevi i neočekivano eksplozivan teren.

Sretali smo se u The Eagle, čuvenom Kembričkom pabu gdje je prvi put objavljena struktura DNK.

Između gutljaja čuveno jakog piva razgovarali smo o otpornosti ljudskog duha u metežu, važnosti empatije i — neizbježno — o tome kako se jarčevi neprestano provlače kroz priče istorijske traume. Duhovi Watsona i Krika kao da su lebdjeli zrakom, podsjećajući nas da otkriće — molekula ili smisla — često počinje na najmanje očekivanim mjestima.

Jednom je profesor Miler čak spomenuo da je zamijenio neprocjenjiv drevni artefakt za doživotnu zalihu baklava kod jednog sumnjivog trgovca u Istanbulu.

Možda taj dio i nije bio u potpunosti istinit, ali nije ni morao biti. Jer u mirisu pečenih kolača i u utjesi naše nevjerovatne, a ipak zajedničke prošlosti, i moje najteže uspomene dobijale su podnošljiv oblik.

Njegovo jednostavno, nenametljivo strpljenje pokazalo se boljom terapijom od ijednog psihologa, a doza džina i nestašnih kamila donijela je dobrodošao tračak nadrealnog humora u sav taj neuredni posao prisjećanja. A ko bi rekao?

Ti sumerski tekstovi bili su, čini se, zaista vrlo „duhoviti“.

Podrška nije stala na profesorima. Slučajan susret u univerzitetskoj menzi prerastao je u neočekivano prijateljstvo sa Eliasom, Nigerijskim post diplomcem koji istražuje utjecaj klimatskih promjena na sigurnost hrane.

Eliasova iskustva odražavala su neke od mojih borbi: raseljenost, izazov prilagodbe novoj kulturi i stalna borba protiv sistemskih prepreka.

Naši razgovori postali su mi utjeha, stalni podsjetnik da se ne suočavam sa poteškoćama sam. Eliasov nepokolebljivi optimizam i duh otpornosti postali su izvor nadahnuća.

„Nije svako ko ti se osmjehuje prijatelj, ali je svako ko te upozorava iskreno bliži od onih koji te hvale. “Radoje Domanović

Dobrota neznanaca također je neočekivano odigrala ulogu na mom putu ozdravljenja. Ljubazna stara bibliotekarka, gospođa Eleanor Davies, primijetila je moja česta dolaska u biblioteku, moju tihu koncentraciju i odlučan stav.

Počela mi je preporučivati knjige — ne samo akademske tekstove, nego i romane koji istražuju teme otpornosti i nade. Njeni tihi činovi dobrote, blago ohrabrivanje i pažljivo birane knjige pomogli su mi pronaći utjehu usred nemira u glavi..

Fluorescentna svjetla u biblioteci brujala su monotonom melodijom mog samotnog života. Bio sam stalni posjetilac, izgubljen u sterilnom miru među tornjevima polica. Gospođa Davies, vitka žena s očima poput ispoliranog ametista, to je primijetila.

„Marko, zar ne?" upitala je jednog dana, glasom mekanim kao suho lišće. „Izgledaš… fokusirano."

„Da", izustih, zatečen prekidom.

Razgovor sam obično izbjegavao.
„Možda," nastavila je, spuštajući knjigu na sto.
Njen pad je podigao oblak prašine koji se zaigrao u svjetlosnim zrakama. „Ovo bi te moglo zanimati. Govori o zvijezdama koje se rađaju iz kolapsa divova.

Bila je to neobična preporuka sa obzirom na moje istraživanje ljudske interakcije. Ipak sam je prihvatio.

„Ovo je… drugačije", priznao sam sedmicu kasnije, vraćajući knjigu. Prašina na korici kao da je blago pulsirala.

„Dakle tako?" upitala je gospođa Davies, sa jedva primjetnim osmijehom. „Reci, šta ti je bilo drugačije?"

„Jezik", odgovorio sam. „…osjećao se… živ. Kao da same riječi sadrže zvjezdanu svjetlost."

Nasmijala se sitnim, suhim kikotom. „To je zato što i sadrži, dragi moj. Neke knjige… nose više od tinte i papira." Počela mi je donositi još takvih knjiga. Svaka je suptilno mijenjala moje okruženje. Jedna, o gradu sagrađenom na leđima kolosalne, usnule zvijeri, natjerala je stare hrastove daske biblioteke da škripe nepoznatim ritmom — dubokim, rezonantnim pulsom nalik otkucajima srca tog stvorenja.

Druga, dječja priča o djevojčici koja je mogla razgovarati sa biljkama, učinila je da biblioteke paprati razmotaju jarko zelene listove koji su titrali gotovo nevidljivom energijom.

„Ova… govori o iscjeljenju", reče gospođa Davies, pružajući istrošenu kožnu knjigu, čije su stranice ispisane izblijedjelim rukopisom. „Govori o popravljanju ne samo tijela, već i svjetova."

Knjiga je bila topla u mojim rukama, kao da zrači opipljivom energijom. Dok sam čitao, brujanje fluorescentnih svjetiljki produbilo se u smirujući, gotovo muzički ton.

Zrak se naelektrisao, oživio nečim nevidljivim. Osjetio sam… pomak.

„Riječi… odjekuju", prošaptao sam zadivljeno. „Mijenjaju me."

„Da", potvrdi ona, oči su joj zasjale.

„Ponekad, Marko, iscjeljenje ne dolazi iz nauke, nego i iz priča — iz dobrote neznanaca i magije skrivene u pisanoj riječi."

I u tom trenutku, u tihom svetištu biblioteke — okružen policama koje kao da su šaputale vlastite tajne o zvjezdanoj svjetlosti i divovima — osjetio sam prve trzaje istinskog iscjeljenja.

Nisu popustili samo fizički ožiljci, nego i dublje rane usamljenosti i očaja.

„Knjiga je ogledalo: ako u njemu vidiš samo autora, nisi ga pročitao; ako u njemu vidiš sebe, onda si ga razumio." Milan Kundera

Ti činovi mentorstva i podrške nikada nisu bili grandiozni. Pojavljivali su se u manjim oblicima: promišljena riječ ohrabrenja, trenutak dijeljene šutnje, dobrota toliko suptilna da bi je drugi možda i previdjeli.

Upravo su te tihe intervencije imale moć da mi promijene život.

Vratile su mi ono za što sam mislio da je izgubljeno — osjećaj pripadnosti, zajednicu, suptilno ali rastuće povjerenje u dobrotu drugih.

Univerzitet, nekad mjesto ogromnog pritiska, počeo se polako mijenjati. Uz dosljedno mentorstvo i podršku, postao je ne samo institucija, nego i utočište.

Ponovo sam našao uporište — ne samo kao student, nego kao čovjek koji uči živjeti sa ravnotežom i smislom.

Teret prošlosti nikad nije potpuno nestao, ali me više nije pritiskao.

Imao sam saveznike, mentore i prijatelje koji su vjerovali u mene — a shvatio sam da je takvo vjerovanje najjači lijek od svih.

Moji mentori su me uveli u istraživačke prilike, proširivši mi vidike i izloživši me novim oblastima.

U tim tihim trenucima, dok sam učio ponovo disati bez straha, postajalo mi je jasno: ovo putovanje nikada nije bilo samo akademsko.

Nije se radilo o knjigama, ispitima ni diplomama, već o nečemu mnogo dubljem —o polaganom građenju života iz ruševina, o pronalaženju mjesta među ljudima, zajednici koja ne gleda tvoje poraze, nego tvoju upornost.

Čovjek bez drugih je poput mosta bez obale: osuđen na vlastitu prazninu.

Kampus je prestao biti prostor u kojem sam se gubio i postao prostor u kojem sam se pronalazio. Njegovi zidovi, nekada hladni svjedoci mojih lomova, pretvorili su se u svjedoke mog rasta.

Naučio sam da čak i odjeci prošlosti — koliko god uporni — mogu postati samo pozadinska muzika u simfoniji novog života.

„Težina znači da je život stvaran i ozbiljan; lakoća znači da je život iluzija, da nestaje kao dim." Milana Kundera

Poglavlje 5: Teret prošlosti

Sterilno bijeli zidovi moje studentske sobe pružali su malo utjehe. San, nekada utočište, postao je minsko polje. Iz noći u noć, iste slike su se reprizirale — nemilosrdni krug razaranja. Budio sam se u hladnom znoju, srca koje udara, sa okusom pepela i straha na jeziku. To nisu bile samo ružne noćne more; bili su to visceralni povrati, hiper-realni fragmenti prošlosti kojoj nisam mogao pobjeći.

Jedne burne noći sanjao sam da sam ponovo na pijaci, gdje su žarke boje i užurbana energija tipičnog dana prešle u užasnu scenu — kakofoniju vriskova i eksplozija. Ponovo sam vidio lica preplašenih ljudi, oči im razrogačene iskonskim strahom koji sam i sam suviše dobro poznavao.

Čuo sam zaglušujuću tutnjavu granata i osjetio kako se zemlja trese pod nogama. Osjetio sam žareći bol gelera koji paraju moje meso — fantomski osjećaj koji me trgnuo iz sna. Ležao sam tako budan sa tim slikama utisnutim u pamćenje.

Težina prošlosti pritiskala me kao fizički teret kojeg se nisam mogao otresti. Pokušavao sam sebi reći da je to samo san, projekcija moje anksioznosti. Ipak, živost i sirova emotivna snaga činile su ga bolno istinitim.

Granica između stvarnosti i noćne more zamaglila se, ostavljajući me dezorijentisanim i uplašenim.

Naučio sam svoje okidače — suptilne znakove koji bi me mogli strmoglaviti nazad u bezdan sjećanja. Iznenadan jak zvuk, određeni miris ili čak nijansa boje mogli su osloboditi bujicu prošlosti, ostavljajući me drhtavim i bez daha.

Flashbackovi nisu uvijek bili potpune reprize; ponekad tek brzi bljeskovi — fragmenti koji su upadali u svakodnevicu, remeteći fokus i ostavljajući me izgubljenim.

Dok sam secirao žabu u fiziologiji, skalpel koji je klizio kroz nježnu kožu odjednom je djelovao jezivo poznato, poput oštrih metalnih gelera koje sam nekad osjećao u vlastitoj koži . Ispustio sam skalpel. Kratak zveckaj metala zazvučao je poput stijene koja puca — isti onaj lom što se vraća u mojim noćima, bez slike, samo zvukom.

Tokom intenzivnog predavanja iz psihologije, dok je doktorica Sharma objašnjavala hemijske reakcije stresa u mozgu, nešto se u meni pomjerilo. Jedna riječ, jedna rečenica — i vrata su se otvorila bez upozorenja.
U istom trenu, više nisam bio u učionici. Bio sam ponovo pred kućom u plamenu. Vidio sam vatru — ne kao svjetlost, nego kao silu. Čuo sam njeno šuštanje, osjetio opori miris izgorenog drveta, onaj teški dim što pritisne grudi prije nego što čovjek shvati da gubi sve.

Navrlo je sve odjednom: nemoć, beznađe, spoznaja da postoje trenuci u kojima te život gleda ravno u oči i ne trepće.

Predavanja profesora Milera o geopolitičkim sukobima bila
su, ironično, i izvor spoznaje i okidač za moj PTSD.
Slušanje o sličnim sukobima, sistemskom nasilju i nevinim
životima dovelo je moju traumu u oštar fokus.
Paralele su bile previše bliske; zajednička ljudska patnja
previše je podsjećala na moje iskustvo.

Čak su i Eliasove priče o raseljavanju zbog klimatskih
promjena, odzvanjale istim osjećajem unutrašnje praznine
koja nastaje kad čovjek više nema gdje da se vrati. U njihovoj
borbi za prilagodbu prepoznavao sam vlastitu. Jer ne radi se
samo o selidbi tijela, već o preseljenju duše — koja tek
kasnije shvati da novi svijet ne traži putnike, nego one koji će
naučiti opet pripadati.

Tiha samoća univerzitetske biblioteke, nekad moje svetište,
sada je često ličila na ekspres-lonac u kojem su ključala moja
neizgovorena sjećanja.
Okruživanje knjigama postalo je moj tihi ritual, neobičan
oblik samo utjehe — gotovo očajnički pokušaj da pobjegnem
od neumoljivog plimnog vala sjećanja. Stranice su bile
zaklon, redovi slova bedem iza kojeg sam se privremeno
sklanjao.

Uronio sam u istorijske priče, tražeći ne junake, nego
svjedoke — one koji su prošli kroz pakao. U njihovim
borbama tražio sam znak da čovjek može preživjeti ono što
se čini nepodnošljivim.

Nisam čitao da bih saznao šta su drugi preživjeli, već da bih razumio kako su nastavili živjeti poslije svega.

U pričama onih koji su se suočili sa nezamislivom patnjom nalazio sam tihu utjehu. Njihove borbe i tihi trijumfi svjedočili su o trajnoj snazi ljudskog duha i podsjećali me na najvažnije: nisam sam u ovom hodu kroz mrak.

Noćne more su potrajale, ali im je intenzitet postepeno slabio. Prisjećanja, nekad nadmoćna, bivali su kraća, rjeđa i manje stežuća. San mi je i dalje remetilo povremeno užasavanje, ali su budni sati sve češće bili oslobođeni stega traume.

Nije to bilo potpuno iscjeljenje, nego spor i oprezan proces. Naučio sam živjeti sa odjecima prošlosti, utkati sjećanja u povijest vlastitog života i prihvatiti da će prošlost uvijek biti dio mene — ali me neće određivati.

Ožiljci su ostali, vidljivi i skriveni, ali me više nisu porobljavali. Učio sam pronalaziti snagu kroz otpornost, graditi budućnost koja priznaje prošlost, ali joj ne podliježe.

Susreti sa mentorima postali su presudni u tome. Svaki razgovor je bio mali korak naprijed. Dr. Sharma mi je svojim naučnim pristupom pomogla objasniti fiziologiju PTSD-a — hemijske disbalanse i neuronske puteve koji pojačavaju traumatska sjećanja.

Postepeno sam pronašao ritam — tanku ravnotežu između
dugih sjena traume i mogućnosti da zagrlim budućnost.
Počeo sam noćne more posmatrati drugačije: ne više samo
kao prijetnju, već kao neizbježne raskrsnice na mom putu.
Iako su i dalje dolazile sa istom snagom, nešto se u njima
promijenilo. U kandžama straha počeli su se pojavljivati
obrisi otpornosti. Kao da mi i snovi govore: preživio si —
sada nauči živjeti.

Nekada žive slike razaranja blijedjele su u pozadini,
zamijenjene mekšim obrisima i prizorima koji više nisu nosili
isti emotivni teret.

Zajednica koju sam pažljivo gradio postala je moj spasilački
konopac kroz burne vode kojim sam plivao, stalni podsjetnik
da moja prošlost, ma koliko teška, ne mora diktirati moju
budućnost. Univerzitet, nekad simbol moje ranjivosti, polako
se pretvarao u utočište — mjesto gdje sam pronašao uporište.

Teret prošlosti još je bio u meni, ali me više nije slamao.
Učio sam da ga nosim — ne kao okov, već kao dio sebe —sa
dozom dostojanstva i sve dubljim, tihim mirom.

Okrunuta keramička šolja grijala mi je dlanove dok sam
pokušavao umiriti drhtaj u prstima. Kancelarija Dr. Sharma,
uvijek natopljena mirisom sandalovine i starog papira, manje
je ličila na ordinaciju, a više na bojno polje na kojem sam se
suočavao sa ratom u sebi.

„Noćne more… sada su drugačije, doktore.

Nekad je bila vatra. Vrisci.

Sada… tišina. Puste ulice. Osjećaj… da sam nevidljiv.“

Dr. Sharma se nagnula naprijed, lica namjerno neutralnog izraza.

„Nevidljiv? Možete li to pojasniti?“

Oklijevao sam.

Puna težina toga — usamljenost koja je postala vlastita vrsta užasa — činila se preteškom za izreći.

Bilo je… kao da zapravo nisam tu, kao duh koji sa distance posmatra vlastiti život — gledalac vlastite patnje.

Polako je klimnula, tihim pokretom razumijevajući razmjere onoga što govorim. Znao sam da joj ne govorim sve; nikada i nisam.

Postojali su dijelovi mog preživljavanja o kojima nisam mogao govoriti — stvari koje sam učinio da ostanem živ, a koje su mi se činile suviše sramotnim, suviše ogoljenim da bi ugledale tuđi pogled.

Kasnije te sedmice, Elias i ja sjedili smo u njegovoj
pretrpanoj radionici, zrak gust od mirisa piljevine i laka.
Rezbario je malu drvenu pticu, čelo mu naborano od
koncentracije. Tišina među nama nije bila nelagodna; bila je
to podijeljena tišina, nijemi dokaz onoga što obojica nosimo.

Elias je napokon prošaptao: „Profesor Miler je spomenuo
prijavu za stipendiju — onu za istraživanje psihološkog
uticaja prisilne migracije djece.“

Grlo mi se stegnulo. „To je… komplikovano“, izustio sam.
„Brojevi i statistike nisu jedino što je važno.“ Elias je spustio
nožić i sreo me pogledom. „Znam“, rekao je, sa trunkom
umora u glasu. „Znam.“

Nije morao objašnjavati. Obojica smo razumjeli nijemi jezik
traume, način na koji obilježava dušu, ostavljajući ožiljke
koje nijedna stipendija ne može izliječiti.

Pokušavao sam novi pristup, po savjetu Dr. Sharma:
sistematsko suočavanje. Sedmicama sam izbjegavao,
potiskivao i pokušavao zatrpati sjećanja slojevima
akademskog rada i društvenih aktivnosti.

Ali Dr. Sharma je objasnila da izbjegavanje samo produžava
stisak traume. Aktivno suočavanje, makar bolno, najbrži je
put ka oporavku.

Počeo sam od najmanjeg — dnevnika. Isprva su prazne stranice djelovale zastrašujuće, kao da se podsmijavaju mom pokušaju da artikulišem unutrašnji nemir.

Olovka je bila teška — ne zbog tinte, već zbog tereta neizgovorenog. Satima bih zurio u linije papira, sa ubrzanim pulsom i sjenkom straha, kao da svaka riječ može probuditi ono što sam godinama pokušavao uspavati.

Ali polako, gotovo stidljivo, riječi su krenule. Najprije kao polomljene rečenice, fragmenti bez reda — sirova, visceralna sjećanja, bez ukrasa i objašnjenja. „Pijaca… vrisci… vatra… krv… majka…"

Svaka riječ bila je korak u bezdan, spuštanje u srce moje traume.

Pisao sam o živopisnoj pijaci prije rata, o toplini majčine ruke u mojoj i smijehu djece što su se igrala u blizini.

Zabilježio sam zaglušujući urlik… ledenu tišinu poslije… lica stradalih, oči im razrogačene od užasa.

Samo pisanje djelovalo je terapeutski, način da izbacim na površinu unutarnji metež i dam glas neizrecivom.

Riječi su potom tekle glađe, manje nesigurno, opisnije. Bilježio sam miris dima i spržene kože, okus krvi na jeziku.

Opisivao sam lica žrtava, oči pune straha, tijela izvijena u smrti. Pisao sam o bjekstvu, grozničavom grču za sigurnošću i koštanoj hladnoći straha koji me stezao. Riječi su navirale, bujica davno potisnutih emocija. Počeo sam uključivati i detalje iz snova, tkajući ih u priču svog budnog života. Snovi su ostali živi, ali sada su bili manje stvarni. Bilježeći ih, mogao sam se od njih odmaknuti i razumjeti njihove izvore.

Počeli su izranjati obrasci — ponavljajući simboli, teme, okidači. Kroz pisanje sam otkrio vezu između svojih noćnih mora i konkretnih događaja iz prošlosti.

Kao što je ponavljajuća slika vatre u snovima bila direktno povezana sa požarom moje kuće, traumom koju sam dotad samo djelomično priznao. Pisanje mi je omogućilo da istražim složene slojeve tuge, gubitka i straha povezane s tim razornim događajem.

Počeo sam zapisivati i svoje strategije suočavanja, napore da ovladam emocionalnom burom.

Dokumentovao sam duboko disanje i meditaciju, bilježeći ograničenja i prepoznajući gdje mogu bolje.

Strukturirani terapijski pristup Dr. Sharma pokazao se djelotvornim. Uvela me u kognitivno-bihevioralnu terapiju (KBT), tehniku koja mi je pomogla da prepoznam i izazovem negativne obrasce mišljenja i kognitivna iskrivljenja vezana za traumu.

Učio sam katastrofalne misli zamijeniti realističnijim, uravnoteženijim pogledima, čime se smanjivao intenzitet mojih emocionalnih reakcija.

Započeo sam terapiju, metodu u kojoj se postepeno suočavam sa traumatskim sjećanjima i okidačima u sigurnom okruženju. Bio je to inkrementalan proces: počinjao sam sa slikama i zvukovima koji izazivaju blagu reakciju, pa polako prelazio na snažnije podražaje.

Sa svakim korakom osjećao sam kako strah jenjava, a moja sposobnost prihvaćanja raste.

Provodio sam nebrojene sate u univerzitetskoj biblioteci, okružen knjigama, a uronjen u vlastiti svijet. Ali više nisam bježao u knjige; koristio sam ih da nađem paralele i učim od onih koji su izdržali nezamislivu patnju. Čitao sam o žrtvama rata i prirodnih katastrofa. Njihove priče, njihova otpornost i sposobnost da nađu put usred nezamislivog tragedija.

Uz pisanje i terapiju, redovno sam se kretao. Sam čin trčanja, guranje tijela do zadnjih izdržljivih granica, pomogao je da oslobodim nakupljenu napetost i da dobijem fizički izlaz za emocionalni bol. Počeo sam kratkim dionicama — bol u mišićima preslikavao je bol u duši. Ali sa svakim trčanjem postajao sam snažniji, otporniji, spremniji da se suočim s demonima uma.

Briga o sebi postala je nužnost, ne luksuz.

Ponovo sam učio vrijednost sna — ne samo kao odmora, već kao tihe obnove, trenutka u kojem se tijelo i duh prisjećaju ravnoteže. Iskreno, gotovo oprezno, okrenuo sam se jednostavnoj hrani. Napustio sam šećere i prerađene ukuse koji samo kratko tješe, a dugo razaraju.

Počeo sam jesti kao neko tko želi živjeti, a ne samo preživjeti. Te navike, nekad zapostavljene, postale su moj temelj oporavka. Napredak nije bio pravolinijski. Bilo je dana, pa i sedmica, kad se tama vraćala, kad su me sjećanja preplavljivala i osjećao sam se zarobljenim.

Ipak, oslonac koji sam godinama gradio — krug ljudi koji su me bez riječi podržavali — bio je ključan da izdržim i probijem se kroz najmračnije periode. Uz njih sam naučio prepoznati prve, tihe signale unutarnje oluje. Naučio sam mijenjati pravac prije nego što bi me savladala — ne bijegom, već mudrošću onoga koji je već vidio kako izgleda dno.

Shvatio sam da je korak nazad dio puta, a ne dokaz neuspjeha. Nastavio sam pisati, ići na terapiju, vježbati i brinuti se o sebi. Vremenom se intenzitet noćnih mora i flešbekova smanjio.

Sjećanja su ostala, ali su izgubila moć da me parališu. Više ih nisam gledao kao nedokučive sile, već kao dijelove prošlosti utkane u širu priču života. Teret prošlosti i dalje me pratio, ali nije više bio dio svaku misli.

221

Ožiljci su ostali — trajni podsjetnici — ali više nisu bili otvorene rane koje neprestano krvare. Postali su simboli moje hrabrosti.

Fluorescentna svjetla su zujala, jednolično, disonantno. Dr Sharma je sjedila naspram mene, izraz mješavina suosjećanja i preciznosti. Prošle su sedmice od prve seanse — sedmice provedene u razgradnji bastiona negativnosti koji sam zidao oko srca.

„Dakle, prezentacija. Očekivali ste katastrofu. Potpuno poniženje. Ispričajte mi o tome.“

Čvor u stomaku se stegao. „Vidio sam sebe kako zamuckujem, zaboravljam sve… publika se smije, pokazuje prstom. Osjećalo se… neizbježno.“

„Neizbježno“, ponovila je, bilježeći riječ. „To je kognitivno iskrivljenje. Složeni događaj ste sveli na jedan, apsolutni neuspjeh.“

„Ali osjećalo se neizbježno“, insistirao sam, očaj se uvlačio u glas. Sirovo, visceralno sjećanje na strah naviralo je da me preplavi.

„I koji dokazi to potkrepljuju?“ upitala je tiho, pogledom čvrsto prikovanim za moj. „Jesi li podbacio na svakoj prezentaciji koju si ikada održao? Jesi li uvijek odustajao na prvi znak poteškoće?“

Zastao sam. Iskrsnuli su bljeskovi prošlih trenutaka — treme, da, ali nikada potpunog sloma. Moj opterećeni um prosijavao je sjećanja, tražeći pukotine u zidu neizbježnosti koji sam sagradio. „Ne, imao sam i uspješnih prezentacija.“

Nagnula se tek mrvicu naprijed, iskra joj je zaiskrila u očima. „Upravo tako. Strah je bio stvaran, ali ne i istina. Tu djelujemo.

Prepoznajemo katastrofalne misli, pregledamo dokaze i zamjenjujemo ih uravnoteženim perspektivama. Ne najgori mogući ishod, nego realističan spektar mogućnosti.“

Sljedeći sat pomno smo raščlanjivali prezentaciju. Propitivali smo svaku mračnu prognozu i navodnu izvjesnost neuspjeha, zamjenjujući ih realnijim varijantama: zastoj, kratka pauza — ili čak uspjeh.

„Zamisli svoj um kao vrt“, rekla je. „Godinama su korovi katastrofalnog mišljenja puštali korijen. KBT je čin čupanja tih korova — stvaranja prostora za zdraviji rast. Ne kopaš zemlju; obrađuješ je.“

Metafora me duboko pogodila.

Više nije zvučala kao terapija nego kao preoblikovanje. Nisam više bio pasivna žrtva traume; klesao sam vlastiti odgovor na nju.

Seansu po seansu, misao po misao, učio sam da se suočavam sa strahovima. Njegov gromki glas omekšao je, zamijenjen nečim postojanijim: kontroliranijim, početcima mira.

Fluorescentno zujanje i dalje je ispunjavalo prostoriju, ali mu je ton omekšao — manje prijeteći, gotovo melodičan.

Kasnije, u tišini biblioteke, isto to blago zujanje kao da se oglašavalo u meni. Okružen uredno poredanim knjigama nosio sam nešto teže od straha: odgovornost.

Dokumentirao sam svoju traumu i sakupio fragmente prošlosti. Ali sada me pritiskala dublja istina. Samo iscjeljenje više nije bilo dovoljno. Moje preživljavanje tražilo je djelovanje, svrhu koja nadilazi mene samog.
Moja prošlost više nije bila samo moja; postala je zajednički teret, koji — makar prešutno — nose bezbrojni drugi kojima su životi razbijeni nasiljem i selidbom.

Pobjegao sam, da — ali hiljade nisu.

Njihovi nijemi krikovi i dalje su odjekivali u meni, neumoljivi podsjetnik na kolektivnu tragediju koju ne smijemo zaboraviti.

Lica onih koji su poginuli, njihove uplašene oči, plač djece — to nisu bila puka sjećanja; bila su optužba, tiha optužnica svijetu koji je takve užase dopustio.

To saznanje raspirilo je u meni vatru — drugačiju od one što je progutala moj dom. Ovaj plamen je tinjao niže, postojanije, bez dima i bijesa.

Vani se grad činio nepromijenjen, njegove ulice nosile su ravnodušnost svakodnevice, ali meni je svako prolazno lice i svaki zatvoren prozor nosio težinu sjećanja.

Nije to bila sirova žega gubitka, nego spora upornost svrhe — poziv da se iz ruševina oblikuje nešto bolje.

Vjetar sa rijeke te večeri bio je hladan, a ja sam osjećao samo toplinu odlučnosti — spoznaju da samo preživjeti nije dovoljno.

Struktura rada sa psihologom nije bila samo za moje ozdravljenje; bila je i način da razumijem sistemske uzroke svoje patnje.

Zapisi u mom dnevniku, nekad puni sirove emocije i razdrobljenih uspomena, promijenili su ton. Izranjao je osjećaj društvene odgovornosti.

Pisao sam ne samo o boli, već i o sistemskim promašajima koji su potakli sukob — političkim manevrima koji su moju zajednicu gurnuli u egzil i globalnoj indiferentnosti koja je dopustila da patnja potraje.

Moja istraživanja su prodirala dublje, u korijen sukoba, istražujući socioekonomske sile koje ohrabruju nasilje i političke odluke koje održavaju nestabilnost.

Pregledao sam naučne radove, vladine dokumente i lična svjedočenja, uklapajući vlastito iskustvo u širi lanac globalnih sukoba i raseljavanja.

Moja razmišljanja i teorije zvuče avangardno, i znam da će se sukobiti sa stavovima vladajućih struktura. To su zapažanja čovjeka-humaniste. Ako pažljivo čitate, vidjet ćete da nisam nikoga uvrijedio, niti jednu vjeru osudio, niti jedan narod proglasio krivim. Upravo u tome leži bit ovog pisanja: uvjerenje da smo svi mi zapravo žrtve zloupotrebe religije i ljudske pohlepe.

„Danas, kada postajem pionir, dajem časnu pionirsku riječ: da ću marljivo učiti, poštovati roditelje i starije, da ću voljeti našu domovinu i čuvati bratstvo i jedinstvo. Svi smo to ponavljali, napamet, uglas, sa crvenim maramama koje su mirisale na novo peglano platno. A onda smo, kao odrasli, ti isti pioniri, jedni na druge nišanili, pucali iz snajpera i minobacača. Naučeni da pjevamo 'Pljuni i zapjevaj, moja Jugoslavijo', završili smo tako što smo pljunuli jedni na druge, a pjesmu zamijenili kricima. Bratstvo i jedinstvo pretvorilo se u bratoubilaštvo, a domovina u mapu ruševina. Ispod granata i bombi, zakletva se pokazala kao naivna bajka — a iz bajke smo se probudili u klaonici.

Zaboravili smo da se svi mi rađamo jednaki — beba koja plače ne zna ništa osim majčinog mlijeka. Tito je to znao. Bili smo svi drugarice i drugovi dok je on bio živ, a onda nas podijeliše: na katolike, muslimane, pravoslavce i da ne nabrajam sve ostale religije. Pitam se, zašto? Šta je dobro došlo iz tih podjela? Ako je Bog jedan, zašto ga svojatamo kao "samo našeg" a sve ostale proglašavamo manje vrijednima? Svi se rađamo i svi umiremo – to je neminovno.

Ali ono između, taj kratki treptaj postojanja, mjeri se ne po onome što smo stekli, koliko mrzili druge, koliko se busali u zastavu, nego po tome koliko smo voljeli čovjeka pored sebe. Ono što me najviše boli nisu razlike između nas, već vjerski ćorsokaci u koje su nas odveli. Koliko bi svijet bio ljepši da svako od nas može reci: "Ja sam Sarajlija – a moja vjera je samo nijansa, ne granica."

Da smo pripadali svom gradu, a ne zastavama, možda bismo danas još sjedili zajedno, na istoj obali rijeke.

Moje riječi su riječi ateiste, ali i potomka onih koji su bili prognani i ubijeni — zbog bolesne želje drugih za vlašću, zbog psihopata i imbecila.

Ostat će to moj kamen u cipeli dok sam živ. Ove riječi su moj mali dug Sarajevu, mom korijenu. „Neka gori tvoja vječna vatra i neka žive moji ljudi dok god ih.ima."

Biblioteka, nekada moje utočište, postala je čudan labirint tišine — mjesto gdje se nekad skrivao mir, a sada su odzvanjale potisnute sjene prošlosti. Među visokim policama, pod svjetlom koje je padalo kao prašina, započeo sam rad sa profesorom Milerom, čovjekom koji je godinama proučavao međunarodne odnose, ali je rijetko susretao one koji su ih živjeli na vlastitoj koži.

Došao sam sa iskustvom koje nije stajalo u knjigama — donio sam svjedočanstvo, ne teoriju. U početku je profesor Miler govorio oprezno, kao da korača po ledu, pazeći da ne postavi pogrešno pitanje. No, kad sam prvi put izgovorio ono što sam dugo šutio, vidio sam kako mu se pogled mijenja. Nije to bilo sažaljenje. Bio je to tihi pristanak — priznanje da postoje granice koje znanje ne može dodirnuti bez iskustva.

Naša saradnja prerasla je u nešto drugo. Zajedno smo odlučili istražiti ne političku statistiku raseljavanja, već nevidljive pukotine — dugoročne psihološke posljedice, tihe živote nakon javnih katastrofa.

Tražili smo načine iscjeljenja, ne samo analize. Taj projekat nije bio samo akademski okvir. Bio je to most koji sam godinama nesvjesno pokušavao sagraditi: između bola i smisla.

Pisanje, razgovori i analize nisu umanjili sjećanja — ali su im promijenili oblik.

Počeo sam razumijevati da trauma može postati materijal za izgradnju, ako čovjek nađe dovoljno hrabrosti da je pretvori u znanje.

Struktura istraživanja dala mi je novi kompas: bol se više nije rasipala bez cilja, počela je da se pretvara u namjeru.

Naravno, sumnje su i dalje dolazile. Bilo je dana kada bi me prošlost zgrabila za grlo i šapnula: šta ti misliš da možeš promijeniti? Pitanje je uvijek dolazilo isto — hladno, podmuklo. Ali sa vremenom, u meni se rađala druga misao: možda ne mogu promijeniti svijet, ali mogu svjedočiti istini.

Tada sam shvatio: bol ne mora biti kraj. Može biti rezervoar — ne gorčina, već snaga. Ne mrak, već unutarnji žar.

Počeo sam volontirati u lokalnoj grupi sa izbjeglicama i tražiocima azila, dijeleći iskustva sa onima koji se bore sa vlastitom traumom. Moja empatija postala je vidljiva, a razumijevanje njihovih muka — istinska utjeha.

U njihovim pričama nalazio sam sebe kroz teme patnje, otpornosti i nesalomljivog ljudskog duha. Ti susreti postali su terapija — uzajamna razmjena podrške koja je gradila zajednicu. Slušao sam njihova iskustva i pomagao im da se snađu u zamršenoj birokratskoj mreži.

Težina prošlosti bila je stalni podsjetnik na suočene užase i pretrpljenu bol. Više se nisam vidio kao žrtvu, već kao glas za one čije priče često ostaju u sjeni.

Istinsko iscjeljenje nije samo popravljanje slomljenog; to je oblikovanje budućnosti u kojoj će takva bol biti rjeđa. Stvaranje toga traži napor — i snažan osjećaj odgovornosti.

Počeo sam nositi vlastitu prošlost ne sa strahom, već sa uvjerenjem da ona može postati orijentir, a ne okov. Vjerovao sam da, ako išta vrijedi od onoga što sam preživio, može poslužiti onima čiji koraci odzvanjaju stazama kojima sam i sam nekada hodao. Ne da im pokažem put, već da im kažem: niste sami. Jer ono što preživimo, ne pripada samo nama. Ponekad, pripada onima koji tek dolaze.

Prošlost, nekad neumoljivi progonitelj, polako je prestajala biti prijetnja. Počinjala je stajati uz mene — ne kao teret, već kao saveznik, izvor tihe mudrosti iz koje se može oblikovati svjetlija budućnost. Jer tek kada prestanemo bježati od onoga što smo bili, možemo postati ono što želimo biti.

Sterilno bijeli zidovi ordinacije Dr Sharme kao da su pojačavali tišinu. Sjedio sam na udobnoj sofi, šake stisnute u krilu, poznati čvor napetosti stezao mi je stomak. Mjesecima sam analizirao izbore koje sam napravio i puteve kojima sam išao.

Pažljivo sam dokumentovao užase i patnju koju sam podnio.
Ipak, najteži zadatak je ostao: oprostiti sebi.

Uspio sam pobjeći nasilju, ali sjećanja su me nastavila
proganjati. Lica onih koje sam ostavio, očajničke molbe na
koje nisam mogao odgovoriti, nijeme optužbe u njihovim
očima, i stvarne i umišljene.

Dr Sharma, naslutivši moj unutarnji sukob, progovorila je
tiho, njen glas ohrabrujuća prisutnost u tihom prostoru.
„Oprost, Marko, riječ je o prihvatanju svih aspekata tvog
iskustva dobrih i loših — i kretanju naprijed sa suosjećanjem
prema sebi.“
Sjetio sam se one noći kada sam otišao — odluke donesene u
sjenci straha, očaja i one najtanje niti nade u preživljavanje.
Tada sam je opravdavao, govoreći sebi da je to bio jedini
mogući put. Da drugačijeg izlaza nije bilo.

Ali sada, u tihom utočištu ordinacije Dr Sharma, dok su riječi
padale bez osude, to opravdanje odjednom je zazvučalo
šuplje. Racionalnost, kojom sam se godinama štitio, više nije
mogla prikriti istinu: ispod nje je ležao golemi, nabujali
prijekor — plimni val kajanja koji je prijetio da me potopi.

Dr Sharma nije podizala glas. Gledala me onim rijetkim
pogledom koji ne traži objašnjenje, nego istinu.
— Priznaj bol, rekla je tiho.
— I kajanje. I krivnju. Ne potiskuj ih.

Zastala je, kao da ostavlja prostor da udahnem.

Prihvati da si djelovao unutar granica traume. Da si donosio odluke u okolnostima koje nisu nudile ispravne izbore.

Uradio si ono što si tada vjerovao da je jedino što može spasiti život.

To nije heroizam. — pogled joj je ostao blag — to je ljudskost.

Na situaciju sam počeo gledati ne kao na niz vlastitih promašaja, nego kao na slijed događaja koje su oblikovale sile izvan moje moći — brutalna, neumoljiva oluja koja me je nosila.

Reagovao sam. Preživio i isplivao na drugu obalu sa ožiljcima tog iskustva. Ali ti ožiljci me nisu definisali.

Proces samo opraštanja nije bio pravolinijski — više je nalikovao krivudavom putovanju kroz nepoznat krajolik.

Bilo je dana kada je težina prošlosti postajala nepodnošljiva.

Povlačio sam se u sebe, zatvarao u tišinu.

Pažljivo ispletena priča mog života — moji dnevnički zapisi, bilješke, sjećanja — ponekad su mi izgledali ne kao svjedočanstvo preživljavanja, već kao optužnica. Kao da svaka ispisana riječ traži objašnjenje, a nijedno nije dovoljno.

Ipak, usred tog unutarnjeg vrtloga, povremeno bi se pojavila tiha, gotovo stidljiva misao: da sam, uprkos svemu, dao najbolje od sebe.

Utjehu sam nalazio u pisanju, u ritmičnom udaranju stopala o asfalt tokom ranih jutarnjih trčanja, i u tišini meditacije.

Podrška prijatelja, bila je presudna u tim teškim danima. Podsjećali su me da je ovo put, a ne odredište. Da su posrtanja dio procesa, a ne kraj puta.

Jedne večeri, dok sam volontirao u grupi sa izbjeglicama, slušao sam priču mlade žene koja je u sukobu izgubila cijelu porodicu. Njena bol, tuga, trauma — ogledali su moje vlastite.

Progovorila je mlada žena, jedva više od djevojčice, po imenu Anya. Njen glas, tanak ali postojan, presjekao je tišinu.

„Moji roditelji... moj brat... odveli su ih", rekla je, svaka riječ kao kamen pušten u bunar moje tuge. Nije vrištala niti ridala; umjesto toga iznosila je činjenice jezivom smirenošću koja mi je ledila kičmu.

„Pijaca... bomba... ja sam bila... bila sam iza tezge..."

Zastala je, pogled udaljen, izgubljen u sjećanju koje nisam mogao razumjeti, ali sam ga instinktivno shvatio.

 Druga volonterka, ljubazna žena po imenu Elara, pružila joj je čašu vode. Anya ju je prihvatila, prsti su joj blago drhtali. Gledao sam, srce mi se stezalo.

Nisu me pogodile samo njene drhtave ruke; odjeknuo je u meni onaj isti drhtaj iz dana... onog dana. „Oni" su odveli moju sestru.

„Hodala sam danima", nastavila je, jedva čujno. „Sama.
Samo… hodala."

„Nadajući se… moleći se…" Njen pogled na tren se susreo sa
mojim.

U tom kratkom susretu vidio sam ne samo tugu nego snagu
koja je odražavala moju očajničku borbu da preživim nakon
masakra mog grada.

„Uzeli su sve", rekla je, glas joj je postao tanji, ali odlučan.
„Ali nisu mogli uzeti moja sjećanja. Spustila se tišina, svi su
zadržali dah.

Tada je progovorila starija žena, lice joj izrezbareno
godinama tegobe. „Moj sin… nestao je. Nema ga. Nikog…
samo nada da je možda još živ negdje, sklonjen od očiju onih
koji…" Utihnula je, glas joj se slomio.

Dok sam slušao, u meni se dogodio suptilan pomak. U
njenom bolu vidio sam svoj, kao i u boli drugih koji su dijelili
svoje priče.

Moje iskustvo, iako jedinstveno moje, bilo je i zajedničko
ljudsko iskustvo — svjedočanstvo otpornosti ljudskog duha
pred neizrecivim užasima.

Jedan po jedan, drugi su dijelili svoje priče — pripovijesti o
raseljenosti, gubitku, brutalnosti. Svaka je bila jedinstvena,
ali svaka je odzvanjala poznatom žicom bola.

Bol koju sam godinama nosio misleći da je samo moja, kao posljedica užasa koje sam „ja" preživio. Te večeri naučio sam nešto. Moja patnja, posebna u detaljima, dio je šire tapiserije ljudske patnje. Moje iskustvo nije bilo otok; bilo je kontinent, zajednički milionima.

Odjednom, teret moje tuge postao je lakši. Još je bio tu, težak kao i prije, ali više nije izgledao kao usamljen, gušeći tovar. Nisam osjećao manje bola, ali je moj bol našao kontekst, smisao izvan mog malog „ja".

Te noći, usred zajedničke traume, otkrio sam dubok osjećaj povezanosti — zajedničku ljudskost koja nadilazi granice, kulture i jezike. Suočen sa neizrecivim užasima, postala je opipljiva otpornost ljudskog duha — naša sposobnost da nastavimo — svjedočanstvo urezano ne samo u moje srce nego i u srca svih u toj prostoriji. Dok sam pisao u dnevnik, osjetio sam pomak: lakoću koju nikada prije nisam iskusio.

O iscjeljenju nisam govorio kao o apstraktnom cilju, već kao o obavezi.

Prošlost je još disala u meni, ali ne više kao olovo što pritiska; postala izvor suosjećanja i vjetar u leđa mom hodu ostavljajući je iza sebe. Zabilježio sam svoj oprezni napredak. Bio je to put nesiguran i nedovršen, ali moj. Svako novo skretanje otkrivalo je više suosjećanja — podjednako za sebe i za druge.

Učio sam suočiti se sa prošlošću bez presude, vidjeti izbore u svjetlu okolnosti koje su ih oblikovale — ma kako sirovo — kao svjedočanstvo snage. Nikada nije bilo riječ o brisanju. Bilo je riječ o tkanju prošlosti u samu strukturu mog života — ne o bježanju od nje, već o priznavanju njezine uloge u tome tko sam postao. Tek tada sam mogao dopustiti da me vodi, ne nazad u tamu, već — polako, oprezno — prema svjetlu. Teret prošlosti nije nestao; on i ne treba nestati. Ali pretvorio se u težinu koju sada nosim dostojanstveno, kao dio sebe, ne više kao presudu. Jer čovjek ne bira svoje rane, ali bira šta će od njih izgraditi

Blagi šum grada izvan ordinacije Dr Sharme bio je svjetovima daleko od pucnjave i vrisaka koji su mi još odjekivali u sjećanju. Mjesecima sam raspetljavao spetljane niti svoje prošlosti, pažljivo bilježio užase kojima sam svjedočio, odluke koje sam donio i gubitke koje sam podnio.

Ipak, Dr Sharma je objasnila da je proces samo dio bitke. Drugi dio je dijeljenje moje priče i pretvaranje te boli u svrhu. Ta pomisao me isprva ispunila užasom. Ranjivost koju je zahtijevala bila je zastrašujuća. Oko svoje boli sazidao sam zidove i pažljivo skrojio odbrane da se zaštitim od neumoljivog plimnog vala sjećanja.

Rušenje tih zidova i izlaganje sirovih emocija osjećalo se kao skok vjere u nepoznato. Šta ako bi dijeljenje moje priče samo razderalo stare rane, pojačalo krivnju?

Šta ako bi me dočekali nevjerica, osuda ili, još gore, ravnodušnost?

„Marko", njen glas, miran i odmjeren, ispunio je zamišljeni prostor. „Tvoja priča ima veliku moć. Ona je svjedočanstvo otpornosti ljudskog duha…"

Pomjerio sam se, nemiran, otkrivajući vanjsku smirenost. Ipak, njene riječi djelovale su kao nježno okretanje ključa u bravi koju nisam ni primijetio — bravi koja nije čuvala samo moju prošlost, već i mogućnost kakvu još nisam usudio zamisliti.

„Ali… šta ako je još previše sirovo?" izgovorio sam naglas, više sebi nego praznoj klupi.

„Marko", oglasila se zamišljena Dr. Sharma, „sirovost je dio njene snage. Autentičnost je ključna. Pokazivanje ranjivosti stvara vezu. Ne radi se o veličanju patnje, već o tome da drugima pomogneš da kroz nju prođu."

Uzdahnuo sam, čupkajući labavu nit na farmerkama.

„Šta ako me budu osuđivali? Šta ako ne razumiju?"

Pauza, suptilna promjena u njenom zamišljenom tonu, i trunak nečeg poput zaigranog izazova.

„A šta ako razumiju? Šta ako neko, čitajući tvoju priču, skupi hrabrost da potraži pomoć, da se iscijeli, da povede bolji život?“

Tišina se spustila, prekinuta samo cvrkutom cvrčaka i udaljenim brujanjem saobraćaja. Prstom sam pratio obris opalog lista, njegove žile — krhka mapa.

„To je rizik," napokon sam priznao.

„Svi smisleni poduhvati nose rizik, Marko. Ali moguća nagrada — prilika da pomogneš drugima, da ostaviš naslijeđe koje nadilazi tvoje vlastito ozdravljenje — moćan je poticaj, zar se ne slažeš?"

Blagi osmijeh dotaknuo mi je usne. Podigao sam rukopis. Djelovao je lakši, njegova svrha jasnija. Sjeme koje je posijala već je počelo puštati korijen.
Budućnost, nekad zakopana u sjenama prošlosti, počela je cvjetati. Njene riječi rasle su u meni kao sjeme u plodnoj zemlji — najprije stidljivo, a potom sve odlučnije.

Svoju priču više nisam vidio kao teret, nego kao izvor iscjeljenja — most koji povezuje ruševine moje prošlosti sa mogućnošću smislenije budućnosti.
One godine mukotrpnog bilježenja, dugi sati pisanja, nisu bili samo kažnjavanje.

Bili su priprema — nesvjesni temelj za ovaj sljedeći, presudni korak.

Sada znam: priče koje preživimo ne smiju ostati zaključane u nama. One nisu tu da nas vezuju za bol, već da otvore put onima koji tek počinju svoj hod kroz tamu. Zato svoju priču više ne nosim u šutnji. Nosim je kao svjetiljku — ne da zaslijepi, već da prigušenim svjetlom pokaže da u najdubljim ranama može tinjati nada.

Ako sam išta naučio, to je ovo: čovjek nije određen onim što ga slomi, već onim što odluči učiniti nakon toga.

I upravo tu, na tom raskršću, počinje moje novo poglavlje.

Ne više samo kao svjedok patnje, nego kao onaj koji pruža ruku — da liječi, da ohrabri, da otvori vrata prema svjetlu.

Sjedio sam na izlizanoj drvenoj klupi u parku, gdje je popodnevno sunce razvlačilo duge sjene preko zemlje. Zgužvane stranice mog rukopisa ležale su pored mene, kao da čekaju odluku koju ni sam još nisam donio. U misli su mi se vraćale riječi Dr Sharme, uporne i tihe, kao kap koja strpljivo oblikuje kamen. Dok su ptice kružile iznad mene, iscrtavajući po nebu slobodu koju sam tek počinjao shvatati, u meni se polako širio neobjašnjiv mir.

„Autentičnost je ključna," govorila je.

„Tvoja ranjivost će odjeknuti.

Ne pišeš da bi proslavio bol, već da pokažeš put kroz nju.“

Njene posljednje riječi ostale su visjeti u zraku — ne kao
naredba, već kao poziv.

Prvi put, rukopis kraj mene nije izgledao kao teret. Počinjao
je ličiti na most.

Most koji više nisam morao nositi: mogao sam ga preći.

Tišina se spustila nad parkom, prekidana samo cvrkutom
zrikavaca i udaljenim šumom saobraćaja. Prstom sam pratio
konturu palog lista, njegove vene crtale su delikatnu mapu,
skoro kao podsjetnik: svaki život ima svoju tajnu geografiju.

Kembridž se širio preda mnom poput ogledala — u njemu
sam vidio i čovjeka kakav sam bio, i onog kakav tek
nastajem.

Danju sam uranjao u predavanja, gutao knjige, dopuštao da
mi se um širi u pravcima za koje nikad nisam znao da
postoje. Ali noću… noću sam i dalje nosio Sarajevo.

Nosio sam slike porušenih zgrada, glasove onih koji se nisu
vratili, i neumorno pitanje koje nije imalo odgovor: zašto sam
ja preživio, kad toliko njih nije?

Grad je odražavao tu napetost. Njegovi drevni koledži šaputali su o privilegiji, kontinuitetu, o svijetu koji traje vjekovima.

Ali njegove ulice, žive i šarene, bile su dom onima poput mene — strancima, prognanicima, onima koji su stigli iz rasjeda historije. Bio sam između ta dva ritma.

I tek tada sam shvatio: možda upravo tu, između bola i znanja, počinje moj pravi poziv. Živio sam dva paralelna svijeta: jedan ukorijenjen u ožiljcima rata, drugi pružen ka budućnosti kojoj sam tek počinjao vjerovati.

Prijateljstva su premostila jaz.

U smijehu nad jeftinim pivom, u muzici Plutosovog klavira i u dobroti Sybil Lamann, pronašao sam pripadnost koja je zašila poderane rubove mog identiteta.

Ti trenuci podsjetili su me da me ne određuje samo ono što sam pretrpio, nego i ono što mogu stvoriti.

Kembridž nije bio samo univerzitet. Bio je moj most — delikatni luk između ruševina prošlosti i nesigurnog obećanja budućnosti u koju sam počinjao vjerovati.

„Mostovi su ruke ispružene od vječnosti ka vječnosti, iznad bezdana vremena i prostora. "Sve na svijetu je nesavršeno, osim mosta. On je uvek potpun." Ivo Andrić

Poglavlje 6: O ratu i čovjeku

Ponekad se pitam – je li čovjek zaista napredovao, ili smo
samo promijenili oružje kojim se uništavamo?
Svijet se promijenio, ali ljudska priroda nije. I dalje ubijamo
u ime istine, Boga, nacije – kao da zaboravljamo da nijedna
ideja, nijedna zastava, nijedna svetinja ne vrijedi koliko jedan
ljudski život.

Gledam slike iz Palestine i Izraela – ruševine, pepeo, djecu
koju roditelji traže pod kamenjem.

I pitam se: zar nije dovoljno što je svaka majka na svijetu ista
kad plače?
A ipak, svijet ćuti. Ili još gore – navija. Kao da tragedije
mogu imati strane.

Rat je kao ogledalo. U njemu vidimo ko smo zapravo, kad se
sve maske skinu. U njemu se ogleda naš strah od drugog, od
nepoznatog, od onog što u sebi ne razumijemo. Svaki metak
koji ispalimo prema drugom, zapravo je metak ispaljen prema
samom sebi.

U ovom beskrajnom lancu uzroka i posljedica, svi se
pravdaju prošlošću – ko je koga prvi napao, ko je više patio,
čija je zemlja, čiji je Bog. A niko ne vidi da se zemlja više ne
dijeli granicama nego grobovima.

Možda Bog ne šuti, možda smo samo mi odavno izgubili
sposobnost da čujemo – jer naš svijet odjekuje samo mržnjom
i oružjem.

Najveća tragedija našeg vremena nije ta što ubijamo, nego što
smo se na to navikli.
Što slike mrtve djece postaju vijest od pet sekundi, a zlo
postaje rutina. Civilizacija koja se ponosi znanjem, letovima
na Mars i digitalnim svjetovima, još nije naučila najosnovniju
lekciju: da niko ne može biti slobodan dok neko drugi leži
pod ruševinama.

Mir ne nastaje potpisom ugovora, nego kad u sebi
prestanemo nositi mržnju. Jer nijedan rat ne počinje na
granici – svi počinju u čovjeku. U onom trenutku kad smo
sami sebe uvjerili da je samo naš bol jedini i istinski, a tuđi
manje vrijedan.

Zato možda jedina revolucija koja još ima smisla jeste –
revolucija suosjećanja. Ne prema onima sa kojima se
slažemo, nego prema onima koje su nas naučili da mrzimo.
Tek tada će zidovi, bilo od betona ili od predrasuda, početi da
se ruše.

**„Mir ne dolazi izvana – on se rađa u onom trenutku kad
prestanemo dijeliti ljude na naše i njihove, i počnemo ih
gledati samo kao ljude. "— Srđan Macanović**

Poglavlje 7: Pastiri i stado

Kažu da je politika vještina upravljanja ljudima — ali ono
čime zaista upravlja jesu njihovi strahovi.
Svaki narod rađa svoje pastire, a svaki pastir sebi izmisli
stado.
A stado uvijek slijedi — ne zato što vjeruje, nego zato što je
umorno od samoće.

Govore nam da je vlast odgovornost, da je vođstvo žrtva.
Ali iza svake riječi o pravdi i narodu krije se šef, zaključan
račun, avionska karta za djecu onih koji vladaju.
Njihovu djecu ne šalju u rovove, nego u inostranstvo.
Ne štite narod — štite svoje potomstvo.
A kad dođu oluje koje su sami prizvali, nestanu u magli,
ostavljajući stado da traži zaklon među ruševinama koje su
oni sagradili.

Narod, strpljiv i odan, i dalje ih zove „vođama".
Diže transparente, maše zastavama, i zaboravlja da se svaka
himna može prepraviti da slavi laž.
Svaki izbori postaju ritual zaborava; svako novo obećanje
samo stara priča obojena novim bojama.

Vlast se hrani ponavljanjem.
Ona živi od poslušnosti onih koji šutnju brkaju sa mirom.
Kao pastiri pred noć, hodaju među narodom, tapšu po
ramenima, šapuću utjehu — dok stado, uspavano ritmom
slogana, zaboravlja da ima noge dovoljno jake da ode.

Govore nam da smo svi dio jednog tijela, jedne budućnosti,
jedne zemlje.

Ali nas ne broje kao duše — nego kao cifre.
U njihovim očima, mi smo brojke u tabelama, kvote
poslušnosti, parametri za njihove ambicije.
Ljudi postaju statistika žrtvovanja, njihova tuga valuta kojom
se kupuje moć.
Svaka tragedija postaje prilika, svaka rana naslovnica, svaka
suza — glas na izborima.

A kad narod dovoljno glasno bleji, to nazovu patriotizmom.

Vidio sam te pastire — ozbiljne ljude, u lakiranim cipelama i
sa prazninom u očima — kako stoje za govornicama i
zaklinju se da sve što čine, rade „za narod ".
Ali im se ruke tresu ne od tereta, nego od težine zlatnih
olovaka.
Njihovi su osmijesi uvježbani, njihova empatija —
proizvedena.
Propovijedaju skromnost iz limuzina, pozivaju na žrtvu sa
balkona od mermera.

Prije nego sagrade bolnice, podižu spomenike.
Prije nego otvore škole, naruče statue.
Kao da će sjećanje nahraniti gladne, ili kamen izliječiti dušu.
Kad govore o „budućnosti djece", misle na svoju.

A stado čeka.
Čeka spasenje, novog pastira, novi slogan.
Čeka toliko dugo da čekanje postane vjera.
Tako svaka generacija nasljeđuje ne nadu, nego poslušnost.

Ipak, uvijek ima onih koji podignu pogled i vide iza ograde.
Nemirnih, nepokornih, onih koji ne vjeruju da je pašnjak
čitav svijet.
Oni odlaze — iz radoznalosti, iz očaja, iz ljubavi prema istini.
Rugaju im se, progone ih, tjeraju u tišinu.
Ali zahvaljujući njima čovječanstvo ipak napravi korak
naprijed, dok narodi ostaju.

To su graditelji mostova — oni koji hodaju gdje drugi stanu,
koji govore kad je šutnja postala zakon.
Historija možda neće pamtiti njihova imena, ali će pamtiti
njihovu hrabrost.
Jer podsjećaju na najjednostavniju, a najopasniju istinu:

„Rođen si kao čovjek — ne kao stoka.“

A kad pastiri nestanu, kad zastave istruhnu, a slogani
umuknu, ostaće samo tiho pitanje koje šapuće kroz ruševine:

„Jesmo li čuvali svoju djecu — ili prodali njihovu budućnost
za vlastiti strah?“

Odgovor neće biti napisan u knjigama, ni uklesan u kamenu.
Živjet će u očima onih koji naslijede zemlju — u njihovoj
gladi, u njihovoj tišini, u načinu na koji gledaju horizont,
pitajući se u šta su njihovi roditelji vjerovali, i zašto.

Istorija nas neće mjeriti po zidovima koje smo sagradili ni po
neprijateljima koje smo imenovali, nego po mostovima koje
nismo prešli i po djeci koja su ostala da čekaju — s druge
strane.

Poglavlje 8: Balkanski blues

Kroz narodnu muziku, osjećam to prokletstvo koje se prenosi iz generacije u generaciju — kao gen koji se ne može isprati ni emigracijom ni Kembridž diplomom. Kod nas je uvijek sve „ili–ili ": ili propast ili genijalnost, ili katastrofa ili dernek. Nema sredine, jer sredina se kod nas oduvijek smatrala dosadom, a dosada – najveći je grijeh. Naši pjevači su naši proroci. Svaka pjesma počinje kao ljubav, a završava kao rat. „Gdje sječe vene "postaje himna, „ugasio si me "– kolektivna terapija. Alkohol liječi, paprika gori, a emocije su uvijek na ivici – da se ne zaboravi da smo živi.
Kod nas se ne zna da li se pjeva ili psuje, da li se tuguje ili slavi. To je taj balkanski paradoks: što više patimo, to glasnije pjevamo. Na svadbi se plače, na sahrani se nazdravlja, a u kafani se rješava politika, ekonomija i pitanje smisla života – sve između dvije ture.

Uvijek me razočaravalo to što smo više cijenili vlasnike kafana nego nobelovce. U kafani je svaki konobar filozof, a svaka čaša svjedok istorije. Kad je Ivo Andrić dobio Nobelovu nagradu, čaršija je, naravno, imala svoj komentar: „Đe's ba, ćoro – i ti neku knjigu napisao? "
Jer kod nas se veličina mjeri po količini dima oko tebe, a ne po broju napisanih stranica.
Ali, koliko god se smijem tom apsurdu, znam da nas on određuje. Ta naša potreba da sve pretvorimo u melodiju, da svaku ranu otpjevamo — to je i naša propast i naš spas.

Mi ne znamo šutjeti kad boli; mi pjevamo.
Ponekad pogrešnu pjesmu, ali iskreno, iz dubine.

I možda baš zato, kad čujem onaj poznati refren — „Oj,
rakijo, majko stara "— osjetim nešto što ni Kembridž ni
Zlatna Obala ne mogu izbrisati. To nije samo nostalgija.
To je DNK Balkana: vječna borba između tuge i smijeha,
tragedije i sevdaha, bola i životne volje.

Mi Balkanci imamo urođeni talenat da komplikujemo i ono
što je jednostavno. Ako ti neko kaže da te voli — odmah
sumnjaš da nešto hoće. Ako ti poželi sreću — već misliš da ti
zavidi. Mi živimo u svijetu gdje se svaka dobra namjera prvo
testira kroz sarkazam, kao da ni sami sebi ne vjerujemo dok
se ne posvađamo. A opet, u svemu tome ima i neke čarolije.
To naše ludilo ima ritam, melodiju, ukus i miris. Kod nas su
emocije začinjene kao sarma — slojevite, tople i teške za
probaviti, ali bez njih nema života.

Na Zapadu ti kažu „keep calm "— kod nas to znači da si ili
bolestan, ili da ti nešto fali u karakteru. Mi volimo do kraja.
Kad se svađamo, lomimo čaše; kad slavimo, lomimo srce.
Naša sreća je toliko burna da se umori sama od sebe, a tuga
toliko duboka da joj ni dno ne znaš naći. I uvijek ide u
paketu: prvo tragedija, pa fešta, pa žalost. To je naš emotivni
troboj. Kao da cijeli region svira u istom orkestru, samo što
svaki svirač ima svoju melodiju. Jedan tambura, drugi
harmoniku svira, treći šuti i gleda u čašu.

Dirigent ne postoji — to smo svi mi, svaki sa svojom
verzijom istine i tempom koji niko drugi ne može pratiti.

Zato volim taj naš apsurdni mentalitet. Jer u njemu ima više
života nego u hiljadu savršenih društava. Naš haos ima dušu,
a i kad nas uništava — on nas definiše. Mi se ne
popravljamo, mi se prepričavamo. I svaki put kad pomislim
da sam se odvikao, da sam postao „svjetski čovjek ",
dovoljno je da čujem onu poznatu kombinaciju harmonike i
bola…
…i sve se vrati — kafana, smijeh, inat, i ona vječna misao:
„Ne možeš pobjeći od sebe, ba. "

I sa godinama sam shvatio — ne možeš izbrisati Balkan iz
sebe, ma gdje god otišao. Možeš promijeniti kontinent, jezik,
pasoš… ali kad čuješ prvu harmoniku, sve se u tebi probudi: i
ono što voliš i ono od čega bježiš. Taj mentalitet, to
prokletstvo i blagoslov u isto vrijeme, naučio me strpljenju
— i kao čovjeka i kao ljekara. Jer kad znaš da su tvoji ljudi
sposobni da se posvađaju na svadbi i zagrle na sahrani, više
te ništa ne iznenađuje u životu. Mi smo narod koji liječi
humorom, tugu topi pjesmom i bol pije na eks. I koliko god
bježao, kad zatvorim oči, čujem taj isti ritam — onaj naš
balkanski blues, što svira između tuge i ponosa, između ludila
i ljubavi.
I možda, baš u tom neskladu, leži naša istinska muzika —
ona koja nikad ne prestaje.

Poglavlje 9: Postao sam ljekar

Hipokratova zakletva:

„Zaklinjem se Apolonom, liječnikom, Asklepijem, Higijom i Panakejom, i svim bogovima i boginjama, uzimajući ih za svjedoke, da ću ovu zakletvu i ovaj ugovor držati prema svojoj snazi i svojoj prosudbi.

Onoga koji me naučio ovoj umjetnosti poštovat ću kao svoga oca i s njim dijeliti život, a ako mu bude trebalo, dijelit ću i imetak. Njegove potomke smatrat ću svojom braćom, a ovu umjetnost, ako je žele učiti, prenositi ću im bez nagrade i ugovora. Poučavat ću sinove svoje i sinove učitelja svoga i učenike vezane ugovorom i zakletvom po liječničkom zakonu, a nikoga drugog.

Svoje ću život i svoju umjetnost čuvati čistima i časnima. Nikome neću dati smrtonosni otrov, niti ga tražiti, niti ću dati ženi sredstvo za pobačaj. Čist i pobožan čuvat ću svoj život i svoju umjetnost.

Neću rezati, čak ni one koji boluju od kamena, nego ću to prepustiti onima koji se time bave. U svaku kuću ući ću na korist bolesnih, daleko od svake namjerne nepravde i svakog drugog zla, osobito od spolnih djela s ženama i muškarcima, slobodnima ili robovima.

Što god tijekom liječenja vidim ili čujem, a da se ne smije raznositi, čuvat ću kao tajnu i držati za sebe.

Ako ovu zakletvu ispunim i ne prekršim je, neka mi bude dano da uživam život i umjetnost, cijenjen dovijeka među ljudima; a ako je prekršim i lažno se zakunem, neka me snađe suprotno.“

Sunce je bacalo topao, zlatni sjaj preko kampusa medicinskog
fakulteta. Povjetarac je zatalasao lišće starih hrastova, njihove
grane pružale su se nebu poput otvorenih ruku. Bio je dan
promocije — kulminacija godina neumornog truda,
neprospavanih noći i nepokolebljive posvećenosti.
Iza pozornice, oštri nabori toge osjećali su se kao oklop.
Nervozna energija pulsirala je kroz mene, kićanka na kapi
njihala se poput klatna u ritmu mog ubrzanog srca.
Ponos, olakšanje i blaga sjeta podigli su se zajedno. Svaka
ponoćna sesija učenja, svaka žrtva, svako iskušenje dovela
me do ovog trenutka. Pomislio sam na dugi put: bijeg iz
ratom razorenog doma, prelazak granica pješice, prianjanje
uz goli opstanak.
Sjetio sam se lica raseljenih, dobrote neznanaca, mentora koji
su vjerovali u mene i snage za koju nisam znao da je imam.
Svako sjećanje bilo je kamen na stazi koja me dovela ovdje.
Kada su se prolomili poklici, pribrao sam se i zakoračio na
pozornicu.
More lica — roditelji, braća, sestre, prijatelji, profesori —
njihova radost stapala se sa mojom.

"Mr. Marko Marković!" Glas spikera odjekujući dvoranom.
Moje ime nikad nije zvučalo tako puno, tako živo.

Dok sam prelazio pozornicu, radost me preplavila kao
pucanje brane. Godine tihe borbe razbile su se u jednom
trenutku svjetla.

Na tren sam zastao prelazeći, osjećaj uglačanog drveta pod
cipelama bio je i poznat i čudno nov.

"Marko!" moje ime opet je odjeknulo, zvučni val koji je
saprao i posljednji trag nervoze. Osmijeh mi se razlio licem.
Djelovalo je nestvarno, kao da stupam u san koji sam
godinama strpljivo gradio u neprespavanim noćima i
održavan instant kafom, vođen čistom snagom volje.

Diploma je bila iznenađujuće teška u ruci — istinski simbol
napornog puta. Primiti diplomu bilo je kao otvoriti prolaz —
ne samo prema budućoj karijeri, nego prema svijetu
mogućnosti o kojima nisam ni sanjao. To nije samo
kvalifikacija, nego i svjedočanstvo moje otpornosti i podrške
onih oko mene.

Nakon ceremonije, zrak je brujao zvucima radosnog slavlja.
Konfete su padale sa neba dok se moj smijeh stapao sa horom
koji je odzvanjao po dvorištima koledža. Miris šampanjca i
svečanih zalogaja lebdio je zrakom, miješajući se sa slatkim
mirisom cvata.

Prijatelji i kolege okupili su se oko mene, lica su im sijala od
sreće i ponosa. Proveli smo večer u šarmantnom restoranu sa
pogledom na grad; noć je bila ispunjena pričama i
zveckanjem čaša. Smijeh je ispunio restoran, ali ispod njega
tekla je dublja struja — povezanost, empatija i svjesnost
onoga što smo postigli.

Kako je slavlje odmicalo, prisjetio sam se riječi Dr. Sharme i puta koji me doveo do ovog momenta. Bio je to put pun izazova i posrtaja, ali i izuzetnih trenutaka trijumfa i radosti.

U tom trenutku shvatio sam dublju istinu—neuspjesi i posrtaji nikada nisu bili prepreke, nego upravo kamenje koje je popločalo stazu naprijed. Svaka neprospavana noć izgradila je u meni otpornost za koju nisam znao da je posjedujem. Izazovi i tjeskobe izoštrili su moju odlučnost.

Ovo nije bio kraj medicinskog školovanja; bio je početak nečega zaista izuzetnog — budućnosti u kojoj mogu znanje pretvoriti u smislen uticaj. I ta misao ispunila me je radošću toliko snažnom da me gotovo preplavila. Bilo je uzbudljivo stajati na rubu svijetle budućnosti koju sam odlučio stvoriti.

Stigao sam daleko, ali nijedan korak nije bio lagan: iza mene ruševine zavičaja, preda mnom hodnici znanja. Moj put obilježile su kušnje i dugi sati sumnje; a sjene očaja, premda neumoljive, bile su dio mene, kao što je bol dio svakog sazrijevanja. Ipak, ustrajao sam, vođen čvrstom odlukom da učinim razliku i doprinesem svijetu kojem očajnički treba iscjeljenje.

Dijelili smo priče, prisjećali se iskustava i podizali čaše za avanture koje nas čekaju. Slavlje se nastavilo i izvan kapija koledža. Kako je noć odmicala, razgovori su postajali sve dublji i iskreniji.

Veče se završilo sa posljednjom rakijom. Čaše su ostale prazne, ali stol nije — na njemu je ostalo ono što se ne vidi: trag razgovora, odsutnih pogleda, i nekoliko nedovršenih rečenica koje niko nije imao snage završiti. Posmatrao sam lica kolega i mentora — zajedno smo započeli ovo putovanje, a sada smo stajali na pragu budućih karijera, spremni da krenemo dalje. To veče bilo je više od obične proslave; bio je to trenutak istinske povezanosti, ispunjen emocijom i drugarstvom.

Kasnije, u tišini moga stana, dok su gradska svjetla treperila na noćnom nebu bacajući trag svjetlosti na moju medicinska diplomu; utisnuta slova hvatala su odsjaj. Pratio sam ih prstima, a težina te titule spuštala se na mene — ne kao teret, već kao plašt odgovornosti. Sljedećeg jutra zatekao sam se izgubljen u razmišljanju, premotavajući svoje putovanje kao scene iz filma. Sjećanja su treperila preda mnom — dani rata, smioni bijeg, borba da se prilagodim novom svijetu, neumorna potraga za akademskim uspjehom i svi oni trenuci kad je nada skoro posustala. Ta odiseja me oblikovala, iskovala snagu za koju nisam vjerovao da posjedujem. Bol i prevrat rata ostavili su trajne ožiljke, ali su probudili i žestoku empatiju i nepokolebljivu želju da pomažem drugima da nadvladaju nedaće.

„U ratu naučiš da je tišina teža od buke; u miru spoznaš da bez nje nema istinskog razumijevanja.“

Moja iskustva postala su odskočna daska, gurajući me ka
životu vođenom svrhom, otpornošću i nesalomivim
duhom onih koje želim liječiti.

Put preda mnom nosi nove izazove, ali sam spreman,
vođen empatijom, znanjem i snažnim osjećajem svrhe da
svoju prošlu patnju pretvorim u silu dobra. Ova
promocija nije kraj, nego početak života posvećenog
iscjeljenju, i za mene i za druge.

Medicinska obuka pružila mi je vještinu, a stečena
iskustva — rat, gubitak, raseljenost — dala empatiju.
Naučila su me da je iscjeljenje više od previjanja rana;
da zahtjeva slušanje, razumijevanje i davanje nade onima
koji je sami ne mogu ponijeti.
Put koji sam prošao oblikovao me je kao ljekara i kao
čovjeka, učeći me da patnju pretvorim u snagu i smisao.

Znam da teškoće koje sam prošao nisu umanjile snagu
mog duha — moja otpornost me gurala naprijed. Moj
bijeg — užurbani nalet za goli opstanak — bio je i
zastrašujući i oslobađajući.

Svaki korak preko te granice osjećao se kao korak ka
novom životu, prilika da izgradim budućnost bez stalnog
straha i neizvjesnosti. Razumio sam duboku povezanost
fizičkog i mentalnog zdravlja, kao i složenu mrežu
traume i oporavka.

Moji planovi bili su ambiciozni, ali nisu bili prazni snovi —
bili su ukorijenjeni u iskustvu. Želio sam postati
traumatološki hirurg, naučiti kako zaustaviti krvarenje,
sastaviti polomljeno, vratiti tijelo iz ponora u kojem sam i
sam nekada ležao. Vjerovao sam da se spasenje nalazi u
preciznosti ruku. Ali tokom specijalizacije dogodio se
preobražaj.

Operaciona sala, i dalje zadivljujuća u svojoj tišini, počela je
djelovati usko, gotovo klaustrofobično. Shvatio sam:
preciznost noža ne znači i preciznost razumijevanja čovjeka.
Nešto se u meni pomjerilo.

Na hirurškim rotacijama počeo sam obraćati pažnju na ono
što se nije učilo iz atlasa: zadržane sjene u očima pacijenata.
Gledao sam lica ljudi čije su rane bile zatvorene, ali čiji
pogled još nije pronašao put. Shvatio sam da postoje povrede
koje ne krvare — i da su često dublje od onih koje vidimo.
Tada sam prvi put posumnjao da skalpel, ma koliko oštar,
nije dovoljan.

Počeo sam shvatati da nijedan šav ne zatvara sve rane. Ispod
kože uvijek ostaje ono što se ne vidi — priča, sjećanje, tiha
borba koju pacijent nastavlja kad svjetla sale utihnu. Pacijent
bi se probudio sa pogledom koji luta — kao da traži nešto što
medicina nije imenovala.

Tada sam počeo postavljati sebi druga pitanja.
Lako je zatvoriti ranu. Teže je dodirnuti ono što je ostalo iza
nje. Neke boli ne prolaze, samo promijene oblik — i nastave
živjeti u čovjeku kao tiha sjećanja koja ne znaju umrijeti.

U bolničkim hodnicima, među koracima koji odjekuju
sterilnim pločicama, shvatio sam da medicina kakvu sam
zamišljao — hirurgija koja popravlja slomljeno — dodiruje
samo površinu. Postoji cijeli univerzum između prvog reza i
posljednjeg šava. I tu, između tih prostora, rodila se nova
misao: možda ne želim liječiti samo tijela. Možda želim
liječiti živote.

Nisam napustio hirurgiju zbog straha, već zbog znanja — da
postoji dublji poziv: onaj koji sjeda pored pacijenta, sluša
njegovu tišinu, liječi ono što medicina često prećuti.

Tada još nisam znao ime tog puta. Ali osjećao sam da vodi ka
nečemu širem, ljudskijem — ka praksi u kojoj se ne liječi
bolest, nego čovjek.. Nosio sam neprocjenjivo iskustvo i
nepokolebljivu posvećenost da se suočim sa svime što me
čeka.

Rat me naučio da tijelo pamti sve — zvuk granate, miris
dima, težinu tišine. Kada sam napustio Sarajevo, ponio sam
te ožiljke u sebi, nevidljive, ali prisutne. Možda je zato
medicina postala moj novi jezik: način da razumijem bol
drugih dok pokušavam zacijeliti svoj.

Na hirurškom odjeljenju, među mirisom antiseptika i
metalnim zveckanjem instrumenata, upoznao sam Mildred —
stariju medicinsku sestru, čiji je glas nosio rijetku mješavinu
autoriteta i nježnosti. Bila je od onih ljudi koji govore malo,
ali u čijem prisustvu stvari postaju jasne: rez, šav, disanje — i
tišina koja dođe poslije. Za nju medicina nije bila samo skup
protokola. Nije govorila o pacijentima, već o ljudima. Nije
liječila samo rane, već i ono što ostane nakon rane.

Jednog popodneva, pratio sam je dok previja mladića,
mladića ne mnogo starijeg od mene onog dana kada sam prvi
put čuo eksploziju u Sarajevu. Njene ruke, uprkos blagom
podrhtavanju godina, kretale su se sa nekom tajanstvenom
sigurnošću — kao da ne zatvara samo kožu, nego pokušava
vratiti smisao u slomljeni okvir života.

Tada sam je prvi put zaista razumio.

Hirurgija može zatvoriti ranu.

Ali ono što Mildred radi — to je nešto drugo.

U njenim pokretima bilo je nečeg svetog — istog onog
dostojanstva koje sam nekad vidio kod ljudi koji su, u
opkoljenom gradu, dijelili posljednji komad hljeba.
Tada sam shvatio: ova bolnica i ratno Sarajevo, ma koliko
daleke, pripadaju istom prostoru — prostoru borbe za smisao.

U jednom su ljudi spašavali tijela. U drugom, duše.
A negdje između — u tišini između dva otkucaja — leži
istina koju je Mildred već odavno znala: rana nikada nije
samo bol. Ona je i dokaz da još postojimo.

Pištanje monitora za srce — mog ličnog, pomalo
zapovjednog dirigenta ritma — bilo je neobično veselo tog
jutra. Možda zbog narandže koju sam prokrijumčario za
užinu. Doktor Thompson bi dobio napad, ali iskreno, malo
vitamina C nikome nije škodilo — ponajmanje nekome ko je
tri godine izbjegavao buntovne hirurške pripravnike i
egzistencijalni užas sterilno bijelih zidova.

"Hej, Bartholomew", začu se poznati cvrkut.

Sestra Mildred uletjela je, sa osmijehom dovoljno toplim da
otopi led. Njene ruke zakrpile su više čarapa nego što mogu
izbrojati, a talent da prokrijumčari kekse graničio se sa
špijunažom.

„Osjećaš se super danas, je li?" upitala je.

„Super kao tek očerupan paun", rekoh, pokušavajući
napraviti pokret rukom koja je i dalje sa vremena na vrijeme
podrhtavala — podsjetnik na moje intimno upoznavanje sa
nagaznom minom. Nasmiješio sam se tek toliko da prikrijem
ono što ne želim da se vidi.

"Ipak, moram priznati, čini se da je paunov život mnogo bezbrižniji od mog u posljednje vrijeme."

Riječi su ostale da vise, njihova duhovitost postepeno blijedeći Iza dosjetke ležala je težina sjećanja — sjene koje ni toplina sestre Mildred nije mogla sasvim potisnuti.

„Ona užurbana pijaca? Pričao si mi o kozi koja je pojela bakine nagrađivane Nevenke?"

„Nije ih pojela, Mildred. 'Strateški je premjestila'", ispravih je, osmijeh mi se raširio.

Koza je imala izvanredan ukus. A potjera koja je uslijedila uključivala je odbjegla kolica puna eksplodirajućih petardi, iznenađujuće okretnog prodavača guski i jednu vrlo zbunjenu kravu.

„A reakcija tvoje bake?" podbode me, očiju zasmijanih.

„Recimo samo da je usavršila umjetnost bacanja narandži sa smrtonosnom snajperskom preciznošću", rekoh, teatralno.

Rat je bio ništa naspram njenog bijesa. Iskreno, ta žena bi razoružala nuklearnu bojnu glavu dobro nanišanjenim limunom.

Hodnikom je odjeknula galama. Sićušna, dobro naoružana vjeverica projurila je pored, mrmljajući nešto o Operaciji Orah i unaprijeđenim strategijama osiguranja vrhunskih lješnjaka. Trznuo sam se. Mildred nije ni trepnula.

„Ne brini, Fitzwilliam", reče mirno. "Na strogo povjerljivoj je misiji. Obezbjeđivanje svjetskih zaliha orašastih plodova. Od presudne važnosti za nacionalnu sigurnost."

Uzdahnuo sam. „Znači, rat je gotov, ali bitke se nastavljaju... ovaj put uz visoko konfekcijske glodare i eksplozivno voće?"

Mildred namignu." Život je malo slikovitiji nego što se čini na prvi pogled, Bartholomew."

„Ne moraš mi govoriti", nasmijah se. „Od užurbane pijace gdje koze premještaju nevenke do bolnice u kojoj se lokalne vjeverice besramno koškaju oko orašastih plodova prosutih po dvorištu..." Jedina konstanta je beskrajna apsurdnost svega. „Drži stvari živima, nema šta."
„Upravo tako“, složi se Mildred, nastavljajući da plete.
„E sad, o onoj narandži.
Jesi li sakrio tragove?"

Nasmiješio sam se; suptilan miris dima i manga neočekivano su se isprepleli u zraku.

Moja prošlost, ta turbulentna mješavina smijeha i gubitka, odjednom je djelovala mirno — ušuškana u nabore sjećanja, jednako živa i apsurdna kao i sadašnjost.

A negdje, u paralelnom svemiru prepunom limuna moja baka Mila vjerovatno osvaja nagradu za zapanjujuće precizno bacanje narandži.

Rat je možda okončao moj stari život, ali nije mi oduzeo smisao za humor. A to je, prijatelji moji, oružje mnogo moćnije od svake mine. Nekad sam bio vihor nemirne energije, a sada se krećem sa obnovljenom smirenošću. To nije stagnacija; to je tih, snažan tok ispod prividno mirne površine.

Moja transformacija počela je tiho, gotovo neprimjetno — potaknuta jednom posuđenom knjigom: *Meditacije* Markusa Aurelijusa. Imperatorova stoička mudrost, svjetlo iz tame Rimskog carstva, pokazivala mi je put kroz bure mog vremena. U njegovim riječima pronalazio sam ono što medicina nije mogla ponuditi — mir u onome što ne mogu promijeniti i snagu u onome što moram prihvatiti.
Upoznao sam se sa stoicizmom kao filozofijom tokom teškog perioda u karijeri. Stalan priliv obaveza, težina životnih odluka i dnevni kontakt sa smrti gotovo su me slomili.
Onda sam otkrio zapise Markusa Aurelijusa i njegove vrline razuma i prihvatio te poglede kao temelj u terapiji sa pacijentima.

Moja kancelarija, nekada džungla razbacanih papira i nedovršenih projekata, sada bruji tišinom i smirenom efikasnošću. Na stolu stoji jedan plavi cvijet orhideje — sjajan, gotovo nestvaran, kao da prkosi zakonima prirode. Njena boja, živa i mirna u isti mah, podsjeća me na ono što sam tražio najduže — unutrašnji mir. Jednog jutra zatekao sam je među svojim fasciklima; poklon, možda, neke nevidljive, dobronamjerne vile, ili samo tihi podsjetnik da ljepota često dolazi kad je najmanje tražiš.
Moj profesionalni život, nekad rolerkoster čireva od stresa i noći progonjenih kofeinom, doživio je preobražaj. Rokovi... nekada su mi izgledali kao planine koje se ne mogu preći. Stajao bih pred njima i gledao u visine, ne zato što su bile velike, nego zato što sam ja tada bio mali.

A onda sam, sa vremenom, naučio da planine ne rastu — mi smo ti koji se mijenjamo. Sad ih gledam drugačije: nisu to prepreke, nego putokazi, tihi podsjetnici da sve što vrijedi traži napor, ali ne i strah.

Počeo sam prihvatati stvari onako kako dolaze, bez prkosa i bez bijega.

Možda je to starost, a možda mudrost — teško ih je razlikovati. Znao sam samo da mir dolazi kad se prestaneš dokazivati svijetu i počneš razgovarati sa sobom. Naučio sam ono što je Selimović znao cijeli život: da čovjek ne pobjeđuje kad savlada svijet, nego kad nauči da u njemu mirno živi.

Naučio sam delegirati, a moj um je postao oštriji, precizniji i ispunjen gotovo nadrealnom pronicljivošću.

I moj privatni život odražavao je ovu novu ravnotežu. Odnosi, nekad zategnuti neumoljivom ambicijom, postali su prisniji. Anksioznosti koje su me preplavljivale sada su bile podnošljive, kao prolazni oblaci preko plavog neba.

Čak me i stalna buka grada manje gušila, zamijenjena blagim zujanjem kosmičke harmonije — melodijom koju sam, činilo se, samo ja mogao čuti. Svijet — i sebe u njemu — promatrao sam kroz prizmu prihvatanja i milosti, sve jasnije osjećajući da i najmračnija noć rađa obećanje nove zore.

Orhideja, nepokolebljiva u svom azurnom sjaju, cvjetala je i dalje — tihi podsjetnik na skrivene mogućnosti utkane u tkivo svakodnevnice. Njena nijema ljepota podsjećala me da otpornost, iako često neprimijećena, ima moć da preobrazi preživljavanje u snagu, a izdržljivost u smisao.

Dan za danom gledao sam kako joj se latice strpljivo otvaraju, odražavajući moje ozdravljenje.

Nije žurila, nije posustajala. Samo je upijala svjetlo gdje god je mogla, crpeći snagu iz nevidljivih korijena.

Shvatio sam da ni moj rast nije mnogo drugačiji. Poput orhideje, i ja sam naučio pružati se ka svjetlu, čak i kad sam bio okružen sjenama.

Orhideja je postala više od cvijeta na mom stolu; bila je saputnik, nijema učiteljica. U njenoj tihoj upornosti vidio sam istinu koju sam se mučio da prihvatim—da ljepota i krhkost mogu koegzistirati sa snagom i da, čak i poslije pustošenja, život i dalje ima hrabrosti da procvjeta.

Istrošeni primjerak *meditacije* stajao je otvoren na mom stolu, njegove stranice tiho su šaptale antičku mudrost među kliničkim sjajem medicinskih instrumenata.

Kao ljekaru, često mi kažu da moj osmijeh opušta ljude, ali volim misliti da je to mirnoća stečena stoičkom staloženošću. Izabrao sam opštu praksu — širi, možda manje glamurozan put, ali neusporedivo ispunjeniji.
Opšta praksa ponekad liči na naučno-fantastični film: svakodnevno se smjenjuju bolovi i kašljevi, tihi tereti hroničnih bolesti, i prizori koji nadilaze svaku logiku.
U tim ordinacijama, između stetoskopa i tišine, čovjek nauči da ništa u životu nije zaista „obično".

Pacijenti dolaze sa pričama prikladnijim za kino nego za ambulantu: viđenjima i glasovima koji struje kroz zidove, strahovima od nevidljivih parazita, molbama za lijekove protiv uroka ili snova koji ih progone.
Ti susreti zahtijevaju ne samo medicinsko znanje, već i strpljenje, empatiju i sposobnost snalaženja na mutnoj granici između mašte i patnje.

Moja ordinacija, inače ispunjena žamorom i stalnim ulascima
i izlascima pacijenata, toga jutra bila je neuobičajeno tiha.

Umjesto uobičajenog ritma smjena pacijenata, hipnotisao me
kolibri koji je lebdio tik iza prozora. Njegovo perje
svjetlucalo je bojama kakve nikad prije nisam vidio —
nijansama koje su pulsirale blagom energijom.

Danas me, ipak, čekao neobičan izazov. Preko puta mene
sjedila je mlada žena po imenu Elara, u očima joj nije bio
uobičajen zabrinut izraz, nego zbunjenost koja je ukazivala
na nešto mnogo dublje. Ona nije bila bolesna u
tradicionalnom smislu; tvrdila je da doživljava vremensko
izmještanje — kratke uvide u alternativne stvarnosti, gdje se
gravitacija ponaša drugačije, a drveće pjeva u skladnim
akordima.

Nisam olako odbacio njene probleme. Umjesto toga, slušao
sam, dopuštajući Aurelijusovoj mudrosti da me vodi: „Moć
imaš nad svojim umom — ne nad vanjskim događajima.
Shvati to, i snaga će doći iznutra.”

Liječio sam je — ne instrumentima, nego pažnjom koja
vidi ispod površine. Tražio sam suptilne znakove uma
koji diše drugačije, povezujući sitne nedosljednosti u
njenoj priči sa kolibrijem što leprša napolju.
Taj mali, nemirni simbol života podsjetio me da je svaka
duša ritam za sebe — krhka, a opet čudesno postojana.

Nisam vidio bolest, nego širenje svijesti — kapiju ka svijetu koji počinje tamo gdje opipljivo prestaje. Dok sam je slušao, činilo se da zrak u prostoriji puca od nevidljive napetosti.

Kolibri, sada smirenijeg, gotovo promišljenog leta, kao da mi je vodio ruku dok sam zapisivao bilješku: Život ne traži objašnjenje, nego razumijevanje — ono nastaje kad prestaneš birati stranu između smisla i apsurda.

Apsurdnost je samo veo koji skriva stvarnost u njenom drugom obliku — tanak sloj između onoga što razumijemo i onoga što tek naslućujemo.

Nisam joj ponudio lijekove, nego nježno predložio da vodi dnevnik, da piše o stazama svojih pomičnih opažanja.

Ohrabrio sam je da na svoje stanje ne gleda kao na poremećaj, već kao na rijedak vidikovac — dar — poziv da proširi razumijevanje stvarnosti. Znao sam da je ne mogu „izliječiti" u klasičnom smislu.

Dopuštajući stoicizmu da pronađe svoj put kroz razgovor, ponudio sam joj nešto mnogo dragocjenije od savjeta — smjernice kako da se nosi sa svojom izuzetnom stvarnošću, da pronađe snagu u vlastitom, jedinstvenom putovanju koje se pred njom otvara.

Kad je Elara otišla, kolibri je odletio, ostavivši za sobom blag miris ozona i osjećaj da je svemir daleko prostraniji nego što mogu pojmiti. Nasmiješio sam se.

Godine su se razlile u decenije, svaka je na mom licu ucrtavala dublje linije, svaka kao svjedočanstvo mnogih života koje sam dotakao.

Često sam se vraćao naučenim lekcijama: dubokoj važnosti slušanja, iscjeljujućoj moći dodira, preobražajnom potencijalu obrazovanja i nepokolebljivoj vjeri u ljudski duh.

Pravo iscjeljenje nije samo zaliječiti rane na tijelu; ono traži da se dotaknemo i duše, i nevidljivih veza, razumijevajući kako se trauma i njeni odjeci ispreplіću u nama.

Znao sam da liječenje nije samo liječenje rana: radi se o ponovnoj izgradnji života, vraćanju dostojanstva i njegovanju vrijednosti.

„Postoji trenutak kad prestaneš tražiti odgovore i počneš živjeti pitanja — tada počinje iscjeljenje.“

Moja ambulanta nije bila tipična sterilna bijela soba. Blaga
rasvjeta obasjavala je zidove u smirujućim zemljanim
tonovima. U čekaonici je žuborila mala fontana, njen tihi šum
bio je umirujuća protuteža neizgovorenim strepnjama mojih
pacijenata. Bio je to promišljen izbor — spoj sterilne
efikasnosti i blage smirenosti, odraz same srži moje prakse
koja se još oblikovala. Zrakom je lebdio miris antiseptika i
čaja od kamilice — neobičan, ali utješan spoj, onakav kakav
samo život može izmiješati kada pokušava pronaći ravnotežu
između hladnog reda i ljudske topline.

Angažovao sam i lokalnog umjetnika da naslika seriju murala
sa prizorima iscjeljenja koje su sada ukrašavale zidove
ordinacije. Svaki dan bio je tapiserija ispletena raznim
nitima: dijete koje se oporavlja od pada sa bicikla, čiji je
smijeh svjedočanstvo ozdravljenja; starija žena u borbi sa
hroničnim bolom, koja nalazi olakšanje u trenucima
razumijevanja; mladi veteran koji se hvata ukoštac sa
nevidljivim ranama, pronalazeći put ka miru.

Te pobjede imale su za mene veće značenje od ijednog
hirurškog trijumfa. Ruke koje su nekad držale skalpel sada su
nudile utjehu blagim stiskom drhtave šake i osmijehom koji
ohrabruje usred straha.

Možda nisam postao ratni hirurg kakvim sam se zamišljao,
ali liječim na način daleko dublji i potpuniji nego što sam
ikad mogao zamisliti. I to je mnogo veća pobjeda.

Miris ozona u zraku , blag, metalan trag koji je uvijek najavljivao „njih". Namjestio sam stetoskop; poznata težina na grudima me umirila.

Moja ambulanta nije bila baš… konvencionalna. Nije se nalazila u sterilnoj zgradi, nego ugniježdena u svjetlucavim, iridescentnim naborima vremenske anomalije — džepu stvarnosti gdje se prošlost, sadašnjost i budućnost prepliću.

Pacijenti su ulazili kroz svjetlucave portale; njihove rane bile su raznolike poput njihovih vremenskih linija.

„Marko, dragi, nećeš vjerovati sljedećem", zacvrkuta Felicity, moja vječno optimistična recepcionarka — vila, ne veća od mog palca, sa krilima boje ametistnih zalazaka.

Lebdjela je kraj kovitlaca koji je tiho zujao.

„Vitez iz Kamelota. Tvrdi da pati od uporne upale pluća uzrokovane zmajevim dahom." Nasmijah se. „Reci Sir Lancelotu da ću ga primiti za tren. Samo da završim sa gospođom Petrov."

Sjećate se Elare — sada gospođe Petrov — i njenog stanja. Blagi oblik dezorijentacije u vremenu, kako bismo to medicinski nazvali. Njena sjećanja bila su razlomljena kao da ih život nije složio hronološki, već po težini bola. Dok je sjedila ispred mene, osjećao sam da tu nije riječ samo o simptomima, nego o priči koja se negdje rasula.

Nježnim glasom i dodirom vodio sam je kroz vježbu disanja— tehniku koju sam razvio nakon godina rada sa pacijentima koji su preživjeli traume. U toj jednostavnoj tišini između udaha i izdaha, osjećao sam da se nešto pomjera.

Kao da se njena prošlost, koja je do tada ležala rasuta u fragmentima, polako počela slagati u cjelinu. Uspomene su joj bile rasute kroz različite periode života, ali su se sada, gotovo neprimjetno, vraćale na svoje mjesto.

Tok se ponovo uspostavljao, a oči su joj zaiskrile onim prepoznatljivim sjajem — kao da se svjetlost vraća tamo gdje je dugo nije bilo.

„Hvala vam, doktore", šapnula je, glas joj je bio pun emocija. „Osjećam se… ponovo cijelom."

„To nam je cilj, gospođo Petrov", rekoh sa osmijehom.

Moj holistički pristup, koji obuhvata fizičke, emocionalne, pa čak i vremenske aspekte iscjeljenja, prevazišao je moje početne ambicije. Bilo je… uzbudljivo.

Moj pristup — spoj fizičkog, emocionalnog i duhovnog — sa vremenom je postao više od metode. Postao je most između mene i onih koje liječim, između onoga što razumijem i onoga što tek pokušavam spoznati.

Sjetio sam se Marcusa Aureliusa, koji je zapisao: „Način na
koji posmatramo bol, određuje njenu težinu.“ Elara me
naučila upravo to — da liječenje nije borba protiv bola, već
njegovo prihvatanje, njegovo pretvaranje u smisao.

„Sljedeći!“ prozvah, namještajući naočale. Sir Lancelot je,
iznenađujuće, bio vrlo šarmantan, iako zbunjen neobičnim
okruženjem. „Za ime neba, doktore! Je li ovo… neka
začarana odaja za liječenje?“ upita, dubokim glasom.

„Nešto poput toga“, odgovorih, osluškujući mu —
zapanjujuće zdrava — pluća. „Zmajev dah je, siguran sam,
bio prilično dramatičan, ali oporavili ste se izvanredno.
Možda malo sirupa od bazge za grlo?“ „Sirup od
bazge?“ začudi se. „Najneočekivaniji lijek.“ Nasmiješih se:
„Neočekivano mi je srednje ime.“
„A sad, o tom blagom slučaju PTSD-a nakon zadnjeg okršaja
sa nemani…“
Vodio sam razgovor, bez napora spajajući tradicionalnu
medicinsku brigu sa empatičnim slušanjem, njegov prvobitno
skeptičan izraz omekšao je kako je razgovor tekao,
otkrivajući ranjivost dublju od njegovog viteškog oklopa.

Kasnije, dok sam gledao kako Sir Lancelot odlazi kroz
svjetlucavi portal, ostavljajući za sobom miris ozona i jedva
primjetan trag lavande od napitka od bazge, osjetio sam
duboko zadovoljstvo.

Moj posao nije bio samo krpljenje rana; isprepletao sam
rasute vremenske linije, popravljajući ne samo tijela, već i
duše i stvarnosti. Bilo je izazovno, neočekivano i potpuno
izvanredno. I bilo je duboko ispunjavajuće.

Moj put, jednom utaban, sada se protezao beskrajno i pun
mogućnosti za iscjeljujuća čuda izvan mojih najluđih snova.
Budućnost koju sam zamišljao nije nosila samo nadu, već i
čaroliju. Godine u Kembridžu izblijedjele su u samo
nametnuti egzil.

Namjerno sam držao porodicu izvan ove priče u zadnjim
poglavljima — svjestan izbor, način da izdubim prostor za
„sebe". Vožnja vozom ostala je živopisna uspomena: poznata
lica mojih roditelja i sestre kako nestaju u pejzažu dok su
silazili na svojoj stanici. Uvjeravao sam se da je to samo
prelazak — iz jednog života u drugi. Ali svaka promjena ima
svoj miris gubitka. Kasnije su vijesti stizale u šturim,
faktičnim e-mailovima i rijetkim telefonskim pozivima.

Moj otac, ambiciozni ljekar, dobio je prestižnu poziciju na
Bliskom istoku, brinući o VIP klijentima. E-mailovi su
spominjali luksuzne vile, sunce i — neobično — osjećaj novo
pronađenog mira koji kao da nije pristajao uz njegovu
uobičajenu nemirnu energiju. Tamo je, očito, napredovao, uz
majku kao njegovu nepokolebljivu podršku.

Njegova smrt, u šezdeset devetoj godini, od neočekivanog srčanog udara, došla je poput loše tempirane poente životne priče kojoj, priznajem, nikada nisam posvetio dovoljno pažnje. Tek tada sam shvatio koliko se suština čovjeka često otkrije tek u njegovom odsustvu.

Vijest me pogodila duboko; osjećaj nenadoknadivog gubitka izmiješao se sa tihom, neugodnom krivnjom — spoznajom da me vlastita zaokupljenost sobom spriječila da ga zaista razumijem u njegovim kasnijim godinama.

Danas ostaje njegovo ime, uklesano na amfiteatru u Sarajevu, kao tih, vječan trag njegovog postojanja — i svega što je tom gradu ostavio iza sebe. Majka sada živi u osunčanom naselju za penzionere, sa pogledom na Mediteran. Skorašnji e-mail, gotovo stidljiv, izrazio je čežnju da me vidi i želju da napokon posjeti Australiju. Riječi su visile u digitalnom eteru, teške neizgovorenim godinama.

Osjećam čudan spoj unutrašnjeg otpora i osjećaja dužnosti. Jesam li trebao biti bolji sin? Je li moj samo nametnuti razmak bio pokušaj da zaštitim sebe — ili samo tihi, sebični oblik zapuštenosti?

Sara, radiolog, izabrala je drugačiji, ali jednako zahtjevan put. Izgradila je život u Kanadi, ispunjen umirujućim zvucima porodice — mužem i troje djece — život koji je, činilo se, savladala tihom sigurnošću koja je meni često izmicala.

Vidim je u njenom urednom bijelom mantilu, sa mirnom
efikasnošću koja daje kontrast onome u kojem se ja često
nađem.

Sarin uspjeh ponekad djeluje kao tihi ukor, podsjetnik na
propuštene izbore i neostvaren potencijal. Fotografije koje
dobijem prikazuju nasmijana lica i dojam savršenstva, kao da
ih je neko brižno režirao. Ali ispod površine naslućujem
nešto više – suptilnu struju tuge koja odjekuje mojom.

Možda razmak među nama nije samo fizički; možda je to jaz
od neizgovorenih očekivanja i kajanja, rascjep koji prolazi
kroz samo srce porodice. Misao se vraća, uporno i nemirno.

Došlo je vrijeme da pokušam premostiti taj jaz. Godine su se
pretvorile u decenije, a svaka linija na mom licu postala je
svjedočanstvo dotaknutih života, izgubljenih trenutaka i
lekcija koje su me naučile kako da ostanem čovjek.
Gledao sam kako znanje preobražava živote i nastojao sam
drugima dati istu priliku.

Najvažnija mudrost koju nosim jednostavna je, a duboka:
važnost istinskog slušanja, iscjeljujuća moć dodira, snaga
koju donosi znanje i nesalomljiva otpornost ljudskog duha.

Naučio sam da iscjeljenje nikada nije samo fizičko.
To je čin vraćanja dostojanstva, smirivanja nevidljivih rana i
vođenja ljudi kroz proces ponovnog nalaženja sebe.

Ne radi se samo o liječenju tijela, već o ponovnoj izgradnji
života — i održavanju svjetla nade da se ne ugasi.

I sada, u starijim godinama, nastavljam da učim, da
mentorišem, da se zalažem i nadahnjujem.
Svijetu će uvijek trebati iscjeljenje, jer suosjećanje nije
luksuz — ono je nužnost ljudskog opstanka.
Moja ostavština nije tek preživljavanje, već otpornost
pretvorena u obnovu.

Iz rata i raseljavanja ustao sam da pokažem kako upornost
može prerasti u napredak.

Kroz medicinu sam nastojao mijenjati živote tihim, ali
dosljednim djelima dobrote, vjerujući da su upravo ta mala
djela najtrajniji mostovi među ljudima — mostovi koji
nadživljavaju i vrijeme, i nas same.

Još me vode Anštajnove riječi:
„Uči iz prošlosti,
živi za danas,
nadaj se budućnosti
i nikada ne prestaj postavljati pitanja.“

Podsjećaju me da nada nije samo nešto što nosimo — nego
nešto što prenosimo dalje.

Osvrćući se, vidim dva života.

Prvi je završio u Sarajevu, u dimu rata, gdje su dječakovi snovi sahranjeni pod ruševinama i strahom.

Drugi je počeo u egzilu, lomljiv i neizvjestan, građen od krhotina hrabrosti i uporne volje. Godinama sam vjerovao da je preživljavanje dovoljno: buditi se svaki dan, izdržati, samo disati. Ali preživljavanje je tek početak. Život traži više.

Traži da svoje ožiljke iznesemo na svjetlo, ne kao izvor stida, nego kao dokaz onoga što smo izdržali. Naučio sam da dom nije samo mjesto. *Dom je most koji stvaramo između onoga što smo bili i onoga što postajemo.*

Mostovi nisu samo od kamena i čelika. Mostovi su ljudi, dodiri i sjećanja koja premošćuju tišinu između prošlosti i sadašnjosti. Oni povezuju dva svijeta – onaj iz kojeg sam morao otići, noseći težinu svega što sam bio i onaj u kojem sam polako pronašao novi život.

Svaki pogled unazad i svaki korak naprijed samo su daske na istom mostu — mostu između onog što sam izgubio i onog što sam postao.

I dalje sam onaj momak iz Sarajeva. Ali sam i čovjek koji je odbio nestati. Izbjeglica, da — ali i više od toga: otac, ljekar, preživjeli koji se usudio ponovo sanjati.

Onome ko je izgubljen u vlastitoj tami, nesiguran hoće li zora ikada svanuti — ovo je moja poruka: *zora uvijek dolazi.*

Kao što vidite, ponekad sam gubio nit, pletući ozbiljna razmišljanja sa gotovo nad naravnim doživljajima.

Ali šta je to uopšte stvarnost?
Je li to ono što se događa pred našim očima — ili ono što se zadržava u nama, dugo nakon što se svjetlo ugasi?

Možda je stvarnost samo dogovor među onima koji je dijele, nestalna ravnoteža između sjećanja i onoga što bismo željeli da se dogodilo. A možda je, kao i sve drugo u životu, samo odraz — promjenjiv, poput vode na mostu koja pamti svaki korak, ali ne zadržava trag.

Za one koji su prošli rat, raseljavanje ili duboku traumu, stvarnost nije fiksna scena jasnih granica. Ona je okrnjena, promjenjiva, čas nepodnošljivo oštra, čas ranjiva i iskrivljena.

Prošlost upada u sadašnjost kroz bljeskove sjećanja, a budućnost lebdi poput duha koji odbija da poprimi oblik.
U tim trenucima, vizija, san ili nadrealna slika mogu biti jednako stvarni kao tlo pod nogama.
Možda stvarnost nije jedna, kruta istina, već mozaik opažanja — niti je utemeljena u činjenicama, možda rođena iz straha, sjećanja ili čežnje.
Kad ti noći progone jeke eksplozija, a dani sterilne bjeline operacionih sala, je li jedno „stvarnije" od drugog?

Ljudski um ne mari za kategorije; on traži smisao u ludilu, šije značenje od fragmenata. To šivanje često stvara šavove gdje se racionalno i iracionalno prepliću, gdje se nadnaravno naizgled očeše o obično.

Na kraju, stvarnost je manje ono što se može izmjeriti, a više ono što nosimo u sebi. Moji duhovi nisu bili puka izmišljotina — oni su bili dio moje istine. Živjeti sa njima nije značilo izgubiti dodir sa stvarnošću, već prihvatiti da je sama stvarnost slojevita, tajanstvena i nikada sasvim pod našom kontrolom.

Ali sa godinama, tišina biblioteka zamijenjena je šumom mora. Nakon maglovitih jutara Engleske , poželio sam svjetlost, prostore, nebo koje ne nosi sjećanja.

Tako sam stigao na Zlatnu Obalu — da ponovo učim, ali ovaj put o miru.

Moja završna, trajna poruka iz ove priče je ova:

„Sve što vidimo prolazi, ali ono što nosimo u sebi ostaje – tiha sila što nas vodi kroz život, kao jedini most koji nikada ne može pasti. "

I tu vas, dragi čitaoče, ostavljam i želim vam sve najbolje na vašem putu.

Epilog

„Život je poput vožnje bicikla — da bi održao ravnotežu,
moraš se kretati.“
Anštajnova jednostavna mudrost pratila me kroz mnoga
poglavlja, i možda upravo zato ova priča nikada nije imala
unaprijed zacrtan kraj. Započeo sam je sam, bez očekivanja,
vođen samo potrebom da razumijem put koji prođoh. A
onda su se, gotovo nečujno, počele vraćati uspomene — one
što su dugo ležale negdje duboko u meni, skrivene pod
slojevima godina, i ovom knjigom napokon isplivale.
Njihove riječi i misli postale su tanka nit koja je povezala
moj svijet sa Majdom i „Radiom Most“ u Sidneju. Kao da
je sve to već bilo zapisano negdje u meni — samo je čekalo
trenutak da prodiše kroz glas, kroz priču, kroz most od riječi
koji nas je spojio preko oceana. Tih dana javio sam se i
Draganu, mom nekadašnjem komšiji, sada nagrađivanom
hrvatskom književniku. I taj razgovor, kao i svi mostovi,
bio je povratak sebi.
I u tom trenutku shvatio sam da ova knjiga nije samo moje
putovanje. Ona je povratak svemu što sam bio — i svemu
što još uvijek jesam. Jer kad se uspomene jednom probude,
ne donesu samo prošlost, nego i tišinu koja nas podsjeti
koliko duboko život zna da se ureže u nas.
I dok su se te priče stapale u jednu, u sebi sam ponavljao
onu staru bosansku: **„Požuri polako.“**
Jer sve što vrijedi, dođe kad prestaneš juriti za njim — baš
onako kako mostovi sami nađu obalu koju spajaju.

Između riječi i svijeta

*(Refleksivni epilog o jeziku, identitetu i
pripadanju)*

Napisao sam ovu knjigu prvo na engleskom jeziku. Onda
sam odlučio da je prevedem na bosanski. U tom procesu
shvatio sam nešto iznenađujuće, ali i duboko istinito – moj
rječnik, moje emocionalno pamćenje, čak i ritam
razmišljanja, daleko su bogatiji na jeziku u kojem sam
odrastao. Na maternjem jeziku, rečenice same pronalaze
put, slike izlaze iz sjećanja bez napora, a emocije imaju
prirodnu boju.

Pisati na drugom jeziku znači tražiti sebe u prijevodu.
Svaka rečenica postane most — između onoga što znaš i
onoga što pokušavaš izraziti.

Na engleskom biram riječi; na bosanskom one biraju
mene. Jedan jezik gradi zidove jasnoće, drugi otvara
prozore osjećanja. Na bosanskom, i tuga zna zapjevati. Na
engleskom, ona se objasni. U tom je razlika između jezika
koji priča priču i jezika koji je živi. I između njih, kao
između dva kontinenta, stoji moj identitet — razapet, ali
cjelovit u toj međi. Na bosanskom, riječ je živa stvar. Ona
ima miris, boju, okus. Zna šta znači sevdah bez
objašnjenja, zna gdje zaboli kad pustiš ono što voliš.". U
engleskom, svaka emocija traži definiciju. U bosanskom,
emocija sama to postaje.

Bosanski jezik je kao rijeka Miljacka – nekad mutna, nekad
bistra, ali uvijek svoja. Ne možeš je ukrotiti u savršene
rečenice, jer gubi dušu. A engleski, poput Temze, teče mirno,
kultivirano, sa mostovima i ogradama koje čuvaju red.
I tako sam shvatio – pišući na engleskom ja gradim most
prema svijetu, ali na bosanskom, vraćam se sebi.

Možda zato moj život sada postoji na dva jezika — jedan da
bi svijet razumio mene, drugi da bih ja razumio sebe. Jer ono
što napišem na engleskom objašnjava šta se desilo, ali tek
bosanski zna kako se to osjećalo. A između ta dva svijeta,
između riječi i onoga što one pokušavaju uhvatiti, rađa se
istina — neuhvatljiva, promjenjiva, ali moja. Shvatio sam da
nijedan jezik ne može nositi cijelog čovjeka.

Zato i pišem — da nadomjestim ono što riječi ne mogu reći,
da mostom između njih pređem samog sebe.

Možda upravo u tom pokušaju leži smisao: ne da pronađemo
konačan jezik, već da u njegovom stalnom traženju
pronađemo sebe. Jer između riječi i svijeta, između onog što
kažemo i onog što osjećamo, između jezika koji priča priču i
jezika koji je živi — nalazi se ono što zovemo život.

Emigracija te nauči da dom nikada više nije jedna tačka na
mapi. Prvo misliš da si ga izgubio, pa onda shvatiš da ga
nosiš u sebi – u jeziku, u gestama, u onom refleksnom
„predeverat ćemo“ kad se sve raspada.

Ali vrijeme, daljina i novi svjetovi promijene i tebe i dom koji pamtiš. Kad se vratiš, ni on više nije isti — a ni ti nisi onaj koji je otišao. Sarajevo je moj korijen. Engleska je bila moj put., a Australija je moja obala mira. Svaki od tih prostora ugradio se u mene kao sloj: miris ratnog djetinjstva, engleska kiša koja pere nostalgiju, australsko sunce koje ti daje novi početak. U meni sada žive tri svijeta – i nijedan ne mogu napustiti bez da izgubim dio sebe.

Kada govorim engleski, ljudi čuju naglasak, ali ne znaju da u tom naglasku živi Sarajevo. Kad govorim bosanski, čuju da mi se engleske riječi uvlače između redova – kao dokaz da sam se mijenjao, da sam morao. A kad pišem, osjećam se kao da sjedim na granici između tih svjetova – i svaki red slova pokušava da ih pomiri.

Postoji trenutak kad više ne znaš jesi li otišao ili si još uvijek tamo, negdje između, u onom nevidljivom prostoru koji samo ljudi iz dijaspore razumiju. To je prostor u kojem ti fale ulice koje više ne postoje, prijatelji koji su se rasuli po kontinentima, i onaj osjećaj da pripadaš – koji je uvijek korak ispred tebe.

Možda je to i suština identiteta: da nikad više ne pripadaš potpuno, ali zato vidiš šire. Da naučiš biti svoj i kad si daleko od svega što te stvorilo. Jer svaka nova zemlja ne briše onu staru u tebi – samo je pretvara u uspomenu koja te podsjeća ko si bio prije nego što si postao ono što jesi.

Ponekad mislim da identitet nije nešto što se nosi kao pasoš, već kao ožiljak. Ne vidi ga svako, ali ga ti osjećaš pod kožom. On se mijenja sa vremenom, širi i sužava poput rane koja zarasta, ali nikada potpuno ne nestaje.

Naučio sam da pripadnost nije geografski pojam. Ona je osjećaj — onaj tihi mir kad čuješ poznatu riječ, kad osjetiš miris kafe koja ključa na ringli, ili kad ti se srce trzne na pjesmu iz nekog davnog ljeta. To su trenuci kad znaš da ono što jesi ne možeš nikad prevesti, jer se ne sastoji od riječi, nego od sjećanja. Živjeti između svjetova znači stalno gubiti i stalno nalaziti sebe. Svaki put kad pomisliš da si pronašao dom, shvatiš da te već zove neki novi. I tako naučiš da dom nije mjesto, nego stanje svijesti — ta tanka nit između prošlosti i sadašnjosti, između jezika na kojem si naučio voljeti i jezika na kojem sada sanjaš. Na kraju, svi mi postanemo mostovi. Između jezika, između ljudi, između prošlog i budućeg sebe. I možda je upravo u toj napetosti, u tom prostoru između, skriven smisao. Ne u potpunom miru, nego u stalnom traženju ravnoteže. Jer biti čovjek — to znači neprestano prevoditi sebe. Sa jednog jezika na drugi, iz jedne zemlje u drugu, iz bola u smisao. I možda je upravo taj neprekidni prijevod ono što nas čini živima. *U uspomenu koja te podsjeća ko si bio prije nego što si postao ono što jesi.*

Nakon godina maglovitih jutara i gustih misli, poželio sam sunce — i more koje ne pita odakle si."

Vatra sa Juga — Most između genijalnosti i tame

Svaka zemlja ima svoj dah, svoje tihe izvore i svoje gromove. Balkan diše drugačije. Njegov zrak nosi miris dima, soli i poezije — mješavinu boli i prkosa, straha i pjesme. Ovdje se čovjek rađa sa viškom duše, i premalo prostora da je smjesti. Ovdje su suze i smijeh uvijek u istom dahu. Od tog daha su satkani i naši velikani — nemirni, blistavi, neponovljivi. Ljudi koji su željeli promijeniti svijet, ali ih je svijet često kaznio što su to pokušali. Oni su bili i proroci i prognanici, svjetionici i sjene. Njihove sudbine ispisale su zajednički testament naroda koji nikada ne zna da voli umjereno, ni da pati tiho.

Nikola Tesla — čarobnjak svjetlosti koji je govorio sa munjama i spavao sa vizijama. Čovjek koji je zapalio stoljeće, a umro u mraku. Njegov genij bio je tišina koja je svijet pretvorila u melodiju. U svakom prekidaču što pali svjetlo, treperi duh jednog usamljenog dječaka sa obronaka Like, koji je želio da svijet zasvijetli makar na tren.

Ivo Andrić, graditelj mostova od riječi, znao je da nijedan most ne spaja obale, nego ljude. Njegove rečenice teku kao Drina — sporo, teška, ali vječna. Pisao je o Bosni, ali i o svima nama — o tome kako vrijeme melje, a ljudi opstaju. U njegovim mostovima sabrane su sve naše iluzije, sve naše propasti i svi naši oprosti.

Meša Selimović je tom mostu dao dušu. Njegovi junaci ne ratuju, nego se preispituju. Njegov derviš ne traži Boga u nebu, nego u vlastitoj tami. Selimović je znao da se čovjek ne spašava oružjem, nego mišlju — tihom, mučnom, ali plemenitom. Njegova rečenica je šapat samospoznaje: „I najduži put započinje jednim korakom iz tame ka svjetlu.“

Miloš Crnjanski bio je vječni lutalica — čovjek koji je tražio dom po kartama, morima i oblacima. Njegove Seobe su himna izgubljenima, onima koji su morali otići da bi se pronašli. Za njega je nostalgija bila domovina, a jezik – jedina zastava. Putovao je kao onaj koji zna da put nikada ne vodi natrag, ali ni dalje od samog sebe.

A bio je tu i Josip Broz Tito, čovjek koji je na trenutak učinio da nemoguće postane stvarno — jedinstvo među onima koji su vijekovima živjeli u razdoru. Bravar koji je postao državnik, partizan koji je postao simbol. Spojio je šest naroda i bezbroj proturječnosti. Na trenutak, Jugoslavija je bila prkosni eksperiment: mozaik jezika, vjera i naravi povezan snagom volje i mita. Ali, kao i svaki san izgrađen na kontroli, počeo se urušavati čim je strah postao jači od nade. Ipak, za one koji pamte, Titova Jugoslavija nije bila samo država — bila je ideja: da ljudski duh, koliko god podijeljen, teži pripadanju.

Marina Abramović preoblikovala je tijelo u hram boli. Stajala je satima nepomična, suočena sa pogledima stranaca, i dokazala da umjetnost nije estetika, nego prisutnost. Njen dah, njena rana, njena tišina — postali su ritual preživljavanja u svijetu otuđenih bića.

Dok je Tesla pronalazio struju, Marina je pronalazila ljudsku energiju između dvoje očiju koje se prepoznaju.

Novak Đoković je najnovije izdanje tog proturječja. Ratno dijete koje je naučilo da pretvori poraz u molitvu, pritisak u snagu. Na terenu ne igra protiv protivnika, nego protiv sudbine. Svaki njegov udarac nosi odjek zemlje koja je previše puta morala početi iznova. U njegovom znoju je dostojanstvo svih naših borbi.

Svi oni — Tesla, Andrić, Selimović, Crnjanski, Broz, Abramović, Đoković — nose istu iskru: vatru sa juga. To nije vatra koja spaljuje, nego ona koja grije i sjeća. To je vatra otpora, vatra stvaranja, vatra što se ne gasi ni pod pepelom. Svaka njihova priča je dokaz da se veličina ne rađa iz moći, nego iz usamljenosti. Da se mudrost ne uči u dvorima, nego u progonstvu. Da se genijalnost ne rađa iz slave, nego iz bola koji traži smisao. Oni su, svako na svoj način, sagradili most —Tesla između tame i svjetlosti, Andrić između naroda i vremena, Selimović između Boga i čovjeka.

A Crnjanski između domovine i egzila, , Abramović između tijela i duha, Đoković između bola i ponosa. Njihovi mostovi nisu od kamena, nego od vjere — da se smisao može pronaći čak i kad se sve sruši. Zato njihova imena ne pripadaju samo istoriji Balkana, nego istoriji ljudskog opstanka..

Mi svoje najbolje šaljemo u svijet, a priznajemo ih tek kad ih svijet ovjenča.

Genijalnost se kod nas nikad ne nagrađuje mirom. Rađa se iz nemira, i umire u progonstvu — fizičkom ili duhovnom Jer ono što nas povezuje nije granica, nije krv, nije jezik. Povezuje nas prkos. Ono što nas održava nije ponos, nego sposobnost da oprostimo. I ono što nas spasava nije veličina naših gradova, nego dubina naše tuge. Zato i ova knjiga — tvoja, naša — nije samo svjedočanstvo o preživljavanju. Ona je nastavak mosta koji su oni započeli: mosta između genijalnosti i ludila, između tame i svjetlosti, između gubitka i ponovnog rađanja. Mosta koji spaja sve naše nemire u jedno tiho obećanje — da život, uprkos svemu, ima smisla. Kad pogledaš sve te likove — Teslu, Andrića, Selimovića, Crnjanskog, Tita, Abramović, Đokovića — vidiš, u stvari, nas. Ispod svih njihovih svjetlosti, skriveno je isto ono što gori i u nama: želja da pređemo preko sebe, da pronađemo drugu obalu.
Jer, kao što je Andrić znao, "Sve na svijetu je nesavršeno, osim mosta. On je uvijek potpun."

O Autoru

Dr. Srđan Macanović rođen je u Sarajevu, gradu čije su ulice
i mostovi oblikovali njegov pogled na svijet. Tu je formirao
svoje prve snove o medicini i čovječnosti. Ratne godine
oblikovale su njegovo razumijevanje boli, gubitka i snage
ljudskog duha. Tokom studija medicine, rat ga je natjerao da
napusti dom, ali ne i poziv da pomogne drugima. Put ga je
vodio od opkoljenog Sarajeva do Kembridža, gdje je nastavio
obrazovanje i izgradio temelje karijere koja će trajati više od
tri decenije. U Ujedinjenom Kraljevstvu, kao ljekar i partner,
posvetio se razvoju porodične medicine, istraživanju i
mentorstvu. Njegov rad ostavio je trag u brojnim projektima i
generacijama mladih ljekara koji su učili pod njegovim
vodstvom. Danas živi na Zlatnoj Obali u Australiji sa
suprugom Dijanom, njihovom djecom i vjernim psom
Lunom. Izvan klinike, pronalazi mir u trčanju i istraživanju
svijeta.

Njegova knjiga *Most između dva svijeta – Put doktora od
Sarajeva do Londona* spaja ličnu ispovijest sa univerzalnim
pitanjima identiteta, nade i čovječnosti. U njoj autor gradi
mostove – između svjetova, kultura i vremena, ali i onaj
najvažniji: most prema samome sebi.

*„Dom nije mjesto gdje si rođen, nego ono gdje se tvoja
duša smiri, makar samo na tren. "*